FLUCHT INS EXIL

STONECROFT SAGA: BAND EINER

B.N. RUNDELL

WOLFPACK
PUBLISHING
— EST 2013 —

Veröffentlicht in den Vereinigten Staaten von Wolfpack Publishing Verlag,
Las Vegas.

Wolfpack Publishing
5130 S. Fort Apache Road, 215-380
Las Vegas, NV 89148

wolfpackpublishing.com

eBook ISBN 978-1-63977-216-2
Paperback ISBN 978-1-63977-217-9

Der Beginn einer neuen Serie kann die Geduld eines Heiligen strapazieren! Und doch hat mein Redakteur für die erste Zeile, meine treue Ehefrau von mehr als dreiundfünfzig Jahren, liebevoll und geduldig meine vielen Bemühungen in Kauf genommen, neue Ideen und Charaktere in unsere Gespräche einzubringen. Aber am wichtigsten ist, dass sie, wenn ich diesen fernen Blick in meine Augen bekomme und für irgendetwas aus der Gegenwart taube Ohren habe, einfach lächelt und mit ihrer Aufgabe, sich liebevoll um diesen alten Mann zu kümmern, weitermacht. Also widme ich diese Arbeit wieder einmal ihr und ihrer unermesslichen Geduld und Liebe, ohne die sie nie geschehen würde.

Und an die vielen Leser, die sich nach dieser Serie erkundigt haben, hier ist sie! Ich hoffe, sie gefällt Ihnen, und wenn ja, hinterlassen Sie eine Rezension. Wenn nicht, psst, sagen Sie es niemandem, aber Sie können mir eine Nachricht zukommen lassen, und ich werde mich beim nächsten Mal mehr bemühen, Sie zufrieden zu stellen! Vielen Dank an alle, die es mir ermöglichen, dies zu tun, an meinen Verleger Mike Bray und seine wunderbaren Mitarbeiter, vor allem an Rachel Del Grosso, und an die vielen Leser und Freunde. Ich danke Ihnen!

FLUCHT INS EXIL

1 KAPITEL EINS
DUELL

DIE HOHEN SCHIERLINGSTANNEN und die weißen Kiefern der parkähnlichen Umgebung am Südufer des Delaware Flusses bewegten sich kaum in der kühlen Morgenbrise. Der zwitschernde Gesang des Reisstärling wurde durch den Ruf eines Habichts mit seinem fortwährenden *„Kaw"* unterbrochen, der den Alarm der Gefahr auslöste. Ein kurzer Moment der Stille wurde durch das Bellen zweier Wogdon- und Barton-Duellpistolen erschüttert, die wie wütende Hunde klangen und Feuer und Rauch spuckten. Die beiden Männer standen zwanzig Schritte voneinander entfernt, wobei grau-weiße Rauchwolken sie kurzzeitig vernebelten. Sie hatten sich einander zugewandt, die Pistolenhähne gespannt und die Abzüge eingestellt, wobei ihre Finger leicht die Haarauslöser berührten. Auf das geschriene Kommando drehten sie sich einander zu, wobei der ältere Mann schnell, aber unvorsichtig zielte und seinen Schuss als Erster auslöste, der von dem großen jüngeren Mann schnell beantwortet wurde.

Gabriel Stonecroft klatschte auf seinen linken Oberarm, als Blut durch den seidenen Hemdsärmel aufblühte. Die Rüschen am Handgelenk der Hand, die die Pistole hielt, fingen etwas von dem Karmesinrot auf, das aus der Wunde floss. Er blickte über die Lichtung, sah das Ergebnis seines Schusses und schüttelte den Kopf, als er seinen Blick auf die

Pistole fallen ließ, die immer noch in seiner rechten Hand ruhte.

Der andere Mann, Jason Wilson, ein erfahrener Duellant, griff an seinen Hals, wo die zerrissene Krawatte, die jetzt an seiner Kehle verheddert zu sein schien, rot gefärbt war. Seine Knie knickten ein, als er nach vorne fiel, und er konnte sich nichtfangen, bevor sein Gesicht auf Gras und Schmutz aufschlug. Er verlor seine *Pistole aus dem Griff*. Zwei Männer eilten ihm zur Seite. Beide knieten neben ihm, der eine versuchte verzweifelt, den Blutfluss aufzuhalten, während der andere den Kopf schüttelte und vor sich hinmurmelte. Er hob die Augen zum Gegner und sah zu, wie zwei Männer diesen weg drängten und seinen Rücken mit ihrem eigenen schützten.

"Ich glaube, du hast ihn getötet", erklärte Ezra Blackwell, der lebenslange Freund des Kämpfers Gabriel Stonecroft.

"Das wollte ich nicht!", antwortete der rotblonde Mann. Erst neunzehn Jahre alt, etwas über zwei Meter groß, zeigte er auf der Waage 190 Pfund an, mit breiten Schultern und schmal zulaufenden Hüften. Er zeigte die Statur und Männlichkeit, die von Frauen am meisten bewundert und von Männern beneidet wurde. Mit einem quadratischen Kiefer, hohen Wangenknochen, haselnuss-grünen Augen und dunklen Augenbrauen, die seinen durchdringenden Blick und seine gemeißelten Gesichtszüge betonten, würde er für jeden Standard als gut aussehend gelten. Zwei Jahre lang war er ein Ehrenschüler am College von Philadelphia gewesen, aber am heimischsten war er in den Wäldern, wo er und sein Freund auf Lebenszeit, jetzt sein Sekundant, Ezra Blackwell, die meiste Zeit verbrachten.

"Wir hatten eine Vereinbarung, dass wir kein Blut vergießen würden, aber als sein Schuss mich in den Arm traf, musste ich mit gleicher Münze antworten", erklärte Gabriel.

"Sie hatten keine Wahl", fügte der Mann zu seiner Linken hinzu. Dr. Crittendon hatte viele zu ihren Duellen begleitet, und als langjähriger Freund der Familie Stonecroft hatte er

nicht gezögert, sich Gabriel und Ezra bei ihrem Ehren-
kampf anzuschließen.

GABRIEL HATTE die Ehre seiner Schwester verteidigt, als
Jason Wilson ihr auf einer Party, die in Philadelphia als
prominentes gesellschaftliches Ereignis galt, in Anwesenheit ihrer Freunde und ihres Bruders einige unzüchtige
Vorschläge gemacht hatte. Als Gabriel nach vorne trat, um
eine Entschuldigung zu verlangen, lachte Jason Wilson,
sowohl über Gabriel als auch über seine Schwester
Gweneth.

"Keiner von ihnen ist eine Entschuldigung wert, selbst
wenn eine solche verlangt würde", rief der unverschämte
Mann lallend, als er versuchte, sich an einem nahen
Geländer festzuhalten. Wilson stammte aus einer prominenten und wohlhabenden Familie, sein Vater diente auf
dem Zweiten Kontinentalkongress und der Bruder seiner
Mutter, John Rutledge, war einer der ersten Richter des
Obersten Gerichtshofs. Jason Wilson war ein Taugenichts,
der den Ruf eines Trunkenbolds hatte, aber seine Familie
hatte sein Verhalten immer toleriert, und ihr Einfluss hatte
ihn vor dem Gefängnis bewahrt.

Gabriel trat vor, wurde aber von der Hand seiner
Schwester auf seinem Arm gestoppt. Seine Nasenlöcher
weiteten sich, als er sich Jason Wilson zuwandte: "Mein
Sekundant wird Sie auffordern, Zeit und Ort unseres Tref-
fens festzulegen", knurrte er und atmete tief durch, während
er gegen seine eigene Zurückhaltung ankämpfte.

"So soll es sein!" Wilson lachte und stolperte dann aus
dem Zimmer. Die Anwesenden schwiegen und wandten
sich ab, um zu gehen, da allen klar war, dass nichts gesagt
werden konnte, um das abzuwenden, von dem jeder wusste,
dass es kommen würde.

DIE DREI MÄNNER stiegen in das wartende Ruderboot, das
mit zwei gemieteten Matrosen besetzt war, um zum Nord-

ufer des Flusses und der Kutsche zurückzukehren, die sie zum Familiensitz bringen sollte. Gabriel starrte auf den Rücken seines Freundes Ezra. Obwohl etwas kleiner als Gabriel, war Ezra ein kräftig gebauter Mann mit breiten Schultern und tiefer Brust. Für Gabriel war er stark wie ein Ochse. Ezra war der älteste Sohn eines der ersten Pastoren der Afrikanischen Methodistischen Bischofskirche *Mutter Bethel*, und die beiden waren seit ihrer Kindheit unzertrennliche Freunde. Es war zumindest ungewöhnlich, dass ein Neger bei einem Duell als Sekundant eines Gentlemans auftrat, aber Gabriel zog keinen anderen in Betracht. Die Rolle des Sekundanten bestand darin, das Laden der Pistolen zu überwachen, und der Sekundant der beleidigten Partei würde die Wahl der Positionen und Pistolen haben und auch den Feuerbefehl ausrufen oder die Schritte zählen, wenn die Duellanten auf ihre Plätze gingen, bevor sie sich zum Feuern umwandten. Es war auch ihre Pflicht, wenn sich jemand nicht an die Regeln hielt, diese durchzusetzen, bis hin zum Erschießen des Täters. Aber dieses Duell war strikt nach den Regeln des *Code Duello abgelaufen*, und das einzige Vergehen war das gebrochene Wort von Wilson gewesen, nachdem die beiden vereinbart hatten, kein Blut zu vergießen.

Ezra atmete tief durch und drehte sich auf dem Sitz, um seinen Freund anzuschauen. "Weißt du, das wird nicht das Ende der Geschichte sein."

"Ich fürchte, du hast Recht. So streitsüchtig Jason auch war, sein Vater ist schlimmer", antwortete Gabriel.

"Er war ihr einziger Sohn", erklärte der Arzt, "und sein Vater hat dem Jungen immer aus der Patsche geholfen und ihn nie gezwungen, die Konsequenzen zu tragen. Sie wissen natürlich, dass er vorher schon drei Duelle bestritten und sie alle getötet hat?"

"Ja, Sir, das wusste ich. Aber nach dem, was er gesagt und mit Gweneth getan hat, konnte ich es nicht auf sich beruhen lassen. Mein Vater lehrte mich, für mich und meine Familie einzustehen. Ich kann die Male nicht mehr zählen, in denen er sagte: "Sohn, unser Familienname ist das wertvollste Gut,

4

das wir haben. Tue niemals, niemals, niemals etwas, das Schande über ihn bringen würde, noch erlaube jemand anderem, dies zu tun!"

"Wusste er davon?", fragte Joshua Crittendon.

"Nein, Sir. Ich wollte erst die Dinge klären. Ich weiß, er würde nicht wollen, dass ich es tue, aber er würde auch nicht versuchen, es mir auszureden. Er legt großen Wert auf den Charakter eines Mannes, so wie er es auch tun sollte und wie er es mir immer beigebracht hat, aber vielleicht wollte er meinen Platz einnehmen, und das wollte ich nicht haben."

"Wenn ich mich nicht irre, wird der alte Wilson entweder selbst hinter Ihnen her sein oder er wird ein paar Schlägertrupps anheuern, die die Sache für ihn erledigen. Ich denke, dass Sie verschwinden sollten, zumindest für eine Weile, und vielleicht geht es dann vorbei."

"Doc, Sie wissen, es wird nicht vorübergehen. Selbst wenn der alte Mann mich jagen und töten würde, wäre er nicht zufrieden. Ich glaube, er wird versuchen, alles und jeden zu zerstören", bemerkte Gabriel trocken.

"Vielleicht haben Sie Recht", antwortete der Arzt, als er den Blick zum nahen Ufer hob. "Möchten Sie, dass ich Sie nach Hause begleite?"

Gabriel blickte auf seinen bandagierten Arm hinunter: "Ich glaube, das wird schon wieder. Muss ich irgendetwas Besonderes tun?"

"Wechseln Sie einfach den Verband, halten Sie die Wunde sauber, schütten Sie vielleicht etwas Alkohol auf die Wunde, und das war's."

"Danke, Herr Doktor", antwortete Gabriel und blickte dann zu Ezra: "Ich lasse Ezra einfach hierherkommen, um sich darum zu kümmern. Er ist ziemlich gut mit solchen Sachen."

Ezra grinste: "Es wird mir eine große Freude sein, Alkohol auf diese Wunde zu gießen!"

"Ich wette, das ist es für dich", lachte Gabriel, als er sich zum Verlassen des Bootes aufrichtete.

Sie brachten den Arzt in sein Büro und machten sich auf

in Richtung Familienbesitz. Gabriel wandte sich an Ezra: "Also, was denkst du? Werde ich das Land verlassen müssen?"

Ein leichtes Grinsen zerrte an den Mundwinkeln seines Freundes und Ezra kicherte, als er antwortete: "Wenn ich es nicht besser wüsste, würde ich denken, du hättest es so geplant. Du wolltest schon immer in die Wildnis aufbrechen und die ganze Zivilisation hinter dir lassen!"

"Willst du mit mir kommen?", fragte der grinsende Gabriel und beobachtete, wie sein Freund versuchte, nicht zu lächeln.

ES HANDELTE sich um ein beeindruckendes, historisches zweistöckiges Backsteinhaus, das vom Sekretär von William Penn, James Logan, erbaut worden war und über sechs Fenster mit Vorhängen verhüllt verfügte, die vom zweiten Stock herunterblickten, als ob sie ihren Unmut über den jungen Mann des Hauses zum Ausdruck brächten. Drei Giebel, eingerahmt von zwei hoch aufragenden Schornsteinen, überblickten das Anwesen und eine kreisförmige Zufahrt, die es den Besuchern ermöglichte, nur wenige Schritte vor der Haustür aus ihren Kutschen zu steigen. Als Gabriel und Ezra zurücktraten, hob Gabriel seine Hand zum Fahrer, "Danke, Thomas!", und entließ die Kutsche. Die beiden Freunde betraten das Haus und wurden vom Patriarchen von Stonecroft, Boettcher Hamilton Stonecroft, begrüßt, der am Fuße der Treppe mit dem Ellbogen auf dem Geländerpfosten am Ende des Geländers stand. Der Mann hatte sein beachtliches Erbe durch kluge Investitionen in die Schifffahrt und Manufakturen zu einem riesigen Vermögen gemacht und durch die Versorgung der Kontinentalarmee mit Waffen und Kanonen beträchtliche Gewinne erzielt. Nun betrachtete er seinen einzigen Erben mit Skepsis, Erleichterung und Bestürzung. Seine zerfurchte Stirn zeigte seine Besorgnis, als er die beiden in das Arbeitszimmer winkte.

"Nun, ich bin erleichtert, dich laufen und lebendig zusehen, und offenbar nicht allzu schwer verletzt. Nach dem, was deine Schwester mir erzählt hat, kann ich es dir nicht übelnehmen. Aber was ist mit Wilson?", fragte der ältere Staatsmann.

"Ich glaube, dass er tot ist", erklärte Gabriel mit düsterem Gesicht, aber mit direktem Blick auf seinen Vater.

Der ältere Mann seufzte heftig: "Davor hatte ich Angst. Ich glaube, es bleibt dir nichts anderes übrig, als sofort zu gehen."

Gabriel hatte nicht erwartet, dass sein Vater so hartnäckig sein würde und hatte gehofft, dass er vielleicht eine Alternative hätte. Er lehnte sich vor: "Was schlägst du vor?"

" Fahre so weit weg, wie du kannst, so schnell du kannst."

"Aber was ist mit dir und Gweneth?"

" Kümmere dich nicht um uns. Ich glaube, deine Schwester wird Hamilton Claiborne bald heiraten, und er wird sie zwangsläufig nach Washington bringen.

"Washington? Warum dort?"

"Es wird bereits darüber gesprochen, die Hauptstadt nach Washington zu verlegen, und er wird bald seine Anwaltslizenz erhalten und ich glaube, sie passen gut zusammen".

"Aber wird der Senior Wilson nicht hinter dir her sein, wenn ich nicht hier bin?", fragte Gabriel und schaute finster drein, als er auf die Kante seines Stuhls rutschte.

"Hah! Dieser Geck hat nicht annähernd den Einfluss und das Geld, das er vorgibt zu haben! Oh, versteh mich nicht falsch, er wird versuchen, eine Art Rache zu üben, aber er wird ein paar Schläger schicken, und wenn sie herausfinden, dass du weg bist, wird er es nicht wagen, die Hand gegen mich zu erheben! Ich werde seinen Kopf in einem Handkörbchen haben! Hah!", sagte er mit einem Faustschlag auf den Schreibtisch. Er stand hinter dem Schreibtisch auf, beugte sich vor und sagte: " Wolltest du nicht schon immer einmal die Wildnis erforschen?

Gabriel war von dem Vorschlag seines Vaters überrascht, dieser Mann hatte immer auf Bildung und Position Wert gelegt, doch nun stand er auf und wandte sich zur

Seite: "Natürlich habe ich das. Jedes Mal, wenn ich diesen Raum betrat", er winkte mit dem Arm zu den Wänden, an denen Karten, Elchgeweihe, Gewehre und andere Waffen angebracht waren, die von den vielen Heldentaten und Abenteuern seines Vaters im In- und Ausland erzählten, "seit du mir das erste Mal von deinen Jagden mit Großvater und deinen Kämpfen mit Morgans Scharfschützen erzählt hast, wollte ich meine eigenen Abenteuer erleben. Nicht für Trophäen oder Kämpfe, sondern um mehr von diesem großartigen Land zu erkunden und zu sehen!"

Herr Stonecroft warf Ezra einen Blick zu: "Was ist mit dir? Es kommt mir jedes Mal so vor, als wenn er", auf seinen Sohn deutend, "in den Wald ging, du bei ihm warst!"

"Das würde ich gerne, aber ich weiß nicht, was mein Vater sagen würde", antwortete Ezra.

" Ich vermute, du findest es heraus und kommst zurück, wenn du kannst!"

Ezra sprang auf die Füße, winkte seinem Freund zu und rannte zur Tür. Boettcher Stonecroft wandte sich an seinen Sohn: "Also, wie wäre es, wenn wir anfangen würden, zu packen? " schlug sein lächelnder Vater vor.

2 KAPITEL ZWEI

ABREISE

Er tauschte sein Seidenhemd gegen ein grobes Leinenjagdhemd aus, seine Reithosen und Gamaschen gegen strapazierfähige Leinenhosen und seine Krawatte wich einem Halstuch. Schnallenschuhe wurden zugunsten von Stiefeln aufgegeben, und seine Weste und sein Mantel wurden durch einen Wollmantel ersetzt. Sogar der Dreispitz wich einem breitkrempigen Filzhut. Gabriel stand vor seinem Vater, streckte die Hände seitlich aus, um seine neue Kleidung vorzuführen, und sein Vater grinste. "Wenn ich nicht wüsste, dass du es bist, würde es mir sehr schwerfallen, dich zu erkennen."

"Wie du sagtest, ist die Garderobe eines Gentlemans nicht für die Wildnis geeignet. Ich hoffe, ein Indianerdorf zu finden, vielleicht Potawatomi, um ein paar Hirschfelle einzutauschen."

"Das wäre klug. Als ich mit deinem Großvater reiste, trugen wir beide Hirschleder, aber das ist natürlich schon viele Jahre her", sinnierte Boettcher. "Komm, geh mit mir ins Arbeitszimmer."

Als sie die „Höhle" des Mannes betraten, bemerkte Gabriel mehrere Gegenstände, die auf dem Schreibtisch des alten Mannes aufgereiht waren. Er sah zu, wie sein Vater den kleineren Gegenstand, ein fein gearbeitetes flämisches Messer, aufhob: "Dies ist die Art von Messer, die vom

9

Coureur de Bois verwendet wird, und beide Messer hier passen in diese Scheide." Er deutete auf die Lederscheide, in der die Messer mit der gewölbten Klinge aufbewahrt wurden, von denen das erste etwa dreizehn und das zweite etwa acht Zentimeter lang war. " Du kannst es am Gürtel, im Stiefel oder auf dem Rücken zwischen den Schultern tragen, oder du kannst einen Halsriemen hinzufügen." Als er die Messer und die Scheide seinem Sohn übergab, drehte er sich wieder zum Schreibtisch um und nahm ein Gewehr in die Hand. Er grinste, als er es Gabriel reichte.

"Aber Vater, das ist doch dein Ferguson!"

"Das ist richtig, und wenn du dich erinnerst, waren wir im Unabhängigkeitskrieg nur zu fünft bei den Scharfschützen, die damit ausgerüstet waren. Aber du weißt das alles und hast bewiesen, dass du damit umgehen kannst. Vergiss nicht, die Verschlussschraube alle, oh, fünfzig Schuss oder so mit Bienenwachs zu bestreichen".

"Ich fühle mich geehrt, dass du mir erlaubst, es zu nehmen, Vater."

Der grauhaarige Mann schaute nach unten, räusperte sich, als er sich umdrehte: "Und das, das wolltest du seit du es zum ersten Mal benutzt hast!" Als er sich umdrehte, um sich seinem Sohn zuzuwenden, hielt er einen mongolischen Hornbogen in den Händen. Obwohl er nicht bespannt war, erkannte Gabriel ihn als seine Waffe der Wahl. Er war ein Experte im Umgang mit der mächtigen Waffe geworden und setzte sie bei seinen Streifzügen in den Wäldern viele Male ein. Mit einem Kern aus Bambus, Horn an der Vorderseite und Sehne auf der Rückseite war er mit Tierleim verbunden und mit einer dünnen Schicht Birkenrinde überzogen. Mit einer effektiven Reichweite von fünfhundert Metern in den Händen eines Meisters hatte er sich oft als tödlicher erwiesen als ein gewöhnliches Gewehr oder eine Muskete. Boettcher hielt ihn und den harten Lederköcher voller Pfeile, der über einen Meter lang war, und zusätzlich mit den Schwanzfedern eines Adlers für den Schaft neuer Pfeile bestückt war. "Nun, da sind drei hölzerne Pfeile drin, aber die anderen haben metallene Spitzen."

"Vater, dies ist der Stolz deiner Sammlung", erklärte ein erstaunter Gabriel.

"Ja, aber das hat dich nicht davon abgehalten, ihn bei jeder Gelegenheit herauszuschmuggeln", antwortete der Ältere kichernd. "Ich schlage vor, du suchst dir jetzt die anderen Gewehre aus, die du als Ersatz haben willst, und wahrscheinlich eines für Ezra, falls er kommen sollte. Nun, hier", er hob einen offensichtlich schweren Beutel auf, der mit Schnüren verschlossen war,, "ist genug Gold, um dich für einige Zeit gut zu versorgen. Du solltest auch einige Handelswaren kaufen, die du auf deinen Reisen verwenden kannst. Ich werde jedoch mit meinem Anwalt, Sutterfield, Vereinbarungen treffen, um ein Konto bei der Bank einzurichten, auf das du bei Bedarf zurückgreifen kannst. Die Einzelheiten sind aufgeschrieben und in der Tasche." Er hielt inne und lehnte sich zurück, um sich auf die Tischkante zu setzen, dann hob er den Blick zu seinem Sohn. "Ich werde alt und ich weiß nicht, wie viel Zeit mir noch bleibt". Er hielt die Hand hoch, um die Einwände seines Sohnes abzuwehren. „Ich habe mein Testament verfasst und bis auf ein Almosen für Gweneth wird mein Nachlass aufgelöst und auf das Konto eingezahlt, das von Sutterfield eingerichtet wird. Es wird dir und wahrscheinlich auch deinen Erben zur Verfügung stehen."

Gabriel nahm die Ferguson, den mongolischen Bogen in der Scheide, den Köcher und den Beutel mit Gold, während Boettcher die Messer, das Ersatzgewehr, den Reisebeutel und das Pulverhorn trug. Sie waren gerade durch die Hintertür getreten auf dem Weg zum Pferdestall, als sie von Ezra begrüßt wurden, der auf seinem langbeinigen kastanienroten Zuchtpferd ritt. "Hey! Sieht aus, als würde ich mitkommen! Das heißt, wenn die Einladung noch offen ist?"

Gabriel kicherte: "Natürlich ist sie das und ehrlich gesagt glaube ich nicht, dass ich wüsste, was ich im Wald tun könnte, wenn ich dich nicht an meiner Seite hätte!"

"Nun, jemand muss dich beschützen, da du so anfällig dafür bist, auf Schritt und Tritt in Schwierigkeiten zu geraten", verkündete er, als er abstieg.

Als sie den Reitstall betraten, beugte sich der Koch und Hausverwalter Daniel über zwei große Ledertaschen und stopfte sie mit Vorräten für die Reise voll. Boettcher wandte sich an seinen Sohn: "Ich bat Daniel, die Packtaschen mit reichlich Waren und Haushaltssachen zu beladen, und die Fuchsstute reicht als dein Packpferd. Sie ist liebenswert und sanft und wird vor nichts und niemandem scheuen, so dass du dir keine Sorgen machen musst, dass dein Packpferd mit all deiner Ausrüstung davonläuft." Er ging zum ersten Stall und blieb dort stehen, legte dann seine Ladung im Arm neben der Stalltür ab und drehte sich um, um seinen Sohn anzulächeln.

"Du meinst doch nicht ..." begann Gabriel, wurde aber durch die hochgehaltene Hand seines Vaters gestoppt.

"Ja, das tue ich. Ebenholz hier ist das beste Reisepferd, das ich habe, und du wirst ihn definitiv brauchen. Seit ich ihn von diesem Zigeuner gekauft habe", mit einem Nicken zum Stall, "kaut er auf seinem Gebiss herum, dass er rauskommt, wo er sich die Beine vertreten kann."

Gabriel trat zum Türflügel und griff nach oben, um Kopf und Wangen des schwarzen Pferdes zu streicheln, das mit einem leisen Grummeln antwortete und mit den Lippen an Gabriels Arm knabberte. Die beiden waren seit über einem Jahr Freunde und Weggefährten, seit er zum ersten Mal zur Familie kam, und sie waren auf all den letzten Reisen in den Wald zusammen gewesen. Der Hengst hatte über eineinhalb Meter Beinlänge, hatte einen langen Rücken, einen großen Rumpf und muskulöse Vorderläufe. Es fehlte ihm jeglicher Farbtupfer, so dass der Name "Ebenholz" gut zu ihm passte.

"Laut diesem Zigeuner gehört dieses Pferd der andalusischen Rasse an, und diese lange Mähne und dieser lange Schweif sind typisch für Turnierpferde, aber wo du hingehst, sollte man sie vielleicht ein wenig zurechtschneiden", schlug Boettcher vor. "Und da du inkognito reisen wirst, schlage ich vor, dass du meinen Sattel statt deinem schicken Sattel nimmst. Mit einem schicken Pferd und Sattel unter dir wirst du nicht als typischer Bauer oder

Arbeiter durchgehen. Also stutz e ihm seine Haare bei der ersten Gelegenheit zurecht."

Der Sattel seines Vaters ähnelte den Dragoner-Sätteln, mit zwei Halftern für Pistolen, neben dem minimalen Knauf, Metallbügeln und Riemen für eine Bettrolle hinter dem Sattelzwiesel. Als er den Sattel anhob, sah er, dass die Halfter beide Pistolen enthielten, aber er beendete das Satteln des Pferdes eilig, führte es aus dem Stall und ins Licht. Dicht gefolgt wurde er von Daniel, der das Fuchs-Packpferd, mit dem Rucksack und den Packtaschen beladen, führte. Gabriel band seinen Schlafsack fest, schob die Ferguson Flinte in die Scheide, hängte den Pfeilköcher unter das Ende seines Schlafsackes und schob den ummantelten Bogen zwischen das Steigbügelleder und das Schweißblatt.

Als er sich umdrehte, sagte sein Vater: "Ich habe die Ersatzgewehre an die Rucksäcke gebunden und es ist noch mehr Pulver, Blei und eine Gussform in der Tasche. Er blickte seinen Sohn wehmütig an, die Tränen quollen hervor, und er streckte die Arme zu einer Umarmung aus. Als die beiden Männer einander umarmten, wurde nichts gesagt, aber alles war tief empfunden. Als sie zurücktraten und jeder ein Lächeln erzwang, war Gabriel der erste, der sagte: "Ich werde dich vermissen, Vater."

"Und ich dich, mein Sohn. Aber selbst wenn das Duell nicht stattgefunden hätte, wäre diese Zeit ohnehin über uns gekommen. Ich kann nur sagen: Mach mich stolz."

"Du weißt, dass ich immer mein Bestes geben werde", würgte Gabriel hervor und drehte sich schnell um, um aufzusteigen.

Als er sein Bein über die Bettrolle schwang und sich im Sattel zurechtsetzte, warf er einen letzten Blick auf sein Zuhause und seinen Vater: "Umarme Gweneth für mich und sag ihr, dass ich immer an sie denken werde."

"Das werde ich", antwortete sein Vater schlicht und einfach, und trat zurück.

Die beiden Männer ritten von dem Anwesen in das schwindende Licht des Tages, da sie wussten, dass die

Dunkelheit bald über sie hereinbrechen würde, aber sie ritten auf vertrauten Straßen und wollten Kilometer hinter sich lassen. Sie ritten einige Zeit schweigend, bis Ezra fragte: "Hast du eine Ahnung, wo wir hingehen?

Gabriel kicherte: "In den Sonnenuntergang".

Ezra lachte: "Kannst du eine Frage nie direkt beantworten, anstatt mit all dem blumigen Fantasiezeug?

"Wie wär's, wenn ich einfach sage, in die Dunkelheit?"

"Es wird nicht das erste Mal sein, dass wir irgendwo hingehen, wo wir nicht wissen, wo wir sind oder hinwollen ", murmelte Ezra.

"Nun, Ezra, mein Freund, der Norden ist kalt, der Süden ist heiß und der Westen ist unbekannt. Angesichts der Wahl, wähle ich den Westen. Wie steht's mit dir?"

"Klingt vernünftig. Nach allem, was wir über die Franzosen, die Spanier und andere da draußen gelesen haben, klingen sie fast genauso störrisch wie alle anderen hier in der Gegend, also ... es scheint nicht so, als hätten wir viel zu verlieren, also behalten wir unsere Haare für ein paar der unbekannten Indianer!"

"Du bist ja wirklich optimistisch. Wie wäre es, wenn wir uns an all die Zeiten erinnern, in denen wir im Wald saßen und unsere Träume teilten, große Entdecker zu sein und neue Gebiete zu erforschen und Schätze zu finden und all das?"

"Wir sind keine Kinder mehr, falls du es noch nicht bemerkt hast!"

"Ah, aber das Abenteuer wartet", erklärte Gabriel, hob die Arme und lachte, als gehöre die ganze Welt den beiden.

3 KAPITEL DREI
ENTDECKUNG

ALS DAS ERSTE TAGESLICHT BEGANN, ihre Rücken mit Schattenpunkten zu bemalen, stellten sich Gabriel und Ezra nebeneinander am Ufer des westlichen Arms des Brandywine Creek auf. Die dichten Eichen- und Hickorywälder am Westufer luden sie ein, ihr Lager aufzuschlagen, und sie drängten über den Bach, als die aufgehende Sonne ihre ersten Strahlen in den Wald warf. Eine kleine, von spärlichem Knopfbusch und Hartriegel gesäumte Lichtung bot Schutz und das Gras lud die Pferde zum Grasen ein. Sie zogen die Ausrüstung von den Pferden und Ezra bereitete die Utensilien und Lebensmittel vor, während Gabriel etwas Brennholz holte und ein Feuer machte. Er war geübt im Umgang mit Feuerstein und Stahl und hatte den Zunder schnell zum Brennen gebracht. Bald war das Feuer so weit, dass Ezra seine Kochkünste unter Beweis stellen konnte.

Nachdem er den Kaffee aufgesetzt hatte, lehnte sich Gabriel gegen die verbleibende Packtasche zurück, und während er Ezra beim Aufräumen beobachtete, sagte er: "Wir sind gestern Abend gut vorangekommen und ich denke, ich würde gerne wieder nachts reisen, zumindest bis wir zu den Susquehanna kommen. Wenn wir die Nacht auf der Straße nach Strasburg durchreiten, sollten nicht zu viele Reisende unterwegs sein und wir könnten es bis zum Fluss oder zumindest in die Nähe des Flusses schaffen."

"In der Kirche meines Vaters war ein Mann, der zum Susquehanna gereist und auf der Jagd gewesen war, und er sagte, es gäbe eine Kreuzung an der Straße von Strasburg. Der Fluss ist etwa drei, vielleicht vier Fuß tief und die Strömung ist nicht stark. Es ist stromaufwärts vor ein paar Inseln und direkt vor dem Ufer."

"Nun, alles hängt davon ab, wann wir dort ankommen und ob die Pferde nicht zu müde sind. Es sollte tagsüber sein und wir können uns auf der anderen Seite einen Platz zum Schlafen suchen."

"Und danach könnten wir darüber nachdenken, den Pferden eine Pause zu gönnen, bevor wir in die Berge gehen", riet Ezra, als er das Fleisch in die Pfanne warf. Er setzte die Pfanne an den Rand des Feuers und lehnte sich zurück, um das Fleisch zu Ende garen zu lassen, nahm eine Tasse und goss sich Kaffee ein. Er warf seinem Freund einen Blick über das Feuer zu. "Weißt du, vielleicht kommen wir nie wieder auf diesem Weg zurück. Vielleicht sehen wir niemanden aus unserer Familie wieder. Denkst du darüber nach?"

"Ständig. Und Ezra, ich möchte, dass du ein paar Dinge weißt. Erstens bin ich dir sehr dankbar, dass du dich entschieden hast, dich mir anzuschließen, und zweitens, falls du jemals an zu Hause denken solltest und zurückkehren möchtest, sag einfach Bescheid."

"Es fällt dir jetzt leicht, das zu sagen, aber vielleicht bist du dort nicht willkommen. Wer weiß, was der alte Wilson aushecken wird. Soweit wir wissen, hat er bereits jemanden auf unsere Spur angesetzt", erklärte Ezra, während er an seinem Kaffee nippte und mit großen Augen über den Rand der Tasse schaute.

"Aber was ich meinte, war, wenn du den Wunsch verspürst, nach Hause zu gehen, und selbst wenn ich das nicht kann, fühle dich nicht verpflichtet, meine Hand wie bei einem Schulkind zu halten. Geh einfach und verschwinde! Verstanden?", antwortete Gabriel.

Ezra kicherte: "Einige Leute haben gesagt, du und ich seien wie zwei Seiten derselben Münze, natürlich habe ich sie nie gefragt, wer Kopf und wer Zahl sei, aber ich werde dich nicht all die Erkundungen und Abenteuer ohne mich machen lassen!"

Gabriel grinste, trank seinen Kaffee aus und sagte: "Ist das Fleisch nicht fast fertig?"

"Umm hmm. Nimm deinen Teller und lass uns essen", erklärte Ezra und richtete sich auf, um nach der Pfanne zu greifen.

DIE GOLDENEN STRAHLEN der Sonne wurden von der Oberfläche des Susquehanna zurückgeworfen und warfen ein rieselndes Licht auf das andere Ufer und die Bäume und Sträucher, die den Rand säumten. Ein Durchbruch im Gestrüpp markierte einen selten benutzten Pfad, der ursprünglich von den Lenape, Shawnee oder Stämmen der Irokesenkonföderation genutzt wurde. Gabriel griff nach unten, um den Hals seines Pferdes zu streicheln: "Was meinst du, Ebenholz? Willst du es mal versuchen?"

Ezra sagte: "Nun, ich bin zwar nicht Ebenholz, aber ich denke, du wirst das schon hinkriegen. Wir haben die Pferde etwas geschont und die Straße war in Ordnung, also sage ich, wir gehen rüber und machen uns was zu essen!"

Gabriel drückte seine Fersen an die Flanken von Ebenholz und startete ins Wasser. Der große Schwarze trat bereitwillig vom rutschigen Ufer weg und lief in die Wellen. Der kiesige Grund war flach und die beiden kleinen baumbestandenen Inseln befanden sich nicht mehr als dreißig Meter rechts von ihnen entfernt, aber sobald sie das Kies Ufer hinter sich gelassen hatten, wurde das Wasser tiefer und die ledernen Tapaderos der Steigbügel berührten fast das Wasser. Die Strömung war langsam und die Überquerung einfach, und innerhalb weniger Augenblicke begannen alle drei Pferde sich zu schütteln, als sowohl Gabriel als auch Ezra abstiegen. Das Rasseln der Ausrüstung und das Schlagen des Leders veranlassten beide Männer, zurückzutreten, bis die Pferde mit dem Schütteln fertig waren, dann führten sie die Tiere zu einer Öffnung im Gestrüpp und den

17

Bäumen, die einen zuvor genutzten Lagerplatz freigab. Nachdem sie ihre Ausrüstung abgesattelt hatten, genossen die Pferde das Abreiben, das ihnen die Männer mit Grasbüscheln in den Händen gaben. Angebunden, aber zum Grasen frei beweglich, nahmen sie bereitwillig eine Mahlzeit aus dem tiefgrünen Gras ein.

Gabriel war mit dem Kochen an der Reihe die beiden erledigten schnell die Aufgaben und bereiteten eine Mahlzeit aus gebratenem Schweinebauch, frischen Enteneiern und Brotteig zu, der wie ein langer Strang ausgerollt und auf einen grünen Stock gewickelt über dem Feuer geröstet wurde. Ezra hatte das noch nie zuvor zubereitet gesehen und schaute ein wenig finster drein, als er seinen Freund beobachtete, wie er die grünen Weidenstangen über dem Feuer anwinkelte. "Wie nennst du das?", fragte Ezra und nickte zu den Stöcken.

"Stockbrot, was sonst?"

"Das ist Brot?"

"Warte nur, bis du reinbeißt", erklärte ein selbstbewusster Gabriel und grinste den Skeptiker an.

Ihr Zeltplatz bot eine gute Deckung, gab ihnen aber dennoch freie Sicht auf den Fluss, und sie waren sich einig, dass dies ein guter Ort sei, um sich eine Weile auszuruhen. Am nächsten Morgen würden sie ihre Tagesausflüge beginnen. Da sie nicht wollten, dass einer von Wilsons Schlägern ohne Vorwarnung über sie herfiel, kamen sie überein, die ganze Nacht über abwechselnd Wache zu halten. Obwohl nichts passiert war, was den Eindruck erweckte, man sei ihnen gefolgt, zogen beide Vorsicht der Unachtsamkeit vor.

GABRIEL FÜHRTE den Weg auf dem düsteren Pfad, der sich durch den dichten Wald schlängelte, an. Es gab keine Anzeichen dafür, dass er kürzlich genutzt worden war und war an vielen Stellen zugewachsen, aber er führte in die von ihnen gewünschte Richtung nach Westen. Er blickte auf die hoch aufragenden Tulpen-, Eichen- und Birkenbäume und sah viele von ihnen in Efeuranken verstrickt, einige erkannte er als Glyzinien und Gift Efeu. Das Gestrüpp war dicht mit Gewürzbuschwerk, Knopfbusch und Hartriegel durchsetzt. Der Weg bekam wenig direktes Sonnenlicht ab und als er zurück ans Licht führte, lehnten sich die Männer zurück und genossen die Wärme der Sonne.

"Wir kommen gut voran, auch wenn es keine gerade Linie ist, aber wir sollten in ein oder zwei Tagen eine Stadt finden, uns vielleicht eine Mahlzeit und ein Bett für eine Nacht besorgen, bevor wir uns wieder eindecken und in die Berge gehen", schlug Gabriel vor.

"Weißt du was, das habe ich auch schon gedacht. Das gibt den Pferden eine gute Erholung und uns auch", stimmte Ezra zu.

Gabriel kicherte: "Nun, du weißt, dass du dieses Stockbrot mochtest, also warum bist du so verrückt auf eine Mahlzeit aus einer Taverne?"

"Ich habe darüber nachgedacht, wie gut etwas zartes Schweinefleisch schmecken würde, mit Kartoffeln, Karotten, Zwiebeln und all den Dingen, die wir nicht haben", grinste Ezra.

ERST AM NACHMITTAG des zweiten Tages traten sie aus den Bäumen hervor. Sie hatten gerade den Codorus-Bach überquert, als sie zu einer Straße kamen, die beträchtlich bereist zu sein schien. Als sie auf der Nord-Süd-Straße auf und ab blickten, zeigten einige Hütten Richtung Norden, und sie wollten sehen, was dort lag. Kurz darauf kamen sie zu einem eingeritzten Schild, auf dem stand: Hanover, 2 Meilen. Sie sahen einander an, grinsten und machten sich mit nicht mehr als einem Nicken auf den Weg nach Norden in Richtung Hanover.

Sie waren von der Größe der Siedlung überrascht. Viele Blockhäuser säumten die meisten Straßen, und weitere, die weiter weg und näher am Rand des Waldes lagen. An der Hauptdurchgangsstraße befanden sich mehrere Hotels, Läden und eine Vielzahl anderer Geschäfte, die aus Ziegel- und Kalkstein gebaut waren. Gabriel entdeckte ein Schild, das an einer Metallstange hing und auf dem das Symbol eines Pferdes abgebildet war, mit einem zweiten galoppierenden Ross als Hintergrund. Er betrachtete das breite, mehrteilige Fenster, auf dessen Oberseite der Name des Gasthauses gemalt war, und auf dem in kleineren Buchstaben stand: Dieses Gasthaus gehört Gerard Reinecker. Er blickte Ezra an, um ein lächelndes und nickendes Gesicht zu sehen. Sie drehten sich um, um einen Mietstall zu finden, brachten die Pferde in den großen Ställen unter und gingen bald darauf über den Gehweg aus Holzbohlen zurück zum Gasthof.

Als sie durch die Tür drängten, drehten sich mehrere Leute, die an einer langen Bar saßen, den Neuankömmlingen zu, um sich dann, ohne ein Wort zu sagen, wieder ihren Getränken zuzuwenden. Gabriel deutete auf einen Ecktisch und sie setzten sich, als ein Mann mit der Figur eines Fasses und einer fleckigen Schürze, die über seinen Gürtel gespannt war, neben sie trat. Er nickte, lächelte und fragte: "Und wie kann ich Ihnen helfen?"

"Zuerst hätten wir gerne eine Mahlzeit und vielleicht einen Krug Bier, dann ein Zimmer, falls Sie eins zur Verfügung haben", sagte Gabriel, als er sich auf den Tisch lehnte.

Der Gastwirt lächelte und nickte erneut: "Jawohl, sehr erfreut, Ihnen dienen zu können. Wir haben Schweinebraten mit allem Drum und Dran, falls das passt?" Er sah, wie sie akzeptierend nickten und fuhr fort: "Ich komme gleich mit dem Bier zurück." Er drehte sich auf dem Absatz um und ging schnell weg, um ihre Bestellung in die Küche zu bringen, und als er um die Theke herumging, packte ihn ein großer Mann am Arm und murmelte etwas, was Gabriel nicht hören konnte. Als der Mann sich umdrehte und mit einem finsteren Gesichtsausdruck in seine Richtung blickte, erwartete er Ärger und flüsterte Ezra zu: "Jetzt kommt es!"

4 KAPITEL VIER

ZUSAMMENSTOSS

SIE BEOBACHTETEN DEN GROßEN MANN, wie er seinen Hocker zurückstieß, die Ärmel seines Leinen-Wollhemdes zurückschob und sich mit einem finsteren Blick zu den beiden Männern, die am Tisch in der Ecke saßen, umdrehte. Das Sonnenlicht strömte durch das mit Fliegendreck gesprenkelte Fenster und zeichnete ein Lichtquadrat auf den Tisch, welches die grob behauenen Bretter der Tischplatte beleuchtete. Gabriel warf einen Blick auf Ezra, und der Blick wurde schnell erwidert, als beide Männer zu dem großen Mann blickten, der in ihre Richtung stampfte. Die meisten von denen, die an der langen Theke standen, drehten sich um, als er hinter ihnen vorbei ging, und jeder erwartete irgendeine Art von Aufruhr. Diese Szene war den Einwohnern Hanovers vertraut, eine Szene, die von dem Tyrannen des Blocks oft wiederholt wurde.

Einer der Männer an der Bar sprach: "Martin, warum lässt du sie nicht in Ruhe? Die belästigen niemanden!"

Martin Knudsen drehte sich schnell um und knurrte den Redner an: "Kümmer dich um deinen eigenen Kram!" und drehte sich zurück, um die beiden Fremden am Tisch mürrisch anzuschauen. Er drängte sich zum Tisch, reckte sich nach oben, verschränkte die Arme über seiner massiven Brust und knurrte: "Wir wollen hier keinen von der Sorte! Am besten du gehst jetzt, bevor ich dich in Stücke reißen und rausschmeißen muss!"

Ezra blickte zu dem Mann auf und zeigte einen verstörten Gesichtsausdruck mit gekrauster Stirn und großen Augen: "Wollen Sie mit meiner Sorte sagen, dass Sie alle Iren rauswerfen?"

"Hä?!", fragte der Mann und beugte sich leicht nach vorne, als hätte er nicht richtig gehört.

"Iren, wissen Sie, diejenigen von uns, die ein irisches Erbe haben?"

Der finstere Blick erwiderte: "Sie sind kein Ire, Sie sind farbig!", erklärte er und brachte seine Verwirrung mit zusammengekniffenen Augen und gerunzelter Stirn zum Ausdruck.

"Oh, aber ganz sicher bin ich das. Der Name meiner Mutter ist Colleen Dubh O'Neil, und wir sind keltische Nachfahren der schwarzen Iren, und unser Erbe geht bis zu den frühen Spaniern und den Wikingern zurück!"

"Ich habe noch nie von den Kelten gehört, oder wie auch immer Sie sich nennen. Du bist nichts weiter als ein Klug-scheißer, und ich werde dir Manieren beibringen, Junge!" Er lehnte sich nach vorne, legte eine Hand auf die Tischkante und griff nach Ezra, der sich leicht zurückgelehnt, gerade außer Reichweite, befand. Gabriel machte einen schnellen Beinschwenk und schlug die Beine unter dem Tyrannen hervor, so dass er mit dem Gesicht voran auf den Tisch fiel, mit dem Kinn auf die Kante aufschlug und benommen zu Boden fiel. Als er sich aufrappelte, um auf die Beine zu kommen, standen Gabriel und Ezra auf und warteten.

Knudsen knurrte, als er sich auf Ezra stürzte, und wurde von einem kurzen Schlag getroffen, der seine Nase zertrümmerte, sein Gesicht mit Blut besudelte und seine Attacke stoppte. Er schaukelte auf den Fersen zurück, seine großen Augen weit aufgerissen, dann fiel er in eine leichte Hocke, die Arme ausgebreitet: "Ich breche dir das Kreuz", drohte er, während er knurrend auf Ezra zu tapste, nach dem Schlag ins Gesicht aber misstrauischer geworden. Für einen großen Mann war er überraschend schnell und flink und packte Ezra in einem Bärengriff, lehnte sich zurück und drückte mit all seiner Kraft zu.

Aber Blackwell war hart wie ein Ziegelstein, und als er vom Boden abgehoben wurde, lehnte er den Kopf zurück und schlug mit der Stirn nach vorne in die gebrochene Nase des Mannes, was ihn vor Schmerz und Wut aufschreien ließ und seinen Griff lockerte. Als Ezra auf die Füße fiel, versetzte er dem Mann einen schnellen rechten Hieb an den Kiefer, was diesen zurück taumeln ließ und boxte dann mit wiederholten Schlägen auf den Bauch ein. Der Raufbold beugte sich vor, überrascht von Ezras Stärke, und erhielt einen kräftigen Aufwärtshaken, der von tief unten kam und ihn zurück und zu Boden warf.

Gabriel trat an die Seite des Angreifers, beugte sich vor, und als der Mann den Kopf schüttelte und versuchte, wieder klar zu sehen, sagte er: "Vielleicht sollten Sie noch einmal überdenken, was Sie da tun. Mein Freund hat schon größeren Männern als Ihnen Schlimmeres angetan."

Knudsen jedoch drehte sich um, kam auf die Beine und drehte sich abermals, nur um von einer Rundum-Rechten getroffen zu werden, die ein Knacken im Kiefer auslöste, offensichtlich den Knochen brach und die Zähne zum Klappern brachte. Er spuckte Blut aus, legte eine Hand an sein Gesicht, knurrte dann wieder, Wut brannte in seinen Augen und er griff an. Er täuschte mit der Linken an und erwischte Ezra mit einem rechten Haken.

Der Schlag ließ Ezra Sterne sehen und er taumelte nach links, stolperte über ein Stuhlbein und ging zu Boden. Der Tyrann brüllte erneut, setzte sich auf den gefallenen Mann und begann, ihm in die Rippen und auf den Kopf zu schlagen. Als er seine Rechte für einen Schlag spannte, packte Gabriel seinen Arm, schleuderte ihn von Ezra weg und schickte ihn auf dem Rücken zu Boden. Er blickte auf und knurrte: "Du willst also auch was davon, was?" Als er auf die Füße krabbelte, sagte Gabriel: "Ich fand es einfach nicht sehr gentlemanlike von Ihnen, meinen Freund zu schlagen, während Sie ihn festhielten, das ist alles."

"Ich habe nie so getan, als wäre ich ein Gentleman",

brüllte er, als er auf Gabriel losging. Das Grinsen des großen blonden Mannes hätte ihn stutzig machen sollen, aber die asiatische Kampftechnik, die ihn über die Hüfte von Gabriel warf und ihn zu Boden schlug, hatte seine Aufmerksamkeit in Beschlag genommen. Der Hüne kämpfte, um Luft zu holen und schaute auf, nur um die beiden Männer zu sehen, die sich über ihn beugten. Der blonde Mann sagte: "Vielleicht sollten Sie darüber nachdenken. Das Beste, was Sie tun könnten, ist, ihm einfach die Hände zu schütteln und zu Ihrem Drink zurückzugehen. Wir geben Ihnen sogar noch einen aus, wie wär's damit?"

Knudsen kam auf die Beine, fing den geworfenen Barlappen mit dem Gesicht auf und starrte den Barkeeper an. Dann sah er die beiden Männer an, brummte und wandte sich ab, um zu seinem Getränk zurückzukehren. Gabriel rief: "Geben Sie den Männern noch einen Drink, Barkeeper!"

Das Gemurmel, das von der Gruppe an der Bar kam, war freundlich, und Lachen ersetzte die Beschwerden und abfälligen Bemerkungen. Alle tranken aus und viele hoben ihre Gläser in einem Ausdruck der Dankbarkeit in Richtung der beiden. Der Gastwirt brachte Teller, die mit allem, was das Haus zu bieten hatte, beladen waren und die großen Krüge mit Bier wurden wieder aufgefüllt. Er beugte sich über den Tisch, als er die Krüge auffüllte, und sprach leise: "Vielleicht sollten Sie bei Knudsen vorsichtig sein. Er ist keiner, der die Dinge auf sich beruhen lässt. Wenn er seinen Willen nicht auf die eine Art durchbekommt, versucht er es auf eine andere, und er ist nicht wählerisch, wie er es tut. Es gab mehr als nur ein paar Reisende, die ihm begegnet sind und irgendwo in einem Graben gefunden wurden.

"Warum unternimmt die Stadt nichts gegen ihn? Haben Sie kein Gesetz?" fragte Gabriel.

"Hah! Der, der sich Gesetz nennt, verbringt mehr Zeit in der Taverne als in seinem Büro. Er hat vor Martin so viel Angst wie jeder andere."

"Nachdem wir gegessen haben, legen wir uns für die

Nacht hin und brechen früh am Morgen auf. Wir verbringen nicht allzu viel Zeit damit, uns Gedanken darüber zu machen, was passieren könnte", antwortete Gabriel.

"Sie können nicht sagen, dass Sie nicht gewarnt worden sind", antwortete der Gastwirt.

SEINE MUTTER und ihre Mutter vor ihr waren als Banduri oder weibliche Druiden bekannt. Ezra hatte seiner Mutter viele Male zu Füßen gesessen, als sie versuchte, möglichst viel von ihrem Wissen weiterzugeben. Es war bekannt, dass sie das zweite Gesicht hatte und manchmal glaubte Ezra, dass er diese Fähigkeit teilte. Seine Großmutter hatte die erforderlichen neunzehn Jahre studiert, um alle Wege des Wissens und Heilens zu erlernen, und dieses Wissen an seine Mutter weitergegeben. Obwohl sie in dem neuen Land lebte, war ihre Weisheit seinem Vater während seines Kirchendienstes eine große Hilfe gewesen, denn die alten Druiden waren auch die geistigen Führer ihres Volkes gewesen. Ihre Fähigkeiten in Alchemie, Medizin, Recht und Wissenschaften gingen weit über die Norm hinaus und sie gab so viel von diesem Wissen eifrig an ihren Sohn weiter, wie es in der Zeit, in der sie zusammen waren, möglich war.

Bei ihrem Stopp im örtlichen Kaufhaus wurden sie mit einem reichlichen Nachschub an Kaffee, Zucker, Salz, ein wenig Trockenfleisch und etwas frühem Gemüse versorgt. Die Sonne stand ihnen im Rücken, als sie den Weg aus der Stadt heraus nahmen und die nördliche Route wählten, die leicht zu bereisen war und eine Brücke über den Conewago Creek bot, die sie schließlich nach Gettysburg führte, sowie auch eine Straße durch die South Mountains über Nichols Gap. Zumindest laut Aussage des Ladenbesitzers in seinem Geschäft.

Die Straße war leicht ansteigend und die hohen Hickorybäume und Eichen säumten und beschatteten sie. Die Männer ritten nebeneinanderher und die Sonne schien hell vor sich hin, als Gabriel sagte: "Das sieht so aus, als führe die Straße geradewegs in den Himmel", und nickte zum Kamm der Erhebung, der den Anschein erweckte, als führe die Straße tatsächlich geradewegs ins Blaue.

Plötzlich zog Ezra die Stirn in Falten, als er nach vorne blickte. "Äh, lass mich die Führung übernehmen, dann mach das, was ich tue."

Gabriel hatte diesen Ausdruck auf dem Gesicht seines Freundes schon einmal gesehen, und er wusste es besser, als ihn zu hinterfragen. Mehrere Male hatte diese angeborene Fähigkeit seines Gefährten sie vor Schwierigkeiten bewahrt und er gab bereitwillig seiner Einschätzung nach. In der Nähe des Kammes grub Ezra plötzlich seine Fersen in die Rippen des rotbraunen Pferdes und das Tier antwortete, indem es sich in den vollen Galopp stürzte. Gabriel griff nach einer der Sattelpistolen, die an seinem Knauf befestigt waren, und trieb seinen Schwarzen zum Galopp an, als er den Hahn der Pistole spannte und den Abzug bereit machte. Eine Muskete dröhnte und die Kugel pfiff knapp über den Kopf von Ezra, der tief unten am Hals seines Pferdes lag. Der Rauch zeigte den Standort des Schützen an und der große Mann ließ den Kolben seiner Waffe zu Boden fallen, als er verzweifelt nachladen wollte. Aber das Dröhnen der Pistole in Gabriels Hand hob den Kopf des Mannes mit offenem Mund an, als er die Kugel schluckte, die ihm den Nacken herausriss und ihn in das Gebüsch zu seinen Füßen fallen ließ.

Gabriel und Ezra hielten die Pferde an, Gabriel ließ die doppelläufige Pistole in das Holster fallen und zog schnell die zweite, wobei er sie auf vollen Anschlag brachte, als er sich umdrehte, um sich dem potentiellen Angreifer zu nähern. Er wusste, dass sein Schuss getroffen hatte, aber er wusste nicht, wie schwer der Mann getroffen war und wollte kein Risiko eingehen. Beide Männer ließen sich zu Boden fallen, pflockten die Pferde am Boden fest und drängten vorsichtig durch das Gebüsch auf den Schützen zu. Innerhalb weniger Schritte kamen sie zu der ruhigen Gestalt von Martin Knudsen, auf dem Rücken ausgestreckt, mit blinden Augen, die auf eine einsame Wolke am blauen Himmel starrten.

Mit dem Leichnam des Stadtschlägers über den Packsattel geworfen, ritten die beiden Männer zurück nach Hanover und banden ihre Reittiere am Geländer vor dem Büro des Gesetzeshüters fest. Ein stämmiger Mann mit Speckrollen unter seiner zu kleinen Weste, einem am Hals geöffnetem Leinenhemd und einer Hose, die seine abgetragenen hohen Stiefel zeigte, trat mit den Daumen in der Hose aus dem Büro und fragte: "Und was haben wir hier?"

"Dieser Mann", so begann Gabriel, als er die Leiche vom Packpferd herunterzog und sie als reglosen Haufen zu Boden fallen ließ, "versuchte, uns auf der Straße zu überfallen. Er hat danebengeschossen, ich nicht!"

Der Wachtmeister trat näher und beugte sich gerade so weit vor, dass er Martin Knudsen erkannte. Er richtete sich auf und sah Gabriel an: "Und woher weiß ich, dass es so passiert ist?"

"Weil ich es gesagt habe, und mein Freund hier wird es bezeugen."

"Nun, um ganz ehrlich mit Ihnen zu sein, es überrascht mich nicht. Dieser Mann", er zeigte auf die Leiche, "wurde schon einmal verdächtigt, dass er genau das schon früher getan hat, aber niemand hat je lange genug gelebt, um eine Beschwerde einzureichen. Also, auf Nimmerwiedersehen, sage ich!" Er kehrte in sein Büro zurück und ließ die beiden Freunde auf seinen Rücken starren.

Gabriel sah Ezra an, zuckte die Achseln, und die beiden stiegen auf und nahmen ihre Reise wieder auf. Einmal aus der Stadt heraus, sagte Ezra: "Das war mal was anderes."

"Nicht wahr? Vielleicht ist es das, was der Gastwirt meinte, als er von "dem Gesetz" in ihrer Stadt sprach. Aber ich werde mich nicht beschweren. Ich hatte eine Art Untersuchung oder Anhörung oder so etwas erwartet, aber ..." ließ er den Gedanken zwischen ihnen in der Luft hängen und schloss dann: "Und ich bin sicher, dass wir auf dem Weg genug Schwierigkeiten haben werden, um das zu schätzen wissen."

Ezra kicherte, als er seinen Freund ansah: "Hmm, hmmm, normalerweise findest du immer irgendwas an Schwierigkeiten, in die du uns hineinbringen kannst". Beide Männer lachten, als sie den langen, menschenleeren Weg entlang blickten und darauf vertrauten, dass eine Macht, die größer als die ihre war, sie durch alles bringen würde.

5 KAPITEL FÜNF

BERGE

A<small>LS SIE</small> H<small>ANOVER VERLIEßEN</small>, entschlossen sie sich, sich menschen- und stadtscheu durchzukämpfen, nahmen aber bis nach der Brücke über den Südarm des Conewago Creek die Straße nach Gettysburg. Sie blieben am Rand der Bäume, parallel zur Straße und blieben außer Sichtweite von Reisenden. Es gab gelegentlich einen Planwagen, Händler -oder Bauernwagen sowie andere berittene Reisende, aber keine, die sich besorgt zeigten. Sobald sie das Südgebirge in Sichtweite hatten, schwenkten sie südlich an Gettysburg vorbei, um erneut die Straße zu nehmen, die zum Nichols Gap führte. Sie passierten ein paar kleine Hügel, als sie sich dem Südgebirge näherten, Der Tag ging zu Ende. Sie wählten einen schwach ausgeprägten Pfad, der sie südlich der Straße in dichte Wälder führte, wo sie einen Lagerplatz fanden, der offensichtlich eine regelmäßige Nutzung erfuhr. Am Westufer eines breiten, flachen Baches bot dieser reichlich Gras, sowohl als Weide für die Pferde als auch als bequemen Schlafplatz für die Männer.

"Hier bei dieser alten Feuerstelle gibt es schon etwas Holz, aber wir brauchen noch mehr", rief Ezra, als er die Utensilien und Lebensmittel für ihr Abendessen auspackte.

Gabriel band die Pferde fest und antwortete: "Ich hole mehr, aber dann besteige ich den Berg hinter uns. Ich will einen Blick auf unseren weiterführenden Pfad werfen. Es kommt nicht oft vor, dass wir eine Stelle finden, von der aus wir weiter als bis zur nächsten Hecke oder zum nächsten Dickicht sehen können, also schaue ich mich mal um".

Mit seinem Messingfernglas in der Hand erklomm Gabriel den steilen, mit Gestrüpp bewachsenen Hang des Berges, der sich fast sechshundert Meter über ihrem Lager erhob. Gabriel nahm einen Zickzackkurs durch das Gestrüpp, wobei er, wenn möglich, Tierpfade benutzte, und erreichte bald den Gipfel des Berges. Er stand da und blickte auf die wunderbare Aussicht und auf das weite grüne Tal, das mit sanften Hügeln, Bächen und gelegentlich von einer oder mehreren Farmen gesprenkelt war. Die Straße, die die Farmen und die Nichols Gap durchtrennte, zog sich durch die Wälder und Ebenen, soweit die abnehmende Dämmerung es ihm erlaubte zu sehen. Etwa anderthalb Meilen östlich seines Berges und auf der Straße standen drei Gebäude, die eine Zwischenstation für Reisende zu sein schienen.

Er hielt das Fernrohr an sein Auge, zog es aus, um es zu fokussieren, und blickte auf das zweistöckige Steingebäude. Es handelte sich offensichtlich um eine Kutschstation, da er eine Postkutsche sah, die beim Korral an der Seite des Gebäudes stand. Er sah zu, wie vier Reiter zum Korral kamen, abstiegen und ihre Pferde absattelten, um sie in den Pferch bei einem Schuppen zu führen. Nur eines der Pferde unterschied sich von den anderen , da es ein Schimmel war, während es sich bei den anderen um die häufiger vorkommenden dunklen Braunen oder sogenannten Blutfüchse handelte, an denen nichts Bemerkenswertes zu erkennen war.

Die Männer, ein großer, zwei durchschnittliche und ein kleiner, watschelnder, gingen in die Taverne und drängten sich an den wartenden Postkutschenpassagieren vorbei. Aus der Entfernung war niemand zu erkennen. Gabriel wusste nicht, wonach er suchte, aber er merkte sich die Männer trotzdem. Obwohl er damit rechnete, dass der alte Wilson nach einer Art Vergeltung für den Verlust seines Sohnes suchen würde, wusste er, dass der Mann auf jede erdenkliche Weise reagieren könnte. Etwas nagte fortwährend an Gabriels Gewissen und er tendierte zu der Möglichkeit, dass der alte Mann ihm und Ezra einige engagierte Kerle hinterherschicken würde. Er hatte keine Angst, denn er wusste, dass er auf sich selbst aufpassen konnte, und Ezra konnte das auch, aber Bereitschaft war der richtige Weg, den sie einschlagen mussten.

Erst im vergangenen Sommer war Gabriel mit seinem Vater nach England gereist, damit dieser sich um einige geschäftliche Angelegenheiten im Zusammenhang mit seinen Schifffahrtsinvestitionen kümmern konnte. Während er dort gewesen war, hatte Boettcher Stonecroft über seine Partner dafür gesorgt, dass Gabriel Privatunterricht von Daniel Mendoza, dem dreimaligen Boxmeister, erhielt. Obwohl Mendoza mit seinen fünf Fuß sieben Zoll und einhundertsechzig Pfund ein eher kleiner Mann war, war er der einzige Mittelgewichtler, der den Weltmeistertitel im Schwergewicht gewonnen hatte. Seine Boxakademie lehrte ihn seinen völlig neuen Boxstil, der sich auf das "Ausweichen" und das Vermeiden von Schlägen durch Ducken und Bewegen konzentrierte, etwas, was vorher noch nicht gemacht worden war. Das Training bestand hier darin, zwischen Stillstehen und Schläge austauschen abzuwechseln. Nach Mendoza hatte er auch einige Sitzungen mit dem neuen Champion, Gentleman John Jackson. Der letzte Monat ihres Aufenthalts in England gab Gabriel auch die Gelegenheit zum Unterricht im Akiyama Yōshin-ryū-Stil von Jūjutsu, der kurz zuvor von Japan aus in Europa eingeführt worden war.

Gabriel sah sich selbst nie als Kämpfer, aber die erlernten Fähigkeiten hatten sein Selbstvertrauen gestärkt, an dem es ihm zuvor schon nicht mangelte. Sein freundliches Lächeln war entwaffnend und aufrichtig und erzählte wenig von seinen Fähigkeiten mit Händen und Waffen. Gewöhnlich leise sprechend, war er nie einer gewesen, der einen Rückzieher machte, sondern hielt an seinen Überzeugungen und Manieren fest als ein Mann von echtem Charakter.

Er warf einen vollständigen Rundumblick über die Landschaft, trat dann näher an den Steilhang heran und überblickte die Straße, die sie am nächsten Morgen nehmen würden. Er sah sie sich an und ging dann los um bergab zu steigen. Als er den Knopfbusch durchbrach, erschrak er, als ein Weißwedel Hirsch über den Pfad sprang und, seinen Schwanz warnend in die Luft erhoben, davonhuschte. Er kicherte vor sich hin, als ihm klar wurde, dass er an zu Hause gedacht hatte; er dachte an seine Schwester und seinen Vater, in der Hoffnung, dass sie gegen jegliche Vergeltung durch den alten Wilson immun sein würden. Er folgte seiner eigenen Fährte zurück und bemerkte frische Bärenspuren, die jene von seinem Aufstieg auf den Kamm kreuzten. Er beugte sich vor und untersuchte die Fährte, wobei er eine größere und zwei kleinere Spuren bemerkte, die der ersten folgten. "Das müssen eine Mama und ihre Jungen sein", flüsterte er, schaute die Fährte entlang und hoffte, die drei nicht zu sehen. Er ging weiter und sah, wo das Bärentrio vom Pfad abgebogen und ins Gebüsch gegangen war, dann beschleunigte er sein Tempo und war bald am Rande ihres Lagers. "Das riecht gut! Ist das etwas von dem Schweinefleisch, das du vom Gastwirt bekommen hast?"

"Das ist es! Es hat mich viel Mühe gekostet, ihm das abzuschwatzen, aber wir haben heute Abend ein schönes Festmahl", antwortete Ezra, der auf einem flachen Stein saß und eine dampfende Tasse Kaffee hielt. Gabriel goss sich eine Tasse ein und fragte: "Ist es fertig, oder müssen wir warten?"

Ezra nickte in Richtung der Zinntöpfe: "Da wartet dein Teller, greif zu!"

Als Gabriel seinen Anteil schöpfte, fragte Ezra: "Hast du etwas gesehen?"

"Nichts Besonderes, aber es gab vier Reiter, die an der

Postkutschenstation ein Stück die Straße hinunter anhielten. Oh ja, und ich sah frische Spuren einer Bärin und ihrer Jungen", antwortete Gabriel und griff nach seiner Kaffeetasse. Als er seine Tasse füllte, ließ das Wiehern des Schwarzen seinen Kopf in die Höhe schnellen. Das Pferd stand aufrecht, den Kopf hoch, die Ohren nach vorne, die Nasenlöcher weit aufgebläht und die Vorderfüße tänzelten nervös. Gabriel wirbelte herum, um hinter sich zu schauen, aber nichts bewegte sich und er blickte zurück zu dem Hengst, der immer noch Nervosität zeigte. Er drehte sich um, um die Bäume abzusuchen, und eine Bewegung nahe der Spitze eines hohen Hickorybaumes erregte seine Aufmerksamkeit. Ein schwarzes Fellknäuel spähte aus der hohen Gabel des Baumes, kleine schwarze Augen richteten sich auf die Männer am Feuer. Ein weiteres huschte hinter ihm her, und beide klammerten sich an die mit rauer Rinde bedeckten Äste. Plötzlich ertönte ein Knurren vom Fuß des Baumes hinter einem Dickicht aus Hartriegel und Gabriel wusste, wer die Besucher waren. Er schaute Ezra an: "Ganz ruhig, und geh zu den Pferden. Wir müssen sie beruhigen, und es wäre gut, ein Gewehr zur Hand zu haben."

Sie wichen vom Feuer zurück, jeder mit einem Blechteller in der einen und einer Kaffeetasse in der anderen Hand, als sie sich den angepflockten Pferden näherten. Gabriel stellte sein Geschirr ab und streckte leise sprechend eine Hand nach dem Schwarzen aus, wobei er sich langsam näherte. "Ruhig, Junge, ganz ruhig, es ist alles in Ordnung. Ruhig, ganz ruhig." Er stand mit dem Rücken zum Feuer und dem fernen Bären, aber er sah die glänzenden Augen von Ebenholz, die an ihm vorbeiblickten und zweifellos die schwarzen Störenfriede beobachteten. Er streckte die Hand aus, um seinen Rappen zu berühren, gerade als Mama-Bär ein weiteres wütendes Knurren ausstieß. Ebenholz zog zurück, aber Gabriel klammerte sich an das Halfterseil und hielt ihn fest. Ezra war seinem großen Rotbraunem nicht so nahe und beim Knurren der Bärin bäumte sich das Pferd auf, riss den Pflock aus dem Boden und in einem kurzen

Augenblick hatte es sich auf den Hinterbeinen herum gedreht, fiel wieder auf alle Viere und verschwand galoppierend in den Bäumen. Ezra griff nach dem Führungsseil des Fuchs-Packpferdes, fing es gerade noch rechtzeitig auf und trat nahe heran, um die Stute zu beruhigen.

Beide Männer hielten die Pferde an den Führungsseilen fest und wandten sich dem Bären zu. Sie sahen, dass die Bärenmutter auf den Baum geklettert war und das untere Jungtier schier erdrückte, während dieses anfing, den Baum rückwärts hinunter zu klettern , während die Bärin nach dem höheren der beiden Kleinen griff. Sie erwischte sein Hinterteil mit den Zähnen, zog sanft an ihm, damit er den Griff an dem Ast lockerte und als sie begann, den Baum hinunterzuklettern, war das Junge dicht hinter ihr. Bald waren sie hinter dem hohen Gebüsch und dem dichten Gestrüpp außer Sichtweite, und als die Männer lauschten, hörten sie, wie die drei in den tieferen Wald davon tapsten.

Mit etwas mehr Überzeugungskraft durch Sprechen und Streicheln beruhigten sich der Schwarze und der Rotfuchs bald und gingen wieder zum Grasen über. Die Männer hoben ihre Zinnteller auf und Ezra sagte: "Lass uns zu Ende essen und meinem verrückten Wallach eine Chance geben, sich zu beruhigen. Vielleicht kommt er von allein zurück. Wenn nicht, dann können wir ihm nachgehen. Ich glaube nicht, dass er weit weg sein wird; er beruhigt sich normalerweise ziemlich schnell."

"Nun, ich bin ganz für das Essen. Ich bin so hungrig, dass mir mein Bauchnabel in die Wirbelsäule drückt", erklärte Gabriel, während er sich das Schweinefleisch und das Gemüse mit einer Gabel in den Mund stopfte. Sie waren an diesem Tag weit gereist und hatten nicht für ihr übliches Mittagessen angehalten, aber die Dämmerung ließ den Vorhang der Dunkelheit fallen und das Pferd musste gefunden werden. Nach ein paar schnellen Bissen und einem Schluck Kaffee schwangen sich die Männer ohne Sattel auf die Pferde und machten sich auf den Weg, um nach dem umherziehenden Wallach zu suchen. Ezra kannte sein Pferd; weniger als eine Viertelmeile vom Lager entfernt, mitten in einer parkähnlichen Wiese, hatte der große Rotfuchs seinen Kopf tief im Gras vergraben, den Schwanz nach Fliegen schlagend, und tat so, als sei nichts geschehen. Er wurde schnell gefasst und zum Lager zurückgeführt, wo alle drei Reittiere am Rande der Lichtung wieder angepflockt wurden.

Sie legten sich zur Ruhe, als die Sterne begannen, ihre Laternen für die Nacht anzuzünden, und Gabriel lag mit den Händen hinter dem Kopf mit Blick zum Himmel. Er sah einige Sternbilder, die er erkannte, und er erinnerte sich daran, wie er und sein Vater oft auf dem Hinterhof gesessen hatten und über die Sterne und die Welt und die Dinge Gottes gesprochen hatten. Obwohl die Familie oft die Christus-Kirche besucht hatte, die Kirche die jeder, der jemand war, besuchte, hatte er mit seiner eigenen persönlichen Beziehung zu Gott zu kämpfen. Er lächelte bei dem Gedanken an seine Familie, wie sie auf den hölzernen Kirchenbänken in der Kirche saß. Es war die Kirche mit dem Kirchturm, die sie zum höchsten Gebäude Nordamerikas machte, und die Bogenfenster und das elegante Innere mit kannelierten Säulen, die sie von den üblichen Kirchengebäuden der damaligen Zeit abhoben. Sogar das Taufbecken erlangte Berühmtheit, da es vom Pfarrer William White, dem heutigen Bischof der Episkopalkirche, zur Taufe von William Penn verwendet worden war. Es war nicht ungewöhnlich, viele der Unterzeichner der Unabhängigkeitserklärung in den Kirchenbänken zu sehen, und sogar Betsy Ross, die aus dem Haus der Quäker-Versammlung hinausgeworfen worden war, weil sie John Ross, einen stellvertretenden Pfarrer der Christus-Kirche, geheiratet hatte.

Aber die starre Förmlichkeit mit den Pfarrgewändern, den gesungenen Gebeten und dem Läuten der Glocken und all das schien Gabriel einfach nicht zu gefallen. Es war nicht die Religion, die er suchte, sondern die persönliche Nähe, von der die Bibel zwischen Jesus und seinen Jüngern und sogar bei Johannes dem Täufer sprach. Er erinnerte sich daran, im Johannes-Evangelium von der "Wiedergeburt" gelesen zu haben, und er wollte mehr wissen. Vielleicht könnte Ezra für ihn etwas Licht in die Sache bringen. Schließlich war sein Vater ein Pastor, also könnte er vielleicht die Antworten haben. Gabriel lächelte bei dem Gedanken, ließ seine Augen über den Himmel schweifen und schlief bald darauf ein.

6 KAPITEL SECHS
WEGBESCHREIBUNG

"WAS IST, dass du an diesem schönen Morgen so tief in Gedanken versunken bist?", fragte Ezra, während er an seinem Morgenkaffee nippte und über die verbliebenen Kohlen des Kochfeuers auf Gabriel blickte.

"Hm?", fragte Gabriel, als er aus der Abwesenheit, die ihn mit glasigen Augen auf die glühenden Kohlen starren ließ, zurückfand. Er sah seinen Freund an, die Augenbrauen hochgezogen, den Mund leicht geöffnet, aber ansonsten ausdruckslos.

"Du hast schon vor dem Essen ins Feuer gestarrt und jetzt ist der Kaffee, den du normalerweise so heiß brauchst, dass er einen Durchschnittsmann verbrüht, kalt Also warst du irgendwo mit deinem überaktiven Verstand. Wo warst du?"

Gabriel richtete seine Augen auf seinen Freund, kicherte als er seinen Kaffee zurück in die Kanne goss und sie in die Kohlen schob. Er sah zu Ezra auf und sagte: "Ich denke nur nach. Wir sind eher vor dem weggelaufen, was in Philadelphia ist, als irgendwo hinzugehen. Ich denke, es ist an der Zeit, dass wir entscheiden, wohin wir gehen und warum." Er griff nach einem langen Stock, um die Kohlen anzufachen, und fügte ein Stück Brennholz hinzu, um den Kaffee zu erhitzen.

"Nun, mir scheint das Warum ziemlich offensichtlich zu

sein. Es ist das Wo und vielleicht auch das Wann, was wohl eher die Frage ist. Wir haben immer über die Wildnis gesprochen und nach dem, was wir studiert haben und wissen, ist die Wildnis so ziemlich alles westlich von Pittsburgh. Findest du nicht auch?", fragte Ezra, der sich mit den Ellbogen auf den Knien nach vorne beugte.

"Ja, oder zumindest war es mal so", erklärte Gabriel, dann beugte er sich nach vorne und begann, mit dem Stock im Dreck zu zeichnen. "Wir sind hier und Pittsburgh ist hier, etwa fünf oder sechs Tage entfernt, oder?" Er sah Ezra für Zustimmung an.

"Ämm hmm, so ungefähr, denke ich", antwortete er.

"Nun, der Ohio-Fluss beginnt dort, fließt nach Westen", er zog eine Schlangenlinie zu seiner Linken und schaute Ezra an, um sicherzustellen, dass der Mann ihm folgte, "und hier unten kommt er zum Mississippi. Dieser Fluss", er zeichnete eine neue Linie, länger und gerader als die erste, "verläuft im Wesentlichen von Norden her", er zeigte mit seinem Stock, "nach Süden bis New Orleans. Und alles westlich davon ist jetzt spanisches Territorium. Wie du weißt, war es früher Französisch, aber jetzt ist es Spanisch."

"In Ordnung, und?", fragte Ezra.

"Ich habe mich auf dem Laufenden gehalten; die Philadelphia Gazette war in letzter Zeit ziemlich informativ diesbezüglich, und dieses Gebiet nördlich des Ohio zieht eine Menge Siedler an. Mehrere derer, die im Unabhängigkeitskrieg gedient haben, haben staatliche Berechtigungsscheine für Land erhalten, und dieses Land entlang des Ohio hat eine ganze Reihe von ihnen angezogen."

"Aber es ist noch gar nicht so lange her, dass die Nord-West-Indianer-Kriege dort stattfanden", erwähnte Ezra mit einem finsteren Ausdruck auf seinem Gesicht.

"Ahh, das ist jetzt schon seit einiger Zeit vorbei." Gabriel wandte sich wieder seiner Zeichnung im Dreck zu: "Und ein großer Teil dieses Landes", auf den Süden des Ohio zeigend, "hat bereits Siedlungen und dergleichen. Aber", hielt er inne, um grinsend zu Ezra aufzuschauen, "westlich des Mississippi;

dort liegt die eigentliche Grenze und soweit ich weiß, gibt es dort nur sehr wenige Siedler und nur wenige Städte." Er lehnte sich zurück, den Stock über seinem Schoß und lächelte.

"Also, wenn ich dich richtig verstehe, denkst du, dass wir westlich des Mississippi gehen müssen?"

"Ja, genau das denke ich, genau."

"Um was zu tun?", fragte Ezra.

"Erforschen! Verstehst du das nicht? Schau", deutete er erneut auf seine Kritzeleien, "hier, hier, hier, hier und es passiert ständig mehr. Letztendlich wird der einzige Ort, an dem die Menschen neues Land finden, westlich des Mississippi sein. Und wenn wir zuerst dort sind, werden wir uns alles aussuchen können! Und selbst wenn wir kein Land haben wollen, werden wir alles darüber wissen und können tun, was wir wollen, andere führen, es kartographieren, einfach alles", erklärte Gabriel enthusiastischer, als Ezra ihn seit langem gesehen hatte.

Die Begeisterung war ansteckend und Ezra fing an, so breit zu lächeln wie sein Freund, griff dann zur Kaffeekanne und schenkte sich noch eine Tasse ein, bevor er Gabriel eine anbot: "Lass uns darauf trinken!"

Die Aufregung über eine neue Richtung gab den beiden besondere Energie, als sie das Lager abbrachen und durch den Taleinschnitt losritten. Es war früh am Morgen und die Sonne streckte lange Schatten vor ihnen aus. Die Ruhe des Tals wurde nur durch das Klappern der Hufe ihrer Pferde unterbrochen. Jeder Mann hatte sich in seine eigenen Gedanken zurückgezogen und angesichts ihrer aktiven Fantasie nahm ihre Zukunft alle möglichen Abenteuerformen in ihren Tagträumen an. Nachdem sie das Tal durchquert hatten, machten sie gute Fortschritte über die Ebene, reisten auf befestigten Straßen und an wenigen Reisenden vorbei.

"Ich bin überrascht, dass wir nicht mehr Reisende sehen", sinnierte Gabriel.

Ezra blickte seinen Freund an: "Das liegt daran, dass heute der Tag des Herrn ist und die meisten Leute in der

Kirche oder zu Hause sind, anstatt wie wir Heiden zu reisen", erklärte Ezra.

"Nun, warum hast du das nicht gesagt? Wir hätten unseren eigenen Gottesdienst abhalten oder versuchen können, es in eine Stadt zu schaffen und in einen zu gehen", schlug Gabriel vor.

Ezra hielt sich zurück und sah seinen Freund fragend an: "Ich dachte nicht, dass du dich allzu sehr für die Dinge Gottes interessieren würdest.

Gabriel drehte sich um, um seinen Freund anzustarren: "Das ist nicht so. Ich habe viel Interesse, aber nicht viel Wissen. Vielleicht kannst du mir auf dieser Reise ein paar Dinge beibringen, was sagst du?"

Ezra grinste: "Und mein Vater dachte, ich sei auf dem Weg ins Verderben." Er erhob seine Stimme und saß aufrecht im Sattel und bewegte sich mit ausgestreckten Armen: "Er wusste nicht, dass sein Sohn das Wort in diesem großen Land predigen würde!"

Gabriel lachte seinen Freund aus: "Jetzt spiel dich doch nicht gleich so auf. Ich will ja lernen, aber das bedeutet nicht, dass du mir jeden Tag predigen musst!"

Ezra lachte: "Ich glaube, wir beide haben noch viel zu lernen. Aber mir ist aufgefallen, dass du eine Bibel in deiner Satteltasche hast, habe ich Recht?"

"Ja, du hast Recht", gab ein widerwilliger Gabriel zu und grinste seinen Freund an.

Die sinkende Sonne schien hell in ihre Gesichter, als sie von dem langen Kamm der Nordberge umarmt wurden. Sie kamen zum westlichen Zweig des Conococheague Creek, einem breiten, flachen Bach mit dicht bewaldeten Ufern, dessen Westufer sich etwa sieben Meter über dem Bachbett erhob und mit Gestrüpp und dürren Bäumen bedeckt war. Als sie sich aufrichteten, drehte sich Gabriel zu Ezra um: "Wie wäre es, wenn wir ein bisschen auf Frischfleischjagd gingen?"

Ezra grinste: "Es ist an der Zeit, dass wir etwas Nützliches tun. Ich würde sehr gerne frische Wildsteaks über dem Feuer brutzeln lassen".

EZRA BEGAB sich flussabwärts und Gabriel flussaufwärts. Mit seinem mongolischen Bogen in der Hand dachte Gabriel an die vielen Male, die er ihn für die verschiedenen Ausflüge, die die beiden in ihren jungen Jahren unternommen hatten, in den Wald mitgenommen hatte. Alles, was er tun konnte, war, den Bogen auf die halbe Länge der Pfeile zu spannen, aber selbst dann hatte er sich für die Truthähne und Kaninchen, die er jagen durfte, als tödlich erwiesen. Als sein Vater ihm sein erstes Steinschlossgewehr geschenkt hatte, wurde der Bogen wieder in die Waffenausstellung seines Vaters gebracht und danach nur noch selten benutzt. Nun, da er den Bogen voll spannen konnte, war er bestrebt, ihn an größerem Wild, hoffentlich einem Weißwedel Hirsch, auszuprobieren.

Nur wenige Augenblicke nach dem Verlassen des Lagers hörte Gabriel den Schuss eines Gewehrs von stromabwärts. Er war sich sicher, dass es Ezra war, und er grinste und dachte, sein Freund hätte das erste Spiel gewonnen. Er bewegte sich leise durch die Bäume und suchte sich seinen Weg durch das Unterholz und das Gewirr umgefallener Äste und noch mehr. Das plötzliche Aufblitzen einer Bewegung erregte seine Aufmerksamkeit und er erstarrte an Ort und Stelle, ging dann zur Seite und versuchte, durch den dichten Wald zu sehen. Der weiße Blitz deutete auf einen fliehenden Hirsch hin. Es ertönte ein unerwarteter Schuss, der aus der Richtung kam, aus der der Hirsch geflohen war, und Gabriel beugte sich tief, um eine bessere Sicht zu bekommen.

Er hörte die rhythmischen Schritte eines fliehenden Tieres, aber das Tier kam näher. Er sah das Braun eines Hirsches, hob den Bogen und wartete, bis der Bewohner des Waldes auf ihn zukam, offensichtlich verwundet, aber nicht tödlich. Gabriel beobachtete und wartete, und als das Tier in die kleine Lichtung zwischen den großen Hickorys trat, ließ er seinen Pfeil fliegen. Er vergrub sich direkt hinter dem Vorderbein, tief in der niedrigen Brust des Bockes, und der Hirsch machte zwei Schritte und fiel auf sein Kinn, um still liegen zu bleiben.

Gabriel wartete, da er wusste, dass derjenige, der den Schuss mit dem Gewehr abgegeben hatte, wahrscheinlich dem Hirsch hinterherlief, in der Hoffnung ihn bald zu finden. Er wollte nicht aufstehen und sich in einer kompromittierenden Position befinden, wenn es darum ging, was jemand anderes als seinen Jagderfolg betrachten könnte. Eine kurze Weile verging, während er ruhig hinter der großen Eiche stand, und dann hörte er zaghafte Schritte, die vorsichtig der Blutspur des Hirsches folgten. Er beobachtete, wie sich ein scheinbar junger Mann näherte. Als der Jäger den niedergeschlagenen Hirsch erspähte, stand er aufrecht, grinste und ging schnell zu dem Kadaver.

Gabriel beobachtete, wie sich der junge Mann näherte, mit seinem Gewehr gegen das Tier stieß, und als sich nichts bewegte, kniete er neben dem Hirsch nieder. Er streckte die Hand aus, um die Seite des Tieres zu berühren, und Gabriel hörte: "Junge, bist du ein großartiges Exemplar. Wir werden heute gut essen!" Aber die Stimme war nicht das, was Gabriel erwartete. Dann hörte er: "Warte, was ...?"Gabriel grinste und wusste, dass der Jäger den Pfeil entdeckt hatte. Der Jäger stand schnell auf, das Gewehr in der Hand, und sah sich um, wahrscheinlich aus Angst, einen Indianer zu sehen, der hinter dem Hirsch her war.

"Ganz ruhig, ganz ruhig", sagte Gabriel, als er langsam hinter dem Baum hervortrat. "Das ist mein Pfeil, den Sie da sehen", sagte er, während er langsam näherkam, beide Hände hoch erhoben.

Der junge Jäger sah den Bogen in Gabriels Hand und fragte: "Haben Sie ihn geschossen?

"Ummhumm, das habe ich. Aber Sie haben den ersten Treffer rechtmäßig erzielt, sodass er Ihnen gehört."

„Mein Vater sagte immer: "Wenn zwei auf dasselbe Tier schießen, sollte es geteilt werden. Also ..."

Gabriel schaute den Jäger an, legte den Kopf zur Seite und dachte, dass an diesem etwas anders sei. Er blickte auf das Gewehr, sein Gegenüber lässig, aber sicher in den

Händen hielt, dann auf die abgetragene Kleidung. Es war nicht ungewöhnlich, dass jemand im Wald seine alte Kleidung trug, aber dieser hatte zu große Hosen, die an den Säumen hochgekrempelt waren und mehrere Flicken zeigten. Das derbe Hemd aus handgesponnenem Leinen war offensichtlich von jemandem, der viel größer war, und die nackten Füße schienen nie Schuhe getragen zu haben, aber das Gesicht war sauber und unter den schlappen Filzhut war eine Menge Haare gesteckt. worden

Gabriel fragte: "Wie ist Ihr Name?"

"Warum?", erwiderte der Junge.

"Meiner ist Gabriel. Ich wollte nur freundlich sein. Brauchen Sie Hilfe beim Zerlegen des Hirsches?"

"Ich kann es tun. Ich habe es schon mal gemacht."

Gabriel kicherte: "Wird das nicht ein bisschen schwer für Sie sein, das nach Hause zu schleppen?"

Der Jäger blickte von Gabriel zu dem Hirsch und wieder zurück: "Ich kann mehrfach hierherkommen."

"Ich sage Ihnen was. Ich habe ein Pferd bei uns im Lager. Sie fangen an, den Hirsch zu zerlegen, ich hole mein Pferd, und wir können es in einem einzigen Ritt zu Ihnen nach Hause bringen. Wie wäre das?"

" Sie wissen nicht, wo ich wohne!"

"Nein, aber ich bin sicher, Sie können es mir zeigen."

"Warum sollten Sie das tun?"

"Einfach nur um zu helfen, das ist alles. Wie wäre es also mit dem Namen?", fragte Gabriel.

"Er ist Bet ... äh ... Bethel", murmelte der junge Mann und wandte sich ab.

Gabriel runzelte die Stirn: "Sie meinen Betty, nicht wahr?"

Das Mädchen drehte sich schnell wieder zu Gabriel um. "Woher wussten Sie das?" fragte sie, erschien ein wenig verängstigt, mit großen Augen und einem festen Griff am Gewehr.

"Whoa, Stopp! Ich habe es nicht böse gemeint. Nebenbei bemerkt, es ist absolut nichts Falsches daran, eine Betty statt Bethel zu sein. Und ein Mädchen, das so schießen kann wie Sie? Nun, es gibt überhaupt nichts, worüber Sie sich Sorgen machen müssen."

"Aber ich habe ihn nicht getötet", antwortete sie und nickte zu dem niedergestreckten Hirsch.

"Sicher haben Sie das. Er war auf seiner letzten Etappe, als er hier ankam. Ich habe ihn nur angeschossen, damit wir ihn nicht weiter jagen müssen."

Sie neigte den Kopf zur Seite, als sie ihn ansah und versuchte herauszufinden, ob er die Wahrheit sagte oder nicht, und fragte dann: "Wie kommt es, dass Sie mit einem Bogen schießen. Haben Sie kein Gewehr?"

Er kicherte: " Doch, ich habe ein Gewehr. Aber ich benutze den Bogen gerne. Er ist viel leiser und niemand weiß, wo du bist!"

Sie hob als Antwort ihr Kinn an, drehte sich dann um und fiel neben dem Kadaver auf die Knie. Sie legte ihr Gewehr über das Hinterteil des Hirsches, zog ein Messer aus einer Scheide in ihrer Gesäßtasche und begann damit, das Tier auszunehmen. Gabriel lächelte und wandte sich ab, um sein Pferd aus dem Lager zu holen.

7 KAPITEL SIEBEN
BAUERNHOF

"DA, DAS IST DER PFAD!", erklärte Betty, während sie darauf zeigte. Das aufgeregte Mädchen saß hinter dem Sattelzwiesel, hielt sich an Gabriel fest und zeigte ihrem Wohltäter den Weg zu ihrem Zuhause. Obwohl sie sich über ihren Erfolg bei der Jagd freute, war es ihr etwas peinlich, diesen netten Mann zu sich nach Hause zu bringen, so wie dieses war, aber es war nun mal ihr Zuhause. Die kleine Behausung bestand zum Teil aus einem Unterstand, einem Gras Dach, Blockbohlenwänden, einem Lehmschornstein und einem Fenster neben der Tür. Eine Frau, in grober Baumwolle gekleidet, hängte ein paar Kleider an die Leine und als sie ihr Näherkommen hörte, drehte sie sich beim Anblick des Besuchers mit großen Augen um.

Betty beugte sich hinter Gabriel hervor, winkte ihrer Mutter zu und rief: "Ma, ich bin's! Ich habe einen Hirsch!" Bevor Gabriel sein Pferd zügeln konnte, war das Kind zu Boden gerutscht und zu seiner Mutter gerannt. Obwohl er nicht alles hören konnte, was gesagt wurde, hörte er, als Betty sich umdrehte, um auf ihn zu zeigen, wie diese sagte: "Ma, das ist Gabriel! Er half mir mit dem Hirsch. Deshalb bin ich so früh zu Hause!"

Gabriel berührte die Krempe seines Hutes: "Guten Abend, Ma'am. Freut mich, Sie kennenzulernen." Er stieg ab und ging zum Packpferd, um den Kadaver abzuladen. Er

45

drehte sich zu der Frau um und fragte: "Wo soll ich ihn aufhängen?" Er hatte sich umgesehen und sah die baufällige Scheune mit dem angefügten Korral, bemerkte aber, dass dort keine Tiere waren und auch keine Anzeichen, dass in letzter Zeit dort Tiere untergebracht gewesen waren.

"Ähm, in der Scheune, würde ich sagen", kam die schwache Stimme der Frau. Sie war sehr dünn, hatte ein fahles Gesicht und wirkte ziemlich gebrechlich. Sie hob ihren Rock an und ging vor ihm in die Scheune. Als sie die Tür aufzog, geschah dies mit beträchtlicher Anstrengung, und die Scharniere knarrten, weil sie kaum benutzt wurde.

Sie stand da und beobachtete, wie Gabriel den Kadaver an dem Haken eines alten Ochsengeschirrs, der vom oberen Balken schwang, aufhängte. Er war anscheinend schon einmal benutzt worden und erfüllte den Zweck, als er die Sprunggelenke des Hirsches spaltete und sich nach oben streckte, um die Hinterbeine zum Aufhängen des Tieres zu spreizen. Mit dem Flaschenzug ließ es sich leicht vom Boden hochziehen und er band das Seil schnell an dem nahe gelegenen Pfosten fest. Er blickte den Kadaver an und wandte sich wieder der Frau zu: "Das wird es Ihrem Mann leicht machen, die Haut abzuziehen", erklärte er und wandte sich der Frau zu.

Sie senkte die Augen: "Ich habe keinen Mann. Er kam ums Leben!"

Gabriel runzelte die Stirn: "Das tut mir leid, Ma'am. War es kürzlich?"

Sie wandte sich ab und schaute aus dem Scheunentor: "Letzten Herbst. Er hatte den Mais geerntet und so weiter, dann wollte er mit dem Pflügen beginnen. Der alte Hector, unser Maultier, war dabei, das Maisfeld zu pflügen, und die Pflugschar brach vom Rahmen ab, erschreckte das Maultier und Hector rannte weg, wobei er meinen Mann hinter sich herzog. Als wir sie fanden, war das Bein des Maultiers gebrochen und mein Ehemann ganz in den Pflugstiel und die Zügel verheddert, er war böse zugerichtet, mit gebrochenen Knochen und so weiter. Hat die Nacht nicht überstanden." Sie stand da und starrte vor sich hin, in

Erinnerung versunken, eine Hand auf der Hüfte, die andere auf dem Mund. Ein Schluchzen schüttelte ihre Schultern, als sie auf die Knie fiel, das Gesicht in beiden Händen.

Gabriel kniete neben sie und legte eine Hand sanft auf ihre Schulter. "Was werden Sie jetzt tun?"

Sie schaute zu ihm auf: "Ich weiß es nicht recht. Wir haben kein Geld. Die Bank hat eine Hypothek auf unserem Stück Land. Was er geerntet hat, ging an die Bank. Es hat aber nicht alles bezahlt was wir schulden." Sie schüttelte den Kopf, lehnte sich auf den Fersen zurück, suchte in ihrer Schürzentasche nach einem Taschentuch und wischte sich die Tränen ab. Sie sah Gabriel an: "Bitte verzeihen Sie mir, ich wollte nicht anfangen zu heulen".

"Das ist in Ordnung, Ma'am. Ich verstehe." Er schaute sich in der Scheune um und ging zur Tür hinaus zum Unterstand. "Wie viele Hektar haben Sie hier?"

"Nur Hundertsechzig. Das Übliche. Das meiste ist gutes Land, aber ich kann es nicht bearbeiten, selbst wenn ich ein Maultier hätte."

"Haben Sie versucht, es zu verkaufen?"

"Niemand will gutes Geld dafür bezahlen, wenn es da draußen so viel zu holen gibt. Aber wenn ich es könnte, könnten wir nach Hause zurückkehren."

"Wo ist zu Hause?", fragte Gabriel.

"Virginia. Wir haben Verwandte dort, oben in den Blue Ridge Mountains", antwortete sie, während sie sich nach vorne beugte, um vom Boden aufzustehen. Gabriel stand auf, bot ihr seine Hand zur Hilfe an und sie gingen zusammen aus der Scheune. Betty hatte die Pferde am Zaun des Korrals angebunden und ihr Gewehr an die Tür gelehnt. Sie hatte ihren Hut abgenommen und versucht, sich die Haare zusammen zu binden, und stand lächelnd am Geländer.

"Ist das nicht eine Schönheit, Ma?" fragte sie, stolz auf ihre Leistung.

"Ja, Liebes, es ist ein schöner Hirsch. Aber jetzt müssen wir ihn häuten und hängen lassen, damit er sich abkühlt und die Milben von ihm abfallen."

Betty lächelte: "Ich werde mich sofort darum kümmern, Ma. Soll ich uns ein paar Steaks zum Abendessen abschneiden?"

"Nein, Liebes, wir lassen ihn über Nacht auskühlen, und dann essen wir Morgen etwas vom Hirsch", antwortete die Frau und sah zu, wie das Mädchen zum Stall lief.

Betty drehte sich um: "Verlassen Sie uns jetzt, Gabriel?"

"Ja, Betty, ich gehe jetzt."

"Danke, dass Sie mir geholfen haben", verkündete sie und winkte, als sie sich umdrehte, um zum Stall zu trotten.

Gabriel winkte dem Mädchen zu und schaute sich um. Das gedämpfte Licht der nachlassenden Dämmerung war wenig hilfreich, aber er wandte sich wieder der Frau zu. "Gnädige Frau? "und hielt inne: "Äh, wie heißen Sie eigentlich?"

Sie lächelte verschämt und schob eine Haarsträhne hinter ihr Ohr: "Marilu Hatfield", antwortete sie.

"Mrs. Hatfield, wenn ich fragen darf: Wie viel Geld schulden Sie der Bank für diesen Ort?"

"Es waren hundert Dollar, aber Joe zahlte ihnen vierzig aus der Ernte."

"Hmmm, und sie sagen, Sie haben 160 Hektar?"

", Ja Sir, und der größte Teil davon ist gutes Ackerland. Der Banker sagte, der ganze Ort sei nur so Hundertzwanzig Dollar wert, wenn überhaupt. Warum fragen Sie?"

"Mein Freund und ich haben nach etwas Land gesucht, wir wollen mehr als das, aber ... das könnte ein Anfang sein". Als er sich umsah, legte er seine Hand ans Kinn und dachte nach. "Wie wär's damit? Ich könnte Ihnen sechzig Dollar geben und Ihre Hypothek übernehmen. Das wäre ein Anfang, und Sie bekämen etwas Geld, um nach Virginia und zu Ihrer Familie zurückzukehren."

Sie sah zu dem Mann auf und runzelte die Stirn: "Das würden Sie tun? Wirklich?"

"Ja, Ma'am. Aber ich werde nicht mehr da sein, um mich um den Papierkram in der Bank zu kümmern. Aber wenn Sie sich darum kümmern, werde ich weitere zehn Dollar für

Ihre Mühe draufpacken und Ihnen meinen Namen für den Banker hinterlassen. Wie wäre das?"

"Oh, Sir, das wäre sehr schön. Jawohl, Sir. Oh du meine Güte, das wäre wunderbar!" erklärte sie.

Gabriel lehnte sich mit einem Grinsen gegen das Geländer. Als die Frau breit lächelnd in die Hände klatschte, beobachtete er, wie sie zum Haus ging, um ein Stück Papier zu holen, um die Informationen aufzuschreiben. Als sie im Haus verschwunden war, knöpfte er sein Hemd gerade so weit auf, dass er Zugang zu dem kleinen Beutel hinter seinem Gürtel hatte, und holte sieben Liberty Cap Goldstücke im Wert von je zehn Dollar heraus. Er steckte sie in seine Tasche, steckte sein Hemd wieder richtig in den Hosenbund und lächelte, als die Frau aus dem Haus zurückkam. Er benutzte den Deckel eines neben ihm stehenden Fasses als Schreibtisch und schrieb die Kaufbedingungen und die Höhe des gebotenen Geldbetrages auf, unterschrieb das Papier und bat sie, ebenfalls zu unterschreiben. Sie unterschrieb sehr sorgfältig mit ihrem Namen und er übergab ihr die Goldstücke.

"Oje! Ich habe noch nie so viel Geld auf einmal gesehen!"

"Seien Sie vorsichtig damit, und lassen Sie niemanden mehr als eine Münze auf einmal sehen. Bringen Sie das Schreiben und das Geld zum Bankier und lassen sie es bei ihm. Wenn ich zurückkomme, werde ich mit ihm abrechnen."

Er sah die Frau an, die mit Tränen auf den Wangen, aber mit lächelnden Augen dastand.

Sie sah Gabriel an: "Sie sind mein Engel, Sir. Ja, in der Tat. Darf ich Sie umarmen?"

Gabriel lächelte, senkte den Kopf und sagte: "Sicherlich".

DER AUFGEHENDE MOND spendete Gabriel genug Licht, um den Weg zurück zum Lager zu finden, und bei seiner Rückkehr wurde er von Ezra herzlich begrüßt. Als er die Pferde absattelte und an einen Pflock band, sagte Ezra: "Dieser Truthahn schmeckt wirklich sehr gut, aber so sehr ich mir auch Mühe gebe, er schmeckt nicht wie ein frisches Wildsteak!"

Gabriel nahm den angebotenen Zinnteller und die Tasse Kaffee an und grinste seinen Freund an: "Nun, das verstehe ich einfach nicht. So gut, wie du kochst, solltest du in der Lage sein, diesen dürren Vogel zu verzaubern!"

"Dürr?! Der Vogel ist nicht dürr! Er ist dicker als der Hirsch, den du nicht gekriegt hast!" schimpfte er. "Warum hat es so lange gedauert, einen *mageren* Hirsch ins Haus des Jungen zu bringen?"

"Oh, das war nicht das Problem aber ich musste mich noch darum kümmern, eine Farm zu kaufen, das ist alles", erklärte Gabriel und versuchte, nicht zu grinsen, als er die große braune Truthahnkeule in den Mund hob.

"Du hast was?!", rief Ezra aus mit offenem Mund und nach vorne gebeugt, um den Gesichtsausdruck seines Freundes im Feuerschein zu deuten.

"Ich kaufte eine Farm."

"Was ist mit unseren Erkundungen?", fragte der verblüffte Ezra ungläubig.

"Das werden wir immer noch tun. Aber es schadet nie, Land zu besitzen. Es ist nicht viel, nur hundertsechzig Hektar gutes Farmland."

"Was wirst du mit einer Farm machen, wenn wir im Westen auf Erkundungstour sind?"

"Nichts. Die Farm wird nirgendwo hingehen, und sie wird sich um die Dinge mit dem Banker kümmern, also ..."

"Sie?"

"Die Mutter des jungen Mädchens. Schau", begann er, als er die Keule auf seinen Zinnteller legte und nach seinem Kaffee griff. "Der Ehemann wurde im letzten Herbst getötet, sie hatten eine schwere Zeit, waren pleite und sahen aus, als wären sie am Verhungern, also ..."

"Du hattest schon immer ein weiches Herz offen für eine Heulgeschichte ", erklärte ein grinsender Ezra.

8 KAPITEL ACHT
PITTSBURGH

DIE NÄCHSTEN REISETAGE schienen sich zu wiederholen; überqueren eines Gebirgskammes, gefolgt von einem langen, breiten und normalerweise fruchtbaren Tal, einem weiteren Gebirgskamm, einem weiteren Tal. Am dritten Tag nach der Farm waren sie am Fuße des breiteren Streifens der dicht bewaldeten Laurel Hills. Andere Gebirge hatten höhere und schärfer gezeichnete Berge oder zumindest einen langen Gebirgskamm gezeigt, aber die Laurel Hills erstreckten sich fast sechs Meilen von Ost nach West. Es war ihnen zur Gewohnheit geworden, dass sie am östlichen Rand der Hügel kampierten und bald frische Wildsteaks genossen, die von einem jungen Bock stammten, den Gabriel mit seinem mongolischen Bogen erlegt hatte.

Während die Steaks über den Flammen brutzelten, war Gabriel damit beschäftigt, das restliche Fleisch in lange, dünne Streifen zu schneiden, die leicht geräuchert und für ihre Reise aufbewahrt werden konnten. Er hatte etwas Sauerkirsch- und Schwarzkirschholz gesammelt, um es unter den grünen Weidenrahmen, der die Fleischstreifen hielt, über die Kohlen zu legen. Der Rauch stieg langsam zwischen den Streifen auf, um sich im Blätterdach des Waldes zu verflüchtigen. Ezra betrachtete Gabriels Arbeit: "Weißt du, das sieht aus, als wüsstest du, was du tust. Wann hast du dir dieses praktische Wissen angeeignet?"

Gabriel gluckste, als er mit dem Schneiden der dünnen Streifen fortfuhr: "Es ist erstaunlich, was man lernen kann, wenn man am College Zeit in der Bibliothek verbringt. Es gibt Bücher über alle möglichen Dinge, sogar einige Zeitschriften, die von frühen Entdeckern dieses Landes geschrieben wurden. Wer hätte gedacht, dass sie überhaupt schreiben , geschweige denn aus all dem ein Buch machen konnten?"

Ezra neigte den Kopf zur Seite und grinste: "Es ist gut, dass du dich mit der ganzen Lektüre eingedeckt hast, denn wo wir hingehen, ist die einzige Bibliothek, die du finden wirst, Gottes Bibliothek der Wildnis! Und in dieser Bibliothek finde ich vielleicht ein oder zwei Dinge, die ich dir beibringen kann!"

"Kein Zweifel, mein Freund, zweifellos. Sag, sind die Steaks fertig", fragte Gabriel, wischte sich die Hände sauber und hielt inne, während er das Kochfeuer betrachtete.

"Davon gehe ich aus, und wir haben sogar noch Maismehlfladenbrot dabei", antwortete Ezra und wandte sich wieder dem Feuer zu.

NACH ERKUNDIGUNGEN bei einem vorbeifahrenden Reisenden kamen Gabriel und Ezra über die Braddock's Field Road nach Pittsburgh, ritten in die Grant Street, und weiter wo sie an der Ecke Third Street und Wood ihre Pferde in einem Mietstall unterbrachten Der Stallbursche war ein freundlicher Mann und Gabriel fragte: "Haben Sie schon mal gehört, dass jemand seine Pferde flussabwärts verschifft hat?"

Der grauhaarige Farbige blickte Gabriel an, legte seine Stirn in Falten und sagte: "Tatsächlich, ja, das habe ich schon gehört. Diejenigen, die das tun, wenn auch nicht viele von ihnen, setzen sie auf ein Flachboot oder einige auf ein Kielboot. Ist es das, was Sie tun wollen?"

"Wir ziehen es in Betracht, ja. Wenn wir das vorhätten, wo würden wir uns erkundigen?"

" Natürlich am Bootsanlegeplatz, Sir. Der liegt an der Ecke First und Short Street."

Gabriel winkte zu den Pferden: "Kümmern Sie sich besonders gut um die Drei, vor allem um den Rappen, schneiden Sie ihm vielleicht den Schweif und die Mähne einiges kürzer, und", er reichte dem Mann ein Fünfzig-Cent-Stück, "ich werde noch eins davon für Sie haben, wenn wir gehen."

Der Mann lächelte und nickte: "Jawohl Sir, jawohl, wird gemacht, Sir!"

Mit ihren Schlafsäcken und Satteltaschen machten sich die beiden Männer auf den Weg von der Wood Street zur First Street und wandten sich nach rechts, wobei sie auf der Südseite der Promenade gingen. „Also gut riechen tut es hier nicht gerade" sagte Ezra und blickte seinen Freund an und zeigte auf die Abflussrinnen, die das Abwasser zum Hoggs Creek führten.

"Ich glaube nicht, dass ich wieder in einer Stadt leben könnte! Ich weiß, es ist erst ein paar Wochen her, aber ..." ließ er den ausgesprochenen Gedanken zwischen ihnen stehen, als sie die Gebäude betrachteten, die die enge Straße einrahmten. Es gab Blockhäuser, Geschäftsgebäude aus Ziegelsteinen und Kalksteinhäuser und -geschäfte, die alle dicht zusammengedrängt waren. Ein Reisender hatte ihnen vorgeschlagen, in der Sample's Inn Taverne zu übernachten, einem der älteren Geschäfte in der Nähe des Flusses, und nach nur zwei kurzen Blocks Entfernung fanden sie das Gebäude. Sie betraten den Hauptgastraum, blieben stehen, um ihre Augen an das dunklere Innere zu gewöhnen, gingen dann zu einem Tisch am Fenster, das zur Ferry Street zeigte, setzten sich und lehnten ihre Ausrüstung an die Wand.

In der Nähe, allein an einem Tisch sitzend, saß ein alter Mann mit langem, grauen Schnurrbart und langen Haaren, die über den Kragen fielen Er rauchte eine Maiskolben-pfeife, und trank einen Krug Bier. Er beobachtete die Neuankömmlinge, die am Tisch saßen, und als sie in seine Richtung blickten, nickte er leicht und blickte dann wieder auf die Zeitung, die vor ihm auf dem Tisch lag. Gabriel beobachtete den Mann für einen Moment.

Der Gastwirt, ein pingeliger Mann mit einem Holzkohlenstumpf und einem Papierblock in der Hand, kam an ihre Seite und nickte nervös, als er fragte: "Wie kann ich Ihnen dienen, die Herren?" Er trug eine saubere Schürze, die seine Brust und die Taille bedeckte und bis zu den Knien ging, und trug eine Jacke, die den oberen Teil der Schürze bedeckte. Er hatte sein dünnes Haar über seine Glatze gekämmt und trug eine kleine Brille, die auf seiner Nasenspitze ruhte und Gabriel an Benjamin Franklin erinnerte, der immer gegenüber seiner Familie am Gang in der Christ Church saß.

Gabriel lächelte den Mann an, versuchte, ihn zu beruhigen, und fragte: "Haben Sie Zimmer frei?"

"Ja, Sir, das haben wir. Würden Sie eins oder zwei wollen?"

"Zwei Zimmer, und wir sind vielleicht ein paar Tage hier, während wir unsere Vorkehrungen treffen, wenn das in Ordnung ist?", fragte Gabriel.

"Gewiss, Sir, und werden Sie auch bei uns zu Abend essen?"

"Zumindest für heute Abend. Was empfehlen Sie?"

"Das heutige Angebot ist unser irischer Schmortopf, der scheint allen sehr gut zu schmecken", erklärte der Gastwirt, nickte wiederholt und zwang sich zu einem Lächeln.

"Das wäre schön. Und wären Sie derjenige, der ein paar Fragen über das Gebiet und die hiesigen Geschäfte beantworten könnte?"

Der Gastwirt blickte von Gabriel zu Ezra, dann blickte er zum Fenster und zu dem älteren Mann, der in der Nähe saß. Gabriel sah den Mann erneut an: "Eb, wären Sie so freundlich, die Fragen dieser Herren zu beantworten, während ich mich um ihr Essen kümmere?"

Der alte Mann grinste: "Sicherlich, Wilson, gerne." Er beugte sich vor und fragte: "Womit kann ich ihnen helfen?"

Sowohl Ezra als auch Gabriel wandten sich dem Mann zu und Gabriel begann: "Nun, wir dachten darüber nach, den Ohio hinunter zu reisen, wollten unsere Pferde und unsere Ausrüstung mitnehmen, aber ..."

"Das dachte ich mir", sagte der Mann, der von seinem Stuhl aufstand und mit einer Handbewegung in Richtung des leeren Sitzplatzes zum Tisch hinüber ging, nachdem Gabriel zustimmend genickt hatte. Als er an den Tisch rutschte, fragte Gabriel: "Was meinen Sie damit, mit das haben Sie sich gedacht?".

"Sie haben beide diesen Blick an sich." Der Mann grinste und zündete seine Pfeife an der Kerze am Tisch wieder an. "Übrigens, mein Name ist Ebenezer Scholfield, und es freut mich, Ihre Bekanntschaft zu machen."

Gabriel schüttelte seine Hand, stellte sich und Ezra vor, und als der Mann die Zeitung unter seinen Stuhl klemmte, fragte Ezra: " Diesen Blick?"

"Dieser in die Ferne gerichtete, abenteuerliche, *„der Teufel schert sich vielleicht drum"* Blick. Ich erkenne ihn, weil ich ihn auch einmal hatte! Und jetzt wollen Sie zum Mississippi fahren, ja?"

"Wir haben nichts über den Mississippi gesagt", antwortete Gabriel mit gerunzelter Stirn.

Der ältere Mann grinste: "Da war ich schon!" und erklärte: "Und das ist genau der richtige Ort für das Abenteuer, das Sie suchen!"

" Sie waren schon mal da?", fragte Ezra und beugte sich näher heran.

Der Mann nickte und atmete ein wenig Rauch aus den Mundwinkeln aus, als er die beiden anlächelte. "Und den ganzen Weg hinunter nach New Orleans und flussaufwärts zu dieser neuen Siedlung, die die Franzosen St. Louis nennen! Und an noch vielen anderen Orten!"

Er lehnte sich zurück, als der Gastwirt dampfende Schüsseln mit irischem Eintopf und Krüge mit Bier für alle drei brachte. Er deutete auf die Teller, dass die beiden mit dem Essen beginnen sollten, aber Ezra senkte den Kopf und Gabriel folgte seinem Beispiel, während Ezra leise ein Dankgebet sprach. Der alte Mann grinste: "Ihr seid doch keine Missionare, oder?"

Gabriel kicherte: "Nein, wir sind keine Missionare. Allerdings versucht Ezra hier, mein Wissen über die Heilige Schrift zu erweitern."

Der alte Mann grinste: "Nun, wenn Sie flussabwärts fahren wollen, kommen Sie zum günstigsten Zeitpunkt. Nachdem die Whiskey-Rebellion niedergeschlagen ist, gibt es einige Männer, die ich kenne, die eine Ladung Whiskey mit nach New Orleans nehmen wollen. Mit der neuen Steuer und allem brauchen sie etwas, um einen besseren Profit zu erzielen, und sie denken, unten im Süden finden sie die Antwort darauf. Sie brauchen jemanden, der sie begleitet, bis sie den Mississippi und das Indianerland erreichen. Und sie könnten etwas Hilfe brauchen, um den Bau des Plattbodenschiffs zu bezahlen. Wenn Sie, meine Herren, interessiert sind, kann ich Ihr Vermittler sein und Sie vielleicht bis zum Grenzland bringen."

Gabriel blickte von Eb zu Ezra und wieder zurück und lächelte: "Das klingt nach dem, was wir brauchen. Aber erzählen Sie uns von der Wildnis; was haben Sie gesehen, und wo sind Sie überall hingegangen?

"Nun, mein junger Freund, das würde mehr Zeit in Anspruch nehmen, als ich in diesem Leben noch habe, aber ich kann Ihnen sagen, was ich *nicht* gesehen habe, aber wünschte, ich hätte es gesehen, und das sind die Berge, die „Rockys"genannt werden. Ich habe mit einigen gesprochen, die sie gesehen haben, und glauben Sie mir, ich wünschte, ich wäre in Ihrem Alter, dann könnte ich es noch einmal versuchen!"

"Ich habe über sie gelesen! Die Franzosen und Spanier streiten seit vielen Jahren um dieses Stück Land, und ich habe gehört, dass Thomas Jefferson auch Pläne für dieses Gebiet hat, und falls er jemals Präsident werden sollte ..."

"Man sagt, diese Berge sind so hoch, dass sie wie Säulen des Himmels wirken", sagte Ebenezer und schaute wehmütig zum Fenster, als ob er sie in der Ferne sehen könnte.

"Das würde ich gerne sehen", erklärte Ezra, der den alten

Mann mit glasigen Augen beobachtete und von fernen Ländern träumte.

Gabriel brachte die beiden in die Gegenwart zurück: "Aber zuerst müssen wir den Ohio hinunter reisen. Also, Mr. Scholfield, können wir uns mit diesen Männern Morgen treffen?"

"Gewiss, gewiss!"

"Gut, dann können Sie uns vielleicht einen Laden empfehlen, damit wir uns neu eindecken und auf diese Reise vorbereiten können?"

Er lehnte sich nach vorne und begann, den beiden Abenteurern von zwei Händlern zu erzählen, die über alle benötigten Güter und mehr verfügen würden. "Und ich werde Sie hier mit meinen Freunden treffen, sagen wir am Nachmittag?"

"Das würde uns sehr gut passen, und vielen Dank, Sir", erklärte Gabriel und lächelte hoffnungsvoll.

VORBEREITUNGEN

GABRIEL WAR ANGENEHM ÜBERRASCHT, als der Angestellte im Western-Handelsposten in Pittsburgh ihm erzählte, dass er eine Frau vom Stamme der Delaware hätte, die Hirschleder-bekleidung und Mokassins herstellt. "Ihr Mann war ein Sohn des alten Häuptlings Buckongahelas, bevor er bei einem Kampf mit der Kentucky-Miliz getötet wurde. Sie und ihre Tochter haben hier mit uns Handel getrieben, und danach kamen sie mit ein paar Fellen herein, wollten handeln und sprachen darüber, dass jene Felle gutes Hirsch-leder ergeben würden. Der Boss sagte: "Zeig's mir!" und sie tat es. Zwei Tage später kam sie mit einem schönen Set Hirschlederklamotten zurück. Mal sehen, das war vor zwei Jahren, und seitdem sind sie hier. Natürlich ist Hirschleder nicht mehr so gefragt wie früher, als es noch mehr Jäger und Fallensteller gab, die in das Land der Großen Seen gingen. Ob Sie es glauben oder nicht, wir hatten hier drinnen mehr zu tun als ein Rudel Biber, bis sich Shawnee, Wyandot und all die anderen zusammenfanden, um Krieg gegen uns alle zu führen."

"Aber Sie sagen, sie stellen immer noch Hirschlederbe-kleidung her?", fragte Gabriel hoffnungsvoll.

"Äh, aber sicher doch", antwortete der Angestellte und stellte einige Waren in das Regal hinter ihm.

"Wir haben nur drei Häute, die weder gegerbt noch

sonst bearbeitet sind, aber wir brauchen jeweils zwei Sätze hirschlederne Kleider. Kann sie das machen?", warf Ezra ein.

"Wir haben einen ganzen Schuppen voll mit Häuten, Fellen, gegerbtem Leder und so weiter. Der Markt war in letzter Zeit nicht so gut, also, ja, ich vermute, dass sie und ihr Mädchen etwas für Sie zusammenstellen können." Er sah die beiden Männer an, drehte sich um und rief einen jungen Burschen herbei, der die Böden fegte: "Junior!", schrie er. Als der Junge näherkam, sagte er: "Geh und hol die Squaw" und nickte nach hinten, "und sag ihr, wir haben Arbeit für sie!"

Gabriel und Ezra blickten sich grinsend an. Sie waren froh, dass sie die benötigten Wildlederkleider bekommen würden, bevor sie auf den Fluss gingen. Sie hatten einen beachtlichen Warenstapel auf dem Ladentisch, waren schnell mit dem Einkauf fertig und bereit, mit dem Verkäufer abzurechnen. In dem Stapel befanden sich Planen, Bleibarren, Geschossformen, Decken, Zucker, Maismehl, Weizenmehl und andere Dinge. Und obwohl der Kaffee aus Santa Domingo importiert wurde und teuer war, hatten sich sowohl Gabriel als auch Ezra an den regelmäßigen Konsum des Gebräus gewöhnt und sorgten dafür, genug Vorrat zu haben.

Gabriel, immer der Vorsichtige, hatte die ihm von seinem Vater geschenkten Goldmünzen in mehrere Verstecke aufgeteilt. Nun zog er mehrere Münzen aus seiner Tasche und zählte sie wie ein Geizhals, schüttelte den Kopf, als wären es die allerletzten, die er hatte, und warf sogar einen verstohlenen Blick auf Ezra, als ob er darauf hindeuten wollte, dass sie vielleicht nicht genug hätten. Aber als die Zählung beendet war, legte er die Münzen langsam, eine nach der anderen, auf den Tresen, sehr zum Erstaunen des Händlers, der ihn mit den großen Augen anschaute.

"Das sind einige der neuen Liberty Cap Goldmünzen! Ich habe noch nicht allzu viele davon gesehen. Junge, die glänzen aber wirklich!", erklärte er und hob eine auf, um sie genau zu betrachten. Gabriel beendete sein Abzählen mit zwei Silberdollar, drei Fünf-Cent-Münzen und zwei Ein-Cent-Münzen. Der Angestellte zählte die Münzen, schaute lächelnd zu Gabriel auf und sagte: "Sieht aus, als hätten wir Ihren Beutel ziemlich geleert!"

"Verdammt nahe dran. Vielleicht habe ich noch genug übrig für ein oder zwei Mahlzeiten", räumte Gabriel ein. "Aber wenigstens haben wir uns ein Outfit besorgt", schloss er und blickte vom Händler zu Ezra, während sie begannen, die Waren einzusammeln und in Packen zu bündeln. Das, was sie nicht tragen konnten, baten sie den Ladenbetreiber, bis zu ihrer Rückkehr zu lagern. Sie sagten ihm, dass sie ihre Hirschlederkleidung später abholen würden und der Händler kam dem Wunsch gerne nach.

Sie stapelten ihre neuen Vorräte mit dem Rest ihrer Ausrüstung im Mietstall und entschieden sich für eine Mahlzeit im Sample's Inn, während sie auf Ebenezer und seine Freunde warteten. Die Wartezeit war kürzer als erwartet; sie hatten gerade ihre Mahlzeit beendet, als der alte Mann durch die Tür der Taverne trat und sich nach seinen neuen Bekannten umsah. Auf ein Winken von Gabriel hin grinste er breit und ging zu ihrem Tisch.

"Guten Tag, meine Herren! Sind Sie bereit, diese Burschen kennenzulernen?", fragte er und sah beide Männer an.

Gabriel blickte hinter den Mann, "Ich sehe niemanden".

Ebenezer gluckste: "Nein, nein, sie sind unten bei der Bootswerft. Ich dachte mir, Sie würden gerne sehen wollen, was sie bauen, und sie dort treffen, wenn das in Ordnung ist."

"Sicher!", erklärte Gabriel mit einem Blick auf Ezra. Beide Männer standen von ihren Stühlen auf, um dem alten Mann zu ihrem Treffen zu folgen.

NUR EINEN KURZEN Spaziergang vom Inn entfernt kamen sie zu der Bootswerft, die an der Short Street lag und den gesamten Block von der First Street bis zum Ufer des

Monongahela-Flusses für sich beanspruchte. Die Werft war eingezäunt, aber man konnte leicht die vielen Männer sehen, die innerhalb des Areals mit ihren Booten beschäftigt waren. Als sie durch das Tor gingen, blickten die beiden Männer über die Werft und sahen ein neues Kielboot, das auf Stützfüßen Gestalt annahm. Ein halbes Dutzend Männer ohne Hemd, die Hämmer schwangen, waren darum verteilt. Sie stopften Flachs, oder passten Hölzer an. Andere gossen heißen Teer als Versiegelung über die Planken. Es war harte Arbeit und erforderte harte Männer mit Fähigkeiten und Engagement, denn die von ihnen gebauten Boote beförderten Menschen und wertvolle Fracht. Am Rande des Werftgeländes wurde eine aufwendige Takelage von drei Männern bearbeitet, von denen jeder eine eigene Aufgabe hatte. Hier entstand ein Boot mit flachem Boden, das manchmal als Breithorn, gewöhnlich aber als Plattbodenboot bezeichnet wurde. Mit einer Breite von achtzehn Fuß und einer Länge von sechzig bis fünfundsechzig Fuß war es ein sperriges Rahmenschiff mit einer Kabine, die etwa sechs Fuß über dem Kiel stand. Auch die Kabine war flach, aber am Heck befand sich ein gut dimensionierter Pfosten, der als Führung für das lange Ruder diente, welches das Boot steuern sollte.

Ebenezer schaute die Männer mit großen Augen an und kicherte: "Der alte Yoder lässt sie hier ihr Boot bauen, damit er ihnen alle nötigen Hinweise geben kann. Er ist der beste Bootsbauer, den es gibt, und er ist ein beeindruckender Handwerker". Er forderte sie auf, ihm zu folgen, und sie gingen an zwei älteren Kielbooten vorbei, die anscheinend zur Reparatur in der Werft waren und auf Holzböcken aufgebockt waren, bis die Arbeiter Zeit für diese Reparaturen hatten.

"Ho! Lucius!" rief Ebenezer, als sie sich dem Boot näherten. Da das Hämmern, Sägen und Schreien ununterbrochen weiter gingen, musste er ebenfalls schreien, um gehört zu werden. Ein dickbäuchiger, kahlköpfiger Mann mit roten Wangen und Nase hob seinen Kopf mit einem finsteren Blick, der sich schnell in ein breites Lächeln verwandelte. Er kniete auf dem Deck, stand auf und kletterte die Leiter hinunter, die an der Seite lehnte. Unten angekommen drehte er sich um, lächelte und streckte seine Hand aus, als Ebenezer Gabriel und Ezra vorstellte.

"Das hier ist Lucius Schmidt. Die meisten Waren, die flussabwärts verschifft werden, gehören ihm. Die anderen dort", er deutete auf zwei beachtliche Männer, "haben ebenfalls Güter und werden alles auf der Reise mit ihm teilen." Nachdem die drei Männer sich die Hand geschüttelt und sich schlicht begrüßt hatten, wandte sich Ebenezer an den älteren Mann: "Lucius, das sind die Burschen, von denen ich dir erzählt habe. Sie haben drei Pferde und ihre Waren und wollen mindestens bis zum Mississippi reisen. Welche Abmachungen ihr auch immer trefft, bleibt unter euch", sprach er und nickte allen drei Männern zu. "Ich gehe jetzt da rüber und rede mit den Jungs."

Lucius winkte sie zu einem Holzstapel im Schatten des Bootes und sie setzten sich, als Lucius erklärte: "Was wir brauchen, ist etwas Hilfe, aber nicht so viel mit dem Boot. Das schaffen wir schon. Wenn Sie helfen wollen, ist das natürlich auch in Ordnung. Aber was wir brauchen, ist jemand, der uns helfen kann, wenn wir von Indianern oder Räubern oder Banditen angegriffen werden. Und es wäre hilfreich, wenn Sie auch auf Frischfleischjagd gehen könnten."

"Da wir unseren Lebensunterhalt damit verdienen werden, brauchen wir also nicht zu zahlen?", fragte Ezra.

Der Mann lächelte, schaute auf das Taschentuch in seiner Hand, fuhr damit über seinen fast kahlen Kopf, um den Schweiß abzuwischen, und sagte: "Nein, Sie müssen nicht bezahlen, aber es kostet fünf Dollar für jedes Ihrer Pferde!"

Gabriel lachte: "In Ordnung, wir machen es. Wann fahren wir?"

Lucius stand auf und streckte seine Hand aus, um das Geschäft abzuschließen und zu besiegeln: "Wir laden morgen in der Abenddämmerung, alles außer Ihren Pferden natürlich, dann legen wir übermorgen bei Tagesanbruch ab!"

Als sie sich die Hand gaben, fragte Gabriel: "Ich nehme an, Sie haben diese Reise schon einmal gemacht?"

"*Ja, ja*, zwei Mal. "

"Wie lange brauchen wir, um den Mississippi zu erreichen?", fragte Gabriel.

"Oh, zwei Monate, mehr oder weniger", nickte der stämmige Mann, "aber weiter nach New Orleans, *na*, vielleicht einen weiteren Monat".

Gabriel blickte seinen Freund an: "Nun, Ezra, sieht so aus, als ob das den größten Teil des Sommers beanspruchen wird. Wir müssen einen Ort finden, wo wir den Winter verbringen können, bevor wir weiter reisen."

Ezra kicherte: "Hört euch das an! Wir sind noch nicht einmal aus Pennsylvania raus und schon verbringen wir den Winter wer-weiß-wo!"

"Es schadet nie zu planen, mein Freund", antwortete Gabriel, als sie sich umdrehten, um die Bootswerft zu verlassen.

10 KAPITEL ZEHN
FLUSS

DIE SONNE STAND TIEF am westlichen Horizont über den Baumkronen, die den Monongahela säumten. Gabriel und Ezra führten ihre drei Pferde, alle waren schwer beladen. Das Packpferd mit Packsattel und Packtaschen und einem Bündel obendrauf, die Reitpferde mit Sätteln, die die fest angebunden Bündel trugen. Die Männer hatten einen guten Vorrat an Handelswaren gekauft in Erwartung der Tauschgeschäfte mit den vielen Indianerstämmen im fernen Westen. "Du weißt, dass wir uns ein weiteres Packpferd besorgen müssen, nicht wahr?", fragte Ezra, als sie sich der Bootswerft näherten.

"Äh, hmmm, es wird gleich da sein", äußerte sich ein grinsender Gabriel ausweichend.

"Was?"

"Ich habe mit dem Stallburschen eine Abmachung getroffen. Er wird eins rüberbringen, sobald er einen weiteren Packsattel für uns hat."

Ezra blieb stehen und schaute zu seinem Freund: "Wann hast du das gemacht?"

"Heute Morgen bevor du zum Frühstück aufgestanden bist."

"Na, wenn das nicht alles übertrifft", rief Ezra aus und lief weiter Richtung Boot.

"Ja, und es gibt noch mehr."

"Was meinst du mit "mehr"", fragte Ezra, der über den von Gabriel verwendeten Ton stutzte, ein Ton, der Ernsthaftigkeit widerspiegelte, was normalerweise nichts Gutes verhieß.

" Erinnerst du dich, dass ich dir von vier Reitern erzählte, die ich bei beim Nichols Gap sah, bevor wir in die Berge gingen?"

" Hm, ja, ich erinnere mich. Du sagtest, es waren vier Männer, aber das einzige Wiedererkennungszeichen war ein großer Mann mit einem fleckigen Grauschimmel."

" Hast du die vier neuen Pferde in den Boxen des Stalls bemerkt, von denen eines ein fleckiger Schimmel ist?"

Ezra blieb wieder stehen und sah seinen Freund an: "Ach, wahrscheinlich nur ein Zufall. Ist ja nicht so, als gäbe es einen Mangel an grauen, gefleckten Pferden!"

Die drei Männer, von denen Gabriel herausfand, dass sie benachbarte Bauern waren, waren bereits am Boot. Dies war die zweite Reise für Fredric Guernsey, einen Mann, der aus der Vogtei Guernsey auf den Britischen Inseln stammte, und die erste Reise für Hamish McSwain, einen Bauern der zweiten Generation, dessen Familie aus Schottland stammte, aber die auf ihr altnordisches Erbe Wert legte. Lucius Schmidt, der Anführer der Gruppe und Lotse des Bootes, stammte aus einer deutschen Familie, die nach Amerika ausgewandert war, als er noch ein Säugling in den Armen seiner Mutter war.

Das Flachboot war zu Wasser gelassen worden und lag nun dort, sanft schaukelnd in der vorbeiziehenden Strömung. Zwei Kutschwägen standen teilweise entladen am Ufer neben dem Boot und es war offensichtlich, dass die Männer das Boot bereits mit mindestens einer Wagenladung, wenn nicht sogar mehr, bestückt hatten. Ezra und Gabriel entfernten die Bündel und Packtaschen von den Pferden, und während Gabriel die Pferde zu einem behelfsmäßigen Korral in der Ecke des Bootswerftgeländes führte, begann Ezra, die Waren zum Boot zu befördern. Hamish, der große Schotte, wies Ezra zu einer hinteren Ecke in der langen Kabine, wo sie ihr Gepäcklagern konnten.

Gabriel brachte die Pferde in den kleinen Korral, bürstete sie dann ab und gab ihnen eine reichliche Portion Getreide, bevor er aus dem Korral ging. Als er zum Boot lief, bemerkte er, dass Ebenezer in der Nähe des Tores zur Bootswerft stand und sich mit einem anderen Mann unterhielt, die beide in Richtung des Flachbootes blickten. Der Fremde war ein gut gekleideter Mann von etwa dreißig Jahren mit einem Dreispitz und einer langen Weste, und selbst aus der Entfernung bemerkte Gabriel die verunstaltete Nase des Mannes. Er gestikulierte, als er mit Ebenezer sprach, offensichtlich über etwas verärgert, und zeigte oft auf das flache Boot. Gabriel fand das seltsam, aber er vergaß die Szene bald und ging, um den anderen auf dem Boot zu helfen.

Im hinteren Teil des Bootes befand sich ein großer, zweigeteilter Pferch, in dem die Pferde untergebracht werden sollten. Eine Seite war bereits mit mehreren Mastschweinen und einem Stapel fest gezurrter Hühnerställe beladen. Ezra war überrascht, eine solche Menagerie zu sehen, vertraute aber darauf, dass Lucius und seine Begleiter gut auf alles vorbereitet waren, was die Reise flussabwärts bieten würde. Als er ihre Ausrüstung in der Ecke der Kabine stapelte, sah er sich im Inneren um und stellte fest, dass sie auf einer Seite bis zur Decke hoch ebenfalls beladen war, wobei die näher gelegene Seite bald gleich hoch gestapelt sein würde. Fässer mit Whisky waren auf beiden Seiten der Türe aufeinandergestapelt. Wegen einer Tür auf der Vorderseite und einer weiteren auf der Rückseite waren die Fenster durch die Waren fast komplett zugestellt, aber wenigstens so, dass der Zugang zu den Schlitzen in den Läden möglich war. Anhand der Schießschlitze in den Fensterläden nahm er zu Recht an, dass diese zur Verteidigung gegen eine Vielzahl von Gefahren dienten.

Als er vom Boot ans Ufer sprang, warf Ezra Gabriel einen Blick zu und sie holten noch mehr Waren zum Verladen, und Ezra sagte: "Ich dachte, das wäre ein Haufen Bauern, die ihre Waren nach New Orleans bringen, aber dieses Boot ist vielleicht beladen! Es gibt sogar Kochherde, gusseisernes Kochgeschirr, Blei, Fässer mit Whisky und Kalk, sowie die Farmwaren aus Flachs, Honig, Bienenwachs, Schmalz, Tabak und mehr."

"Nun, nach dem, was der alte Ebenezer sagte, machen sie auf dem Weg Zwischenstopps und handeln mit Siedlern und Indianern gleichermaßen."

"Dafür sind die ganzen Schweine und Hühner also da, was?"

"Hesekiel aus dem Stall brachte das andere Pferd, also sind wir startklar", erklärte Gabriel, der sich unter einer großen Plane mit einem Packbündel abkämpfte. Als sie ihre Ausrüstung verladen hatten, gingen sie zu den Karren, um den anderen zu helfen.

Mit Säcken von Kartoffeln auf den Schultern gingen Ezra und Gabriel über die Planken zum Boot und von dort in die Kabine, um die Waren zu stapeln. Als die Abenddämmerung sich langsam in Dunkelheit wandelte, kam das einzige Licht von ein paar Laternen an den vorderen Ecken der Kabine und dem reflektierten Schein des aufgehenden Mondes auf dem Wasser des Flusses. Die fünf Männer versammelten sich am Herd, der in einem Sandkasten am Bug des Bootes stand, während Lucius für jeden von ihnen eine Tasse Kaffee einschenkte. Er sah sich im Kreis um, grinste und hob seine Tasse an: "Auf eine gewinnbringende Reise!"

"Hört, hört!", erklärten die anderen, als sie ihre Becher zueinander hoben.

ALS DER ÖSTLICHE Himmel einen grau gezackten Rand zeigte, wurden die Leinen gelöst, und das Plattboot vom Ufer weggeschoben. Ezra und Gabriel hatten die Pferde im grauen Licht des frühen Morgens auf das Boot geladen. Da Hamish und Fredric die Seitenruder von ihren Sitzstangen aus oben auf der Kajüte bedienten und Lucius das Hauptruder betätigte, befand sich das Boot bald in der Strömung und drängte an den Gewässern des Allegheny vorbei in den Zusammenlauf des Ohio. Die Wälle und Bastionen von Fort

Pitt verblassten hinter ihnen und auf allen Gesichtern war ein Lächeln zu sehen, denn jeder freute sich auf die Reise.

Lucius hatte Ezra und Gabriel über Treibholz und Sandbänke belehrt und ihnen die Aufgabe des Ausgucks übertragen. Sie passierten bald die Insel Brunot und die Insel Montour, während der Fluss seinem nördlichen Verlauf folgte. Ihre Aufregung beschäftigte sie den ganzen Tag über und sie entschieden sich, zur Mittagszeit Dörrfleisch und Äpfel zu essen und sich die Zeit mit einer gelegentlichen Tassen Tee zu vertreiben. Sie kamen gut voran und als die Dämmerung einsetzte, legten sie am Nordufer an, wo der Ohio am Zusammenfluss mit dem Beaver River eine Schleife zog. Als das Boot am Ufer im Schlamm aufsetzte, sprang Hamish mit einer Leine über der Schulter an Land, um es zu sichern, und band es jeweils vorne und hinten an großen Hickory-Bäumen fest, deren überhängende Äste etwas Schutz boten.

Fredric hatte seinen Kochdienst bereits am Sandkastenherd begonnen, einem Zehn-Platten ValentineEckertHerd der Sally Ann Ofenfabrik in Pennsylvania. Er war einer von mehreren Öfen an Bord und würde wahrscheinlich nicht bis zum Ende der Reise auf dem Boot bleiben, da die meisten auf dem Weg dorthin an frühe Siedler verkauft werden würden. Auf dem Herd hatte Fredric eine Pfanne mit brutzelnden Schweinesteaks und einen Topf mit Kartoffeln und Karotten stehen. In der kleinen Backröhre wurden Brötchen gebacken und den Männern wurde eine gute Mahlzeit für ihre erste Nacht an Bord versprochen.

"Nun, ich weiß nicht, wie viel jeder weiß, aber ich hielt es für das Beste, dafür zu sorgen, dass Sie alle wissen, was auf uns zukommt", begann Lucius, als die Männer sich nach dem Essen auf den Kisten zurücklehnten und an ihrem Kaffee nippten. "Von jetzt an befinden wir uns in einem Gebiet, das die meisten als Indianergebiet bezeichnen würden. Ich habe dieses Land schon zweimal durchquert, aber dieses Mal sollte es nicht so schlimm sein. Seit General Anthony 'Mad' Wayne im vergangenen Herbst in der Schlacht von Fallen Timbers seine Pflicht erfüllte, denken die meisten Leute, dass die Westliche Konföderation und alle anderen Stämme bereit sind, Frieden zu schließen, und es geht das Gerücht um, dass sie sich noch vor dem Winter mit Wayne treffen und diese Friedensverträge unterzeichnen werden. Er machte eine Pause, nahm einen großen Schluck seines eigenen Kaffees und begann dann weiterzureden, wurde aber von Hamish unterbrochen.

"Wie ich hörte, hatte der alte Turkey Foot seine Ottawas und Ojibwas zusammen mit Häuptling Roundhead und seinen Wyandots eine Nachricht geschickt, dass sie bereit für den Frieden seien!"

"Ja, aber dann bleibt noch immer Buckongahelas' Delawaren, deren Land das hier ist." Er machte eine ausschweifende Bewegung mit seiner Hand und zeigte auf das Gebiet um sie herum. "Und die Shawnees von Blue Jacket haben noch nicht gezeigt, dass sie bereit sind für Frieden. Und vergessen Sie nicht die Miamis unter Little Turtle. Jeder von ihnen könnte sowohl Flussreisenden als auch Siedlern eine Menge Ärger bereiten. Und wenn ich etwas über Indianer weiß, dann dass niemand wirklich etwas über Indianer weiß. Zu jeder Zeit könnte ein Haufen Abtrünniger aus irgendeinem der Stämme einen Überfall unternehmen und alle möglichen Arten von Aufruhr verursachen. Und es würde nur ein gut bewaffneter Haufen genügen, und wir fünf konnten sie nicht aufhalten."

"Wenn es so schlimm ist, warum haben wir uns dann überhaupt auf diese Reise begeben?", fragte Fredric, zuckte mit den Schultern und streckte Lucius eine offene Handfläche entgegen.

Lucius schloss Augen und kicherte: "Für den Profit, Fred; das weißt du doch. Wir alle brauchen den Gewinn aus diesem Unternehmen, um den Winter zu überstehen. Ich weiß nicht, wie es dir geht, aber ich habe Pläne mit dem Geld. Meine Frau will ein besseres Zuhause und ich kann es ihr nicht verübeln. Ich habe diesen Unterstand satt."

Die beiden anderen nickten und dachten über ihre eigenen Pläne nach. Lucius blickte Gabriel an: "Was ist mit euch beiden? Wollt ihr das Schiff verlassen?" Er war zum vertraulichen „du" übergegangen.

Gabriel schmunzelte, als er Ezra ansah, dann wieder zu Lucius blickte: "Nein. Wir wussten, was auf uns zukommen würde, als wir von zu Hause weggingen. Und das Einzige, was uns interessiert, ist das da", nickte er mit dem Kopf in Richtung Westen.

Das erneuerte Bündnis schien alle zu entspannen und das Gespräch wandte sich optimistischeren Themen zu. Die fünfköpfige Besatzung lernte sich kennen und fand eine gemeinsame Basis, auf der sie ihre Freundschaften aufbauen konnten. Es sollte eine lange Reise werden, und die Männer arbeiteten besser zusammen, wenn sie gemeinsame Interessen und Verpflichtungen hatten. Doch die nahe Zukunft würde den Fortbestand dieser Freundschaften bald auf die Probe stellen.

11 KAPITEL ELF
VERFOLGUNGSJAGD

" FÜNFHUNDERT DOLLAR SIND VIEL GELD, aber durch vier geteilt ist es nicht so viel", erklärte der große Mann mit zotteligem Haar namens Franklin Kavanagh. Er war bei den Jobs, die er annahm, nie wählerisch gewesen, denn er war Auftragsschläger aus New York City und dieser Job versprach leicht verdientes Geld. In einer Zeit und an einem Ort, wo man jemanden für nur ein paar Zehn-Dollar-Goldstücke ermorden lassen konnte, waren hundert Dollar viel Geld. Nachdem er jedoch fast eine Woche lang gesucht und nichts gefunden hatte, befragte er nun den Mann, der ihn für den Job angeheuert hatte.

"Schau, Kavanagh...", kam die raue Stimme des Mannes, der körperlich und stimmlich das Gegenteil des um Geld Feilschenden war. Kavanagh war so groß und breit wie ein Whiskey-Fass, die Art von Mann, die sich durchs Leben boxte und andere tyrannisierte. Shaheen Steinberg, der wegen seiner kurzen O-Beine und seiner bodenständigen Statur gewöhnlich "Shorty" genannt wurde, war auch derjenige, der die Arbeit für die Männer arrangierte. "... Fünfhundert Dollar durch vier geteilt sind immer noch mehr als hundert Dollar pro Mann, und das ist mehr, als du in sechs Monaten verdienen könntest! Das heißt, wenn du jemals eine ehrliche Arbeit bekommen könntest. Außerdem sind die Fünfhundert nur dafür, um ihn zu finden. Wenn wir ihn lebendig zurückbringen, gibt es weitere Fünfhundert, oder wenn wir seinen Kopf in einem Eimer bringen, bekommen wir dasselbe."

"Nun, warum hast du das nicht gleich gesagt?!", rief der große Mann.

"Das habe ich einmal getan, aber du warst wahrscheinlich zu sehr mit Reinschütten beschäftigt, um aufzupassen!"

"Hm? Was willst du mit diesem Reinschütten oder was auch immer sagen?"

"Er meint, du warst betrunken!", knurrte Hitch. Der Mann saß auf einem Stuhl, balancierte auf zwei Stuhlbeinen und spuckte Tabaksaft auf einen Eimer, den er verfehlte. Sein vernarbtes und von Pocken entstelltes Gesicht, das meistens einen gehässigen Ausdruck mit Schlitzaugen und einen fletschenden Mund zur Schau stellte, hatten ihm den Spitznamen „Dachs eingebracht. Aber niemand sagte ihm das jemals ins Gesicht. Der einzige Name, zu dem er sich jemals bekannte, war Hitchcock und er erlaubte es anderen lediglich, ihn "Hitch" zu nennen. Die meisten würden sagen, dass er ein Mann war, der einem genauso schnell die Kehle aufschlitzte, wie er einen ansah, und die meisten würden bereitwillig um ihn herumgehen. Einige würden sogar die Straße überqueren, um nicht in seine Nähe zu kommen. Als Kavanagh so aussah, als wolle er auf die Bemerkung reagieren, ließ Hitch den Stuhl auf alle Viere fallen, zog sein Messer aus der Scheide in seiner Stiefelspitze und zeigte seine tabakbefleckten Zähne mit einem schiefen Grinsen, das den großen Mann zu einem Versuch etwas zu unternehmen herausforderte. Aber Kavanagh wusste es trotz all seiner sonstigen Schikanen besser.

Der vierte Mann am Tisch, Warner Burns, beugte sich nach vorne, die Unterarme auf der Tischkante, als er nach seinem Bierkrug griff. Er nahm einen langen Schluck und wischte sich den Mund am Ärmel ab, dann lehnte er sich zurück. Ohne viel zu sagen, starrte er auf das große, schmutzige Fenster, an dem die spiegelverkehrten Buchstaben für "Morgan's Pub" geschrieben standen.

" Wir sind schon fast eine Woche unterwegs und an

jedem Ort, an dem wir anhalten, hat niemand einen hochklassigen Gentleman gesehen, der mit einem Neger reist", beklagte Kavanagh. "Wir sind wahrscheinlich in die falsche Richtung gegangen! Ich sage euch, sie müssen nach Osten in die großen Städte geritten sein!"

"Das ist es, was die meisten erwarten würden, und genau deshalb bin ich sicher, dass sie nach Westen gehen! Laut dem alten Mr. Wilson wusste er, dass Gabriel Stonecroft ein Mann des Waldes und im Herzen ein Abenteurer war. Ich bin fast sicher, dass wir in Pittsburgh etwas finden werden, aber wenn nicht, dann versuchen wir einen anderen Weg."

Kavanagh antwortete: "In Ordnung, das passt mir!", dann sah er die anderen an und sagte: "Was ist mit euch, Jungs?"

Hitch knurrte, als er nickte, Burns nickte kurz, ohne die Augen vom Fenster zu nehmen, und Shorty grinste, als er sagte: "Dann ist es abgemacht." Er sah sich im Zimmer und den Kojen um und sagte: "Wir werden diese elende Postkutschentaverne gleich morgen früh verlassen. Vielleicht schaffen wir es in einer Woche nach Pittsburgh, wenn wir sie bis dahin nicht finden!"

PITTSBURGH WAR ein willkommener Anblick für die Reisenden. Da sie nichts gefunden hatten, was von der Durchreise von Gabriel Stonecroft und seinem Begleiter zeugte, hofften die meisten der Gruppe, dass Pittsburgh ebenfalls nichts bringen würde, sodass sie baldmöglichst zu ihrem üblichen Territorium in Philadelphia zurückkehren konnten. Dann stellten sie ihre Pferde im Mietstall an der Ecke Third und Wood ab, der einfach "der Stall" genannt wurde. Zu müde, um sich um mehr als einen Ort für ein Getränk und etwas zu essen zu kümmern, traten sie aus dem dunklen Stall in das noch verbleibende Tageslicht, ohne einen Gedanken an Stonecroft zu verschwenden. Obwohl der Stallbursche sie musterte, sagte er nichts zu dem rau aussehenden Haufen. Er hatte vor langer Zeit gelernt, dass die meisten Leute an Schweigen nichts auszusetzen haben.

Morrows Green Tree Taverne war die erste offene Tür, die die vier Männer anlockte, und sie fanden schnell einen Tisch, eine willige Bardame und ein ordentliches Angebot an Speisen und Getränken. Nachdem sie sich mit einem eher geschmacklosen Eintopf satt gegessen hatten, fragte Shorty die Bardame: "Wir suchen ein paar Freunde von uns, einen jungen Mann, einen gutaussehenden und gut gekleideten Gentleman, mit einem ziemlich beflissenem Neger an seiner Seite. Haben Sie die Sorte Leute gesehen?"

"Aber nein, Sir! Und glauben Sie mir, wenn ich einen gutaussehenden jungen Herrn gesehen hätte, hätte ich ihn sofort bemerkt", antwortete das dralle Weib und lachte mit einem breiten Lächeln, das ihre fehlenden Zähne zeigte. Ihre Bluse mit Rundhalsausschnitt zeigte mehr als nur ihre Persönlichkeit, als sie den Männern mehr Whisky in die Gläser einschenkte. Kavanagh grinste, als er die Frau näher heranzog: "Mich hast du bemerkt, nicht wahr, Schatz?!"

Sie lachte und schob ihn weg: "Vorsicht, jetzt. Soll ich etwa den Whisky verschütten?", fragte sie, als sie zur Bar zurückging.

"Dafür haben wir keine Zeit", mahnte Shorty, "wir müssen uns aufteilen und in den Tavernen die Runde machen. Wenn sie hier gewesen sind, muss sie jemand gesehen haben. Je eher wir etwas herausfinden, desto eher können wir ihnen folgen oder umkehren."

KAVANAGH UND WARNER gingen den einen Weg, Hitch und Shorty den anderen. Sie hatten vereinbart, jede der Tavernen zu überprüfen und Fragen zu stellen. Shorty hatte sie ermahnt: "Und passt auf, dass ihr nicht trinkt! Es wird uns nichts nützen, wenn ihr zu betrunken seid, um sich an das Erfahrene zu erinnern. Und lasst euch nicht auf Schlägereien ein! Niemand soll sich daran erinnern, dass wir Fragen gestellt haben, und das wird sich auch keiner, solange wir den Leuten nicht etwas anderes geben, woran sie sich erinnern können!"

"Wir können keine Fragen stellen, ohne ein oder zwei Drinks zu kaufen", jammerte Kavanagh.

"Es sind die zwei oder mehr, die Probleme verursachen! Also", sagte er auf Warner blickend, "behalte ihn im Auge!", auf Kavanagh deutend. Mit nur einer Andeutung eines Kopfnickens drehte sich Shorty weg, und mit einem kurzen Wink an Hitch trennten sie sich von den anderen beiden.

Shorty und Hitch überquerten die Straße zu Watson's Taverne, und als sie durch die Tür drängten, schaute Shorty über die Schulter, um zu sehen, wie die beiden anderen um die Ecke auf die Market Street nach Norden gingen. Der kleine Mann und der pockennarbige, immer wütende Hitch fanden einen Tisch und Hitch knurrte den Gastwirt an: "Bringen Sie uns zwei Krüge!" Als das Barmädchen ankam, mied sie Hitch, als sie die Bierkrüge auf den Tisch stellte. Shorty fragte: "Fräulein, wir suchen nach ein paar Freunden von uns. Ein junger Mann, groß und gut gekleidet, der mit einem Neger als Diener reist. Haben Sie die beiden zufällig gesehen?"

Das Mädchen sah Shorty an: "Aber nein, Sir. So jemand war heute noch nicht hier."

"Nun, es hätte jederzeit in der letzten Woche oder so sein können", hakte er nach und zog fragend die Augenbrauen nach oben.

"Hmm, lassen Sie mich nachdenken. Nicht, dass ich mich erinnere. Wir hatten ein paar Herren hier, aber keinen mit einem schwarzen Diener. Aber ich habe ein paar Tage versäumt. Ich kann den Barkeeper fragen, wenn Sie wollen."

"Vielen Dank, Fräulein. Ich möchte, dass Sie ihn für mich fragen, wenn Sie so nett wären."

Auch hier lautete die Antwort nein, und die beiden leerten ihre Krüge und gingen.

KAVANAGH GING VORAN, als sie sich auf der Market Street nach Norden bewegten. Er blickte zur Seite, als sie die Fourth Street überquerten, und sah ein geschnitztes Holzschild in der Abendbrise schwingen. Kavanagh erkannte genug, um zu wissen, dass es Taverne hieß, schlug auf Burns' Arm und bewegte sich mit einem Kopfnicken die Straße hinunter auf die Taverne zu. Sie traten in den dunklen Innenraum, sahen sich um, sahen einen Ecktisch mit einer flackernden Kerze und schlängelten sich durch die anderen besetzten Tische, um Platz zu nehmen. Mehrere der sitzenden Gäste murrten, als sie vorbeigingen, aber Kavanagh war keiner, der den Nörglern und den sich Beschwerenden viel Aufmerksamkeit schenkte, es sei denn, er war in der Stimmung für einen Kampf. Als er darüber nachdachte, war er kurz davor, in der Stimmung zu sein.

Er blickte auf, als ein grauhaariger Farbiger in einer langen, fleckigen Beamtenschürze fragte: "Etwas zu trinken, Sir?

"Ja", knurrte Kavanagh. "Zwei Krüge Bier, und zwar schnell!", forderte er. Der Kellner hielt inne, als wolle er etwas sagen, drehte sich aber um und ging zur Theke, um die Getränke zu holen. Als er zurückkam, fragte Kavanagh: "Hör mal, wir suchen nach ein paar Leuten. Einer ist ein Gentleman, schick gekleidet, groß, und er hat einen Neger dabei. Hast du sie gesehen?"

Der Kellner schaute ihn an, und mit einem leichten Winken um ihn herum sagte er: "Sir, wenn hier ein Farbiger hereinkäme, würde es niemand bemerken".

Kavanagh sah sich um, nachdem der Mann Richtung Gastraum gedeutet hatte und sah, dass jeder Gast an den Tischen ein farbiger Mann war. An den acht Tischen und sechs Hockern an der Bar hatten farbige Männer Platz genommen, und sie drehten sich alle zu den beiden am Tisch mit dem Kellner um. "Tatsache ist", fuhr der Kellner fort, "ich kann mich nicht erinnern, jemals einen 'Gentleman', wie Sie ihn beschrieben haben, in meinem Etablissement gehabt zu haben. Vielleicht haben Sie das Schild vorne nicht bemerkt. Ben Richards' Black Bear Taverne." Er trat mit den Händen auf den Hüften zurück: "Ich bin Ben Richards! Und dies ist meine Taverne!"

Warner Burns blickte zu Kavanagh und zurück zu Richards, und nach einem langen Schluck seines Getränks stand er auf, legte eine Münze auf den Tisch und ging ohne ein Wort. Die anderen Gäste traten zur Seite und erlaubten ihm, zu gehen. Richards drehte sich zu Kavanagh um und sagte: "Nun, wenn Sie ihrem Freund folgen möchten, können Sie das tun, aber wenn Sie sehen möchten, wie wir in dieser Taverne mit 'Gentlemen' umgehen..."

Kavanagh sah den Mann an, seine Wut stieg auf und sein Kampfblut begann zu kochen. Er war bereit für eine Schlägerei und dieser hochnäsige Neger wäre genau das Richtige für ihn, aber dann blickte er an dem Mann vorbei und mit einem kurzen Blick erkannte er, dass es mindestens zwanzig andere gab, die an dem Vergnügen teilhaben wollten. Er stand langsam auf, die Hände auf dem Tisch, beugte sich dann vor und atmete tief durch. "Wenn es nur um mich und dich ginge, würde ich dich in Stücke reißen", knurrte er.

Richards lächelte und löste die Fäden seiner Schürze. Er begann sie abzulegen, bis Kavanagh einwarf: "Aber mit all deinen Freunden hier ..."

Richards zog trotzdem seine Schürze aus und als er die Schlinge über seinen Kopf zog, sagte er: "Oh, lassen Sie sich davon nicht beunruhigen. Sie sind nur hier, um Wetten abzuschließen. Sie werden sich nicht einmischen. Sie haben gehofft, dass jemand es wagen würde, sich mit mir anzulegen, damit sie einen Teil dessen zurückgewinnen können, was sie die letzten Male verloren haben, als sie auf den anderen gewettet haben." Er nahm eine geduckte Haltung ein und winkte Kavanagh zu sich heran.

Mit einem Gebrüll, das einen Bären mit wunden Zähnen erröten lassen würde, warf Kavanagh den Tisch zur Seite und stürzte sich auf den wartenden Richards. Kavanagh war immer einer, der sich durch alles rammte, und verließ sich auf seine Größe und Stärke, um jeden Gegner zu überwältigen. Richards und sein Vater vor ihm hatten jedoch buchstäblich um alles kämpfen müssen, was sie hatten, und im Laufe der Zeit hatte er im Umgang mit Trunkenbolden, Kämpfern und Unruhestiftern beträchtliche Fertigkeiten im Umgang mit solchen, wie Kavanagh es war, entwickelt. Als der große Mann mit ausgestreckten Armen auf ihn zustürzte und daran dachte, Richards zu packen und ihm das Rückgrat zu brechen, trat der Gastwirt geschickt beiseite und holte ausladend mit seiner Rechten aus, um sie tief in der Mitte des Tyrannen zu versenken.

Kavanagh stieß die Luft aus, krümmte sich und taumelte nach vorne, nur um von Richards zum Stolpern gebracht zu werden. Der große Mann verfing sich an der Tischkante. Alle Gäste waren mit dem Rücken zur Wand getreten, feuerten die beiden an und nahmen Quoten und Wetten an, indem sie quer durch den Raum riefen. Kavanagh drehte sich um, bereit Richards zu packen, aber der war unerreichbar. Mit weiterem Gebrüll stürmte er auf ihn zu, erwischte diesmal den kleineren Mann in der Mitte, schlang seine Arme um ihn und hob ihn vom Boden auf, wobei er sein Rückgrat durchbog, während er versuchte, dem unverschämten farbigen Mann das Kreuz zu brechen.

Richards hatte tief durchgeatmet und er schlug mit der Stirn gegen die breite Nase dieses Tieres von einem Mann, der ihn festhielt, während seine Nase eingeschlagen war und sein Blut in alle Richtungen spritzte. Der Mann lockerte seinen Griff , tastete nach seinem Gesicht, als er sich bückte, nur um auf das Knie von Richards zu treffen, das seinen Kopf zurückschlug und ihn zu Boden fallen ließ. Er rollte sich auf die Seite und benutzte einen Stuhl in der Nähe, um sich wieder auf die Beine zu ziehen. Dann schlug er den Stuhl über die Tischplatte und drehte sich mit einem Stuhlbein in der Hand um: "Damit schlage ich dich zu Tode!"

Der Gastwirt ließ sich in die Hocke sinken, grinste und winkte ihm mit den Händen zu, der Mann solle doch auf ihn zukommen und es versuchen. Kavanagh bewegte sich schnell, besonders für einen großen Mann, und schwang das Stuhlbein in einem ausladenden Bogen wie einen Kricketschläger, aber Richards duckte sich unter dem Schlag hindurch und schlug den Tyrannen mit wiederholten Schlägen in die Rippen und in die Seite. Kavanagh taumelte zurück, versuchte abermals einen Schlag mit dem Stuhlbein und verfehlte erneut. Richards marschierte mit einem linken Hieb auf sein Blut verschmiertes Gesicht vor, gefolgt von einem Aufwärtshaken, der Kavanaghs Kopf nach hinten gegen den Türpfosten schlagen ließ. Kavanagh, an die Wand gedrängt, wurde vom rauflustigen Gastwirt geschlagen, der seinen Angriff mit wiederholten Boxern in den Bauch fortsetzte. Als Kavanagh versuchte seine Mitte zu verteidigen, wirbelte Richards herum und schlug seinen Ellbogen gegen den Kiefer des großen Mannes und auch gegen dessen Kopf, als dieser zu Boden fiel. Als er auf die Holzbretter aufschlug, entwich seine Atemluft mit einem Keuchen und er blieb still liegen. Richards trat zurück und winkte zwei Gästen zu: "Schleppt diesen *Herrn* hier raus!

12 KAPITEL ZWÖLF

JAGD

"ICH GLAUBE, diese Wildlederklamotten werden mir gefallen", erklärte Gabriel, als er am Lagerfeuer stand und seine neue Kleidung zur Schau stellte. Das Leder war mit minimalen Perlenstickereien an der Passe quer über der Brust und kurzen Fransen, die an der Passe, an den Ärmel- und Beinnähten baumelten, geschmückt und alles passte gut. Die wadenhohen Mokassins zeigten ein einfaches Muster aus Perlen an den Zehen und kurzen Fransen an den Waden. Sein Gürtel hielt einen Tomahawk mit Metallklinge und er verwandelte die Stiefelscheide, die sein Messer hielt, zu einer, die mittels einer Doppelschlinge zwischen seinen Schulterblättern befestigt war.

Ezra trat ins Licht, fuhr mit den Händen über das weiche Hirschleder und sah seinen Freund an: "Ich *weiß*, *dass* ich mein Hirschleder mag!" Seine Kleidung war vergleichbar mit der von Gabriel, der einzige Unterschied war die Farbe und der Stil der Perlen. Sie hatten das Mutter-Tochter-Paar kennengelernt, das die Kleidungsstücke hergestellt hatte, und es wurde ihnen gesagt, dass die Mutter die von Gabriel und die Tochter die von Ezra genäht hatte. "Ich glaube, das Mädchen hat das besser gemacht als die Mama! Schaut euch meine Perlen an, sind sie nicht hübsch?" Er fuhr mit den Fingern am Joch der

Perlen entlang und schaute nach unten, um die Farben zu bewundern.

Gabriel feixte: "Das steht dir sehr gut. Du warst schon immer ein größerer Angeber als ich!"

Lucius blickte von einem zum anderen: "Ich selbst hatte nie Lust auf Hirschleder. Ist nicht warm genug im Winter! Und darin hinter einem Pflug herlaufen? Nein. Meine Frau hält mich gut gekleidet!"

"Nun Lucius, diese Jungen wollen *Frontmänner* und *Entdecker* sein. Es ist ihnen egal, ob sie hinter einem Pflug herlaufen! Diese Outfits sind genau das, was sie brauchen, um durch die Büsche und Dornen in der Wildnis zu wandern", erklärte Hamish. Er wandte sich an seinen Freund: "Meinst du nicht auch, Fred?"

"Was weiß ich? Ich war noch nie ein guter Jäger! Oh, sicher, ich würde ein paar Enten, Kaninchen und so weiter schießen, vielleicht gelegentlich eine Gans, aber ich habe das meiste Fleisch eingetauscht. Mir sind die offenen Felder und das Hinterteil eines guten Ackerpferdes lieber, als den ganzen Tag im Wald herumzulaufen", antwortete der große Bär von einem Mann mit dem buschigen roten Bart. Die anderen sahen ihn ungläubig an und glaubten nicht, dass ein so großer Mann mit dem Brustkorb eines Fasses, der stark genug zu sein schien, um den Pflug selbst zu ziehen, eine Abneigung gegen etwas hätte, das man gemeinhin für eine typische Tätigkeit eines Mannes hält.

"Nun, wo wir gerade von der Jagd sprechen", begann Gabriel und lenkte die Aufmerksamkeit von Fredric ab: "Ich denke, ich nehme mein Pferd und werde morgen früh ein bisschen jagen. Während der Fluss die nächsten Meilen anscheinend leicht zu befahren ist, könnte ich uns wahrscheinlich in der Zwischenzeit ein paar Rehe besorgen und euch wieder flussabwärts treffen." Er blickte Lucius mit hochgezogenen Augenbrauen fragend an, als ob er um Erlaubnis oder zumindest um Zustimmung bäte.

"*Ja! Ja!* Klingt gut! Wir könnten etwas Frischfleisch gebrauchen", antwortete Lucius und nickte begeistert.

Gabriel wandte sich an Ezra: "Ich werde morgen gehen.

Du wirst hier bleiben, um die anderen Pferde zu verladen, und ich treffe dich flussabwärts." Es war mittlerweile eine Routine geworden, die Pferde immer dann abzuladen, wenn sie für die Nacht anhielten, um den Tieren Zeit zum Grasen und Schlafen zu geben, ohne dass das Boot schaukelt. Ezra nickte. "Reitest du früh los?", fragte er.

"Hmm, ja. Lange vor dem ersten Licht. Ich würde gerne irgendwo am Flussufer sein, um ein paar Tiere zu erwischen, wenn sie zum Wasser kommen. Wenn ich sie früh genug erlege, sollte es mir möglich sein, sie fertig auszunehmen und aufzupacken, , wenn das Boot dann in der Nähe ist." Dies würde die erste Jagd ihrer Flussreise sein und Gabriel wusste, dass es einige Zeit dauern würde, eine Routine für die Jagd und das Aufsammeln des erlegten Wildes zu entwickeln.

Gabriel hielt sich an entlang der Landzunge flussabwärts des Zusammenflusses von Beaver und Ohio. Er blieb nahe der Baumgrenze und nutzte das gedämpfte Licht des letzten Viertels des Mondes und der leuchtenden Sterne, die aus ihrem ebenholzschwarzen Bett funkelten, um ihn durch die nachlassende Dunkelheit zu führen. Etwa fünf Meilen flussabwärts kam er zu dem, was er suchte: eine Lücke in den sanften Hügeln, die wahrscheinlich einen Wildwechsel beherbergen würde, den die Tiere des tiefen Waldes benutzten, wenn sie zum Wasser kamen. Er hob sein Gesicht zu der kühlen Morgenbrise und grinste, weil er wusste, dass der leichte Wind von dem Zug zwischen den Hügeln kam und im Rücken aller Tiere sein würde, die zum Wasser kämen.

Er stieg von seinem Pferd ab und blickte über die Schulter auf das gedämpfte Licht im Osten, dann suchte er nach der erwarteten Fährte. Seine Suche war bald von Erfolg gekrönt, und er führte den großen Schwarzen in die dichten Bäume und entlang des Pfads. Er bemerkte frische Spuren, wahrscheinlich von der Nacht zuvor, und dass die Fährte oft unter langen Ästen verlief, die ihn daran hinderten, den Rappen den Pfad hinauf zu reiten, da er schnell von den großen Ästen aus dem Sattel geschlagen werden würde.

Als er etwa fünfzig Meter weiter oben auf dem Pfad war, ging er zwischen die Bäume und fand etwa zwanzig Meter abseits des Pfades einen Platz, um sein Pferd anzubinden und sich für die Jagd vorzubereiten.

Mit dem mongolischen Bogen in der Hand und dem Köcher, der an seinem Gürtel an der Seite hing, ging er weiter den Hang hinauf parallel zu dem Weg, der unter ihm verlief. Die Dunkelheit lüftete langsam ihren Schleier, als er einen kleinen Felsüberhang fand, der über dem Pfad lag und ihm eine gute Sicht auf alles darunterliegende ermöglichte. Er spannte einen Pfeil ein, hielt ihn mit dem Zeigefinger in Position und legte einen weiteren Pfeil an seiner Seite bereit. Kaum hatte er eine Schussposition eingenommen, sah er eine leichte Bewegung weiter oben den Hang hinauf. Dickes Laub und gedämpftes Licht behinderten ihn, aber er sah, wie ein junger Bock mit einem kleinen Samtgeweih, das seine erste Zacke zeigte, sich seinen Weg durch das Gestrüpp bahnte. Er blieb stehen, hob einen Fuß und schaute sich nach Gefahr um. Er hatte entweder etwas wahrgenommen oder gehört, das ihn innehalten ließ, aber ein größerer, reiferer Bock, ebenfalls mit samtenem Geweih, das bereits eine stärkere Verzweigung entwickelt hatte, stieß ihn vorwärts.

Gabriel glaubte, der ältere Hirsch sei der launischere, und zog langsam die Bogensehne zurück, berührte seine Wange mit dem Daumen seiner rechten Hand, sah den vorderen Teil der Brust des Bockes und ließ den Pfeil fliegen. Ohne den Treffer abzuwarten, spannte Gabriel geschickt den zweiten Pfeil ein, nahm sein Ziel schnell in Augenschein und schickte das gefiederte Geschoß, auf sein Ziel zu. Der große Bock bäumte sich auf, krümmte seinen Kopf gegen den bestürzenden Schmerz und fiel zur Seite, wo er versuchte, um sich tretend wieder aufzustehen. Das kleinere Tier hatte sich bei dem plötzlichen Sprung des Hirsches hinter ihm nach vorne gestürzt, aber sein Ausfallschritt war von dem erfahrenen Bogenschützen in den Bäumen einkalkuliert worden, und der Pfeil vergrub sich in den Rippen direkt hinter seinem Vorderbein, so dass der junge Bock nach vorne fiel. Da er seine Beine nicht bewegen konnte, um den Sturz aufzufangen, landete er auf seinem ausgestreckten Hals und Kinn. Auch er trat kurzfristig um sich, versuchte aufzustehen, blieb aber bald still und leise liegen.

Gabriel hörte die zurückweichenden Schritte von mindestens einem weiteren Hirsch, vielleicht sogar noch mehr, der sich umgedreht hatte und wieder den Weg hinauf flüchtete. Er stand langsam auf und schaute auf die beiden Hirsche hinunter, während er den eingelegten Pfeil mit den Fingern hielt. Er war bereit, wieder zu schießen, wenn nötig, aber er brauchte es nicht zu tun. Er bahnte sich seinen Weg vom Felsvorsprung hinunter zum Pfad und legte seinen Bogen auf die Brust des ersten Hirsches, als er sein Messer aus der Scheide zog und ihm die Kehle aufschlitzte, damit er ausbluten konnte. Er ging zu dem größeren Bock zurück und wiederholte seine Handlung, dann stand er auf, um sich umzusehen. Die Sonne hatte den östlichen Horizont überschritten und er wollte die Kadaver auf die Landzunge am Ufer hinunterbringen, bevor sich das Boot näherte. Er ging schnell zu seinem angebundenen Rappen.

Als er durch die Bäume am Rande des Weges trat, war er überrascht, einen Mann zu sehen, der seinen Bogen hielt und über dem Kadaver des kleinen Bockes stand. Seine langen grauen Haare waren in zwei Zöpfen geflochten und ruhten auf seinen Schultern. Er hob das runzlige Gesicht mit einem Lächeln. "*Hè!*" grüßte der alte Mann, hob eine Hand, die Handfläche nach vorne, auf die Höhe seiner Schulter. Er trug einen Lendenschurz über seinen Beinlingen und seine faltige Brust war entblößt.

"Hallo!", antwortete Gabriel. Er war stehen geblieben, ging nun aber weiter vorwärts und führte den Rappen an. Er band das Pferd mit einem Pflock am Boden fest, drehte sich zu dem Mann um und streckte die Hand nach seinem Bogen aus. Der alte Mann, den Gabriel auf etwa sechzig Jahre schätzte, streckte ihm den Bogen entgegen.

"Das war ein guter Schuss", sagte er. "Ich habe noch nie

einen Weißen gesehen, der einen Bogen benutzt, und das", er nickte Richtung Gabriels Waffe, die dieser jetzt in der Hand hielt, "ist ein außergewöhnlicher Bogen. So einen habe ich noch nie gesehen."

Seine Aussage war sowohl eine Frage als auch ein Kommentar und Gabriel antwortete, als er den Bogen hochhob und ihn ansah: "Es ist ein mongolischer Bogen, der seit Jahrhunderten von den Kriegern in der Mongolei benutzt wird."

Gabriel sah, dass der alte Mann einen eigenen Bogen und einen Köcher mit ein paar Pfeilen trug. Er fragte: "Sind Sie auf der Jagd?"

"Ja und nein. Es ist lange her, dass ich allein im Wald spazieren gegangen bin und ich wollte etwas Zeit haben, ohne dass andere dabei sind. Mein Zuhause liegt nördlich von hier, aber die Jagd ist schlecht. Als ich jung war, war dies", er drehte den Kopf und seine Augen schweiften über die Umgebung, "mein Land". Seine Augen wurden feucht, als er den Pfad entlang auf die Gewässer des Ohio blickte. Für Gabriel war es offensichtlich, dass der Mann sich erinnerte, und er sagte: "Mein Name ist Gabriel Stonec ... Gabriel Stone" und dachte, es sei besser, seinen vollen Namen nicht zu nennen. Er streckte seine Hand zur Begrüßung aus.

Der alte Mann antwortete: "Die Missionare nennen mich William Henry, aber bei meinem Volk, den Lenape, war ich als Gelelemend oder Killbuck bekannt. Die beiden Männer schüttelten sich die Hand und Gabriel hielt inne und erkannte den Namen: "Sie waren das Oberhaupt der gesamten Delaware!" Er trat zurück: "Mal sehen, ob ich das richtig verstanden habe. Sie waren das Oberhaupt des Turtle-Clans. Sie waren der Nachfolger von Häuptling White Eyes, aber es gab eine Spaltung unter Ihrem Volk. Ein Teil verbündete sich mit den Briten unter Captain Pipe. Die Buckongahelas haben sich mit den Briten zusammengetan, aber Sie haben das nicht gemacht!

Der alte Mann lächelte, als er sich auf einen nahen gelegenen Felsen setzte: "Sie kennen diese Dinge gut. Die meisten Weißen wissen nur, dass sie weiß sind, und die Eingeborenen sind es nicht und sollen getötet oder vertrieben werden."

Gabriel deutete mit seinem Messer an, dass er das Reh ausweiden wolle, und der Mann nickte zustimmend. Während er arbeitete, sprach er: "Leider stimmt das, was Sie sagen. Aber genau wie unter Ihren Leuten sind auch bei uns einige gut und andere nicht. Aber Sie sagten, die Missionare nennen Sie William Henry. Heißt das, dass Sie ein Mitglied ihrer Mission geworden sind?"

Killbuck lächelte: "Nein, was das bedeutet, ist, dass ich oft über die Christen und das, was sie glauben, nachgedacht habe, und ich habe den Missionaren zugehört, wie sie über Jesus erzählten. Als ich verstand, fing ich an zu glauben und ich bat Jesus Christus, mein Erlöser zu sein. Jetzt bin ich also Christ", erklärte er stolz.

Gabriel hielt inne, drehte sich um, um den Mann anzusehen, und hatte nichts zu sagen. Während er sich mit einigen Dingen über den christlichen Glauben abgemüht hatte, hatte dieser Mann in seiner Aufrichtigkeit und Einfachheit diese Dinge studiert und kam bereitwillig und leicht zu seiner Entscheidung Christus anzunehmen. Als er seine Klinge unter die Haut des Rehbauches schob und sie zum Hals hinbewegte, dachte er: *Warum habe ich solche Schwierigkeiten, zu verstehen und zu akzeptieren? Vielleicht muss ich mehr mit Ezra sprechen und dies klären, je früher je besser.*

13 KAPITEL DREIZEHN
BOOT

GABRIEL ZERLEGTE den Hirsch nur notdürftig. Er legte die beiden Kadaver auf den Rücken seines Hengstes und machte sich auf den Weg zur Sandbank jenseits der Baumgrenze. Killbuck folgte, während die Männer weiter voneinander lernten. "Ihr werdet auf der Hut sein müssen. Blue Jacket und seine Shawnee leiden noch immer unter der Schlacht beim *fallenden Holz*, und auch Buckongahelas will seinen Kampf fortsetzen. Einige dieser heißblütigen Anführer glauben immer noch, dass sie die Siedler besiegen können", erklärte Killbuck.

"Ich habe gehört, dass Blue Jacket nach Fort Miami geflüchtet ist, aber die Briten wollen ihm kein Unterschlupf gewähren?", fragte Gabriel und führte den Rappen aus den Bäumen. Er suchte stromaufwärts nach irgendeinem Zeichen des Bootes und da er keins sah, band er sein Pferd an einen Pflock im Boden und lief zum Wasser und suchte nach einem möglichen Landeplatz für das Boot.

Killbuck blieb bei dem Pferd und wartete auf Gabriels Rückkehr. Als er sich näherte, erklärte der ehemalige Häuptling: "Das ist wahr. Blue Jacket und seine Shawnee waren vor dem Angriff des Generals geflohen und als sie nicht ins Fort gelangen konnten, rannten sie weiter." Der alte Mann lachte.

"Hat General Wayne nicht mehr getan? Ich meine, ich

habe gehört, dass seine Männer eine Reihe von Dörfern zerstört haben."

"Ja, und als er in das Hauptdorf der Miami, Kekionga, kam, zerstörte er es und baute dann eine Festung, die er Fort Wayne nannte", antwortete der ehemalige Häuptling und Führer der Lenape.

Er schüttelte den Kopf bei der Erinnerung: "Vielleicht sind Blue Jacket und Buckongahelas deshalb immer noch wütend. Sie haben mehr als nur Krieger verloren, sie haben Status und Ehre verloren. Die jungen Krieger unter ihnen gehen immer noch auf Raubzüge und die Häuptlinge kontrollieren ihr Volk nicht mehr."

"Nun, ich habe gehört, dass Washington darauf drängt, dass Wayne und andere einen Vertrag mit beiden Häuptlingen und auch mit anderen Stammesführern unterzeichnen sollen. Ich glaube, Sie werden sie alle bald auf einer Vertragskonferenz sehen", vermutete Gabriel. Er ließ die Hirschkadaver auf die Sandbank fallen, lockerte den Gurt am Sattel und führte sein Pferd zu einer Stelle mit frischem Gras in der Nähe der Bäume. Er schaute Killbuck an: "Könnten Sie etwas Frischfleisch gebrauchen?"

Der alte Häuptling grinste: "Ich bin allein, aber ich kehre zu meinem zu Hause zurück. Eine Portion Fleisch wäre gut."

Gabriel kicherte, ging zu dem kleineren Kadaver, spaltete die Haut entlang der Wirbelsäule und schnitt ein langes Stück Fleisch heraus und lächelte, als er es Killbuck anbot. Die Falten im Gesicht des alten Mannes wurden durch das Lächeln, das sich über sein Gesicht ausbreitete, straffgezogen, als er das erlesene Fleisch des Hirsches annahm. Er nickte anerkennend, dann schaute er an Gabriel vorbei und sagte: "Dein Boot kommt. Ich werde gehen und ich werde mich an diese Zeit zusammen mit meinem neuen Freund Gabriel Stone erinnern".

"Und ich werde mich lange an mein Gespräch mit dem großen Führer der Lenape, Gelelemend, erinnern", fügte Gabriel hinzu. Die beiden Männer umklammerten die Unterarme, und der alte Mann drehte sich um und verschwand bald darauf zwischen den Bäumen. Gabriel drehte sich um, winkte dem Boot zu und ging auf die Sandbank zu.

Die aufgehende Sonne hatte gerade die Baumwipfel im Osten erhellt, als das Plattbodenboot auf die Sandbank aufsetzte und Gabriel die Leine einholte, um es fest zu machen. Es dauerte nur wenige Augenblicke, bis Gabriel, sein schwarzer Hengst und das Frischfleisch an Bord waren und die beiden Männer an den Kehrriemen lehnten sich in die langen Ruder, um das Boot zurück in die Strömung zu ziehen. Ezra half Gabriel, die Kadaver in die Kabine zu tragen, wo sie aufgehängt und gehäutet wurden. "Habe ich dich mit jemandem auf der Landzunge gesehen?", fragte Ezra.

„Hmm, ja. Das war Gelelemend, auch bekannt als Killbuck. Er war früher der große Häuptling des ganzen Lenape-Volkes, aber das war vor den Nordwestindianerkriegen. Jetzt lebt er allein und hilft den mährischen Missionaren in Salem."

Ezra lehnte sich zurück und neigte den Kopf zur Seite: "Was du nicht sagst. Na, wenn das nicht alles übertrifft!"

"Aber er sagte auch, dass wir aufmerksam bleiben müssen, weil ein Haufen der jungen Krieger, die bei Blue Jacket und Buckongahelas waren, nun Raubzüge gegen die Siedler und Boote auf dem Fluss unternehmen."

"Hast du es Lucius gesagt?", fragte Ezra ächzend, als er den großen Kadaver für Gabriel anhob, damit der ihn am Deckenbalken befestigen konnte. Das Fleisch würde hängen und so gekühlt bleiben. Nachdem die Haut entfernt worden war, bedeckten die Männer das Fleisch mit einem dünnen Baumwolltuch und wandten sich ab, um zu gehen. "Glaubst du, dass wir Schwierigkeiten bekommen könnten?"

Gabriel feixte: "Seit wir Philly verlassen haben, haben wir Ärger am Hals!"

"Weißt du, mein Papa hat immer gesagt, dass du mein Tod sein würdest", antwortete Ezra, als die beiden Männer die Leiter zum oberen Ende der Kabine bestiegen. Fredric und Hamish hatten die Ruder aus dem Wasser gehoben und sie oben neben die Kabine gelegt, aber Lucius bediente die große Ruderstange und hielt das schwerfällige Plattbodenboot in der Mitte der Strömung. Die anderen Männer würden ihn nach Bedarf unterstützen und wenn anspruchsvollere Strömungen es erforderten, benutzten sie das kurze Vorderruder, das ihnen half, das Boot zu manövrieren.

Gabriel ging nach achtern, um mit Lucius zu sprechen. Während der Mann das Ruder in der Hand hielt, erzählte Gabriel ihm von seinem Gespräch mit dem alten Indianer und seiner Warnung vor den abtrünnigen jungen Wilden. Er berichtete auch von Blue Jackets Shawnees und von Buckongahelas' Delaware. "Er glaubt also, dass einige von ihnen versuchen könnten, unser Boot zu kapern?", fragte Lucius.

"Er sagte, sie hätten einige Siedler und einige Boote auf dem Fluss angegriffen", antwortete Gabriel. Er schaute flussaufwärts, als ihm etwas ins Auge fiel, und sein Stirnrunzeln ließ Lucius hinter sie blicken. Etwa dreihundert Meter entfernt holte ein Kielboot mit gehisstem Segel zu ihrem Plattbodenboot auf. Lucius grinste: "Es ist ein Kielboot. Sie können gute Geschwindigkeit machen, besonders mit einem Segel. Ich dachte darüber nach, auf diesem Boot ein Segel auszuprobieren, aber ich glaube, sie machen mehr Ärger, als sie wert sind."

"Wird es an uns vorbeiziehen?" fragte Gabriel, überrascht von diesem Anblick.

Lucius sah noch einmal hin, den Kopf zur Seite geneigt, "Wahrscheinlich gehen sie bis Mittag an uns vorbei, wenn sie unterwegs nicht anhalten."

"Anhalten? Warum sollten sie anhalten?"

"Oh, einige von ihnen treiben gerne Handel mit den Dörfern, je nachdem was sie mit sich führen. Auch wir halten oft an. Viele der Waren, die wir an Bord haben, sind für den Handel mit den Siedlern und einigen der Indianer bestimmt."

"Darüber habe ich mich schon gewundert. Aber nach dem, was Killbuck sagte, willst du immer noch anhalten?"

Lucius kicherte: "Kommt drauf an."

"Kommt drauf an? Auf was?"

"Wenn es Frauen und Kinder gibt, ist es normalerweise sicher, anzulegen und Handel zu treiben. Aber wenn man nur Männer oder Krieger sieht, nicht so sehr."

ES DAUERTE weniger als eine Stunde, dass das Kielboot längsseits zog, etwa zehn Meter entfernt blieb und langsam an dem unhandlichen Breithorn vorbeifuhr. Einige der Männer saßen im Heck des Bootes und ein paar hoben träge eine Hand, um beim Vorbeifahren zu winken. Der Steuermann, der am Ruder stand, ignorierte das Breithorn, aber ein Mann, der in der Nähe stand, hob die Hand um freundlich zu winken. Doch als Gabriel den Mann sah, blickte er finster drein und erinnerte sich. Er drehte sich zu Lucius und Ezra um, die in der Nähe standen. "Ich sah diesen Mann bei der Bootswerft, er sprach mit Ebenezer und sie sahen sich dieses Boot an und sprachen offensichtlich darüber oder über uns."

"Wie kannst du so sicher sein?", fragte Ezra.

"Hast du seine Nase gesehen? Dieser große Kolben bedeckt den größten Teil seines Gesichts! Und er trug die gleiche Weste, als er mit Ebenezer zusammenstand. Als sie sich unterhielten, war es offensichtlich, dass er wütend auf Ebenezer war, aber sie waren zu weit weg, um zu hören, was gesagt wurde."

"Ich bin sicher, dass es nichts ist, worüber man sich Sorgen machen muss. Wahrscheinlich nur ein Zufall. Bis wir am Mississippi ankommen, werden wir an mehr als hundert Booten vorbeifahren oder von mehr als hundert Booten überholt werden und normalerweise sehen wir auf mindestens einem davon jemanden, der uns vertraut ist", erklärte Lucius.

"Zufall? Mein Vater sagte, so etwas wie Zufall gibt es nicht. Hinter allem, was ein Zufall zu sein scheint, steckt immer etwas. Außerdem ist da etwas ... etwas, das sich nicht richtig anfühlt. Ich spüre es genau hier in meinem Bauch", verkündete Gabriel und legte seine Hand an seinen Gürtel.

Er sah Ezra an und wusste, dass sein Freund das hatte, was viele als zweites Gesicht bezeichnen. Ezra sagte, es sei von seiner langen Linie der Schwarzen Iren und ihrer Vergangenheit mit den Kelten und Druiden herrührend. Doch Ezra schaute seinen Freund mit großen Augen und hochgezogenen Augenbrauen an und nickte leicht, um beides auszudrücken, einmal, dass er ihm recht gab und auch, dass sie darüber schweigen sollten.

Gabriel schaute dem Kielboot hinterher und fragte sich, was es mit den Menschen an Bord auf sich hatte, und insbesondere mit dem einen Mann mit der großen Nase. Als er darüber nachdachte, war sein erster Gedanke, dass er von James Wilson, dem Vater von Jason, den Gabriel im Duell besiegt hatte, engagiert worden sein könnte. Aber Gabriel wusste, wenn der Mann von Wilson geschickt worden wäre, wäre er nicht allein gewesen. Wenn es dem Mann darum ging, wären mehrere der mit ihm an Bord befindlichen Personen Mitverschwörer gewesen. Aber er dachte, möglicherweise war es etwas anderes und vielleicht hatte es nichts mit ihm zu tun. Er blickte auf Lucius zurück: "Werden Boote wie dieses oft überfallen? Du weißt schon, angegriffen und die Handelswaren werden gestohlen?"

Lucius schaute ihn unter zusammen gezogenen Augenbrauen an: "Was sagst du da?"

"Nichts, ich frage nur. Ich versuche herauszufinden, warum dieser Mann so wütend war, als er mit Ebenezer über uns sprach, und als sie vorbeikamen, lächelte er und winkte. Vielleicht bin ich nur einer von der misstrauischen Sorte, aber es fühlt sich einfach nicht richtig an für mich."

Lucius blickte Gabriel an und fragte: "Könnte er hinter dir her sein?"

"Das glaube ich nicht. Nicht, dass es nicht möglich wäre; ich habe einige Feinde zurückgelassen, aber er scheint nicht der Typ dafür zu sein. Er schien mehr um das Boot besorgt zu sein als um mich."

"Wir führen eine beträchtliche Menge Whiskey mit uns. Seit der Rebellion wegen der Steuern und dergleichen wurde nicht mehr viel Whiskey verschifft. Es könnte also für einige Flusspiraten verlockend sein, nehme ich an", antwortete Lucius. "Und der Rest der Ladung ist auch ziemlich wertvoll, also vielleicht."

Gabriel blickte den Mann an der Pinne an und sagte: "Also sind Indianer nicht die einzigen, nach denen wir Ausschau halten müssen, hm?"

"Darum haben wir euch Jungs mitgenommen, um uns Bauern zu schützen", verkündete Lucius lachend. Aber beide Männer wussten, dass es nichts zu lachen gab.

14 KAPITEL VIERZEHN
SIEDLER

FÜNFZEHN FUß LÄNGE erstreckten sich von der Vorderseite der Kabine bis zum Bug des Flachbootes. Gabriel und Ezra beschlossen, den Platz des Bugs zu nutzen, auf dem sich der Sandkastenherd und die Bänke befanden, auf denen die Männer ihre Mahlzeiten einnahmen, aber auch ihre Schlafsäcke ausrollten und ihre Waffen und Ausrüstung verstauten. Gabriel saß neben seinem Sattel, während er seine Pistolen nachlud. Er bewunderte die Handarbeit der von seinem Vater geschätzten Waffen. Er war überrascht gewesen, als er sie in den Halftern an seinem Sattel sah, als er sein Haus und seine Familie verließ, aber er wusste, dass sein Vater wollte, dass er die besten Waffen hatte, und diese Pistolen waren mit Sicherheit die besten. Zweiundsechziger Kaliber, mit montierten Teilen aus Silber, über- und unter doppelläufige Steinschlosspistolen. Sie waren wunderschöne und seltene Beispiele des besten französischen Kunsthandwerks. Seit der Ära Ludwigs XIV. hatte jeder Lauf einen eigenen Steinschlossmechanismus und die Zündpfannen waren so konstruiert, dass sie fast wasserdicht waren. Ezra beobachtete, wie Gabriel die Pistolen reinigte und neu lud, wobei jede Bewegung seine Liebe und Sorgfalt für die prächtigen Waffen ausdrückte.

"Hey, lass mich mal eine von denen sehen", schlug Ezra vor und legte seine eigene Pistole an seine Seite. Gabriel reichte seinem Freund diejenige, die er gerade fertig geladen hatte, und der Mann nahm sie mit Vorsicht entgegen. Er drehte sie in den Händen um und bewunderte jedes Detail: "All dieses schöne Handwerk und sie sind auch noch treffgenau!", murmelte er, während er die Pistole vor sich hielt und am Lauf entlang visierte.

Gabriel beobachtete seinen Freund: "Ich bin überrascht, dass mein Vater sie aus dem Haus gelassen hat. Ich weiß noch, wie er sie nach Hause brachte; er hatte ein samtgefüttertes Mahagoni-Etui unter dem Arm und er grinste von Ohr zu Ohr. Als er sie herausholte, um sie mir zu zeigen, hielt er sie wie ein neugeborenes Baby. Und als wir sie zum Schießen herausnahmen, war er stolzer als ein weißer Pfau."

"Erwartest du bei all dem Nachladen und so weiter etwa Ärger? Vielleicht von den Kerlen auf dem Kielboot?"

Gabriel schüttelte langsam den Kopf und setzte die Pflegeroutine an der zweiten Pistole fort: "Ich bin mir nicht sicher. Ich weiß nur, dass es mir die Nackenhaare stellte, als ich diesen Mann sah, und, na ja, ich weiß es nicht. Ich weiß nur, dass es besser ist, vorbereitet zu sein, egal was kommt." Er steckte beide Pistolen in die Halfter und holte seine Gürtelpistole heraus, um sie ebenfalls zu reinigen und nachzuladen. Die kleinere Pistole, Kaliber vierundfünfzig, war eine englische Waffe neuerer Bauart, hergestellt von W. Bailes and Company. Obwohl sie ebenfalls doppelläufig war, hatte sie nur einen Steinschlossmechanismus, aber zwei Flinten und Pfannen. Wenn ein Lauf abgefeuert wurde, konnte die Lauf- und Zündmechanik umgedreht werden, und der zweite Lauf und die Zündpfanne waren schussbereit. In einer Zeit, in der Gewehre und Pistolen mit nur einem Schuss abgefeuert wurden, war es ein klarer Vorteil, über mehr Feuerkraft zu verfügen.

Als er mit der Gürtelpistole fertig war, legte er sie beiseite, nahm sein Ferguson-Gewehr, reinigte, ölte und lud es ebenfalls nach. Ezra hatte sich um seine Waffen gekümmert. Eine Gürtelpistole, eine Reitpistole, die normalerweise am Sattel befestigt war und sein Gewehr. Nun schaute er stromabwärts. Er stand für eine bessere Sicht auf und schirmte seine Augen ab, dann runzelte er die Stirn und drehte sich um, um dem Steuermann zuzurufen: "Lucius! Da sind ein paar Leute am Ufer dort drüben. Sie winken, und ich glaube, sie wollen, dass wir anhalten!"

"Ich sehe sie!", antwortete der Mann, "Haltet euch bereit! „Ich weiß nicht, was sie tun, und ich lege nicht an, bis ich es weiß!"

Gabriel stand auf und ging an Ezras Seite und schaute am Ufer auf und ab, um nach jedem Anzeichen von anderen Menschen oder Gefahr zu suchen. Er trat an den Bug und suchte das Wasser und die Sandbank ab, dann schaute er die Menschen an. Er rief zu Ezra: "Sieht aus wie ein Mann und ein paar Frauen. Der Mann scheint verletzt zu sein!" Sie standen im Schatten der bewaldeten Hügel, die nur ein schmaler Streifen waren vor der langen Sandbank am Zusammenfluss von Yellow Creek und Ohio. Der große Fluss machte einen weiten Bogen nach Süden und die Sonne schmiegte sich an den Rand der Bäume im Tal des Yellow Creek. Lucius hatte nach einem guten Platz für die Nacht Ausschau gehalten und die Sandbank am Zusammenfluss bot sich an.

Sowohl Ezra als auch Gabriel hatten ihre Gewehre in die Hand genommen und standen am Bug bereit und beobachteten den sandigen Grund durch das seichte Wasser. Die drei Personen waren in Wirklichkeit zu viert, wobei ein Mann, den man zuvor nicht gesehen hatte, neben einer der jüngeren Frauen saß. Als sie sich näherten, hörte man die ältere Frau sagen: "Oh, Gott sei Dank! Sie halten an!" Sie hielt ein Taschentuch an ihr Gesicht, als sie das Boot näherkommen sah. Es schob sich in das weiche, sandige Ufer und Ezra sprang mit einem Tau in der Hand ans Ufer und ging zu einer großen Eiche, um das Boot festzubinden. Auch Gabriel sprang an Land und beobachtete die Menschen, während er auf die kleine Gruppe zuging.

"Oh, Gott sei Dank, Sie haben angehalten. Wir sind so dankbar!", rief die ältere Frau. Gabriel lächelte und nickte ihr zu, als er den Mann neben ihr ansah, offensichtlich ihr Ehemann. Sein Gewehr lehnte an seiner Seite, aber er hielt einen Verband an seiner blutenden Schulter. Sein Gesicht war blass vom Blutverlust, und der andere, jüngere Mann, der dem älteren ähnelte, hatte ein bandagiertes Bein. Er hatte auch ein Gewehr, das quer über seinem Schoss lag, aber keiner der beiden Männer gab sich bedrohlich.

"Was ist passiert?", fragte Gabriel und stellte sein Gewehr an seinem Fuß auf den Kolben.

"Shawnee!" spuckte der Mann aus. "Haben uns alles abgefackelt. Wir haben alles verloren! "erklärte er wütend.

"Sie schlugen auf uns ein, während die Männer auf dem Feld waren, es waren mindestens zwanzig von ihnen. Aber Jethro und James schafften es bis zu unserer Hütte, obwohl sie beide angeschossen wurden. Wir haben sie eine Zeit lang abgewehrt, aber es waren einfach zu viele", erklärte die Frau.

"Sie sagten, sie wollten palavern! Also haben wir zugehört. Der eine sagte, sein Name sei Tecumseh, und der andere war sein Bruder Tenskwatawa. Er sagte, wir könnten gehen, aber wir könnten nichts mitnehmen! Er will, dass wir allen anderen sagen, dass jeder weiße Mann, der in das Land der Shawnee käme, getötet würde. Wir hatten also keine andere Wahl als zu gehen. Und als wir knapp hundert Meter entfernt waren, gingen die Scheune und das Haus in Flammen auf. Wir hatten Pferde, ein paar Maultiere, eine Milchkuh, ein paar Schweine und zwei Felder, die bepflanzt waren und wuchsen! Sie nahmen die Pferde und töteten und zerstörten alles andere", murmelte der Mann. "Wir brauchten den Rest des Tages, um hierher zu kommen. Die meisten von den acht oder zehn Meilen haben wir die Gewehre als Krücken benutzt", fügte er hinzu.

Lucius und die anderen hatten sich der Gruppe angeschlossen und er sagte: "Nun, Leute, wir werden hier unser Nachtlager aufschlagen. Wir haben ein paar zusätzliche Decken für euch und wir werden ein gutes Essen zubereiten. Wenn das Feuer richtig brennt und wir besser sehen können, sehen wir uns eure Wunden an. Ich habe im Krieg ein wenig den Doktor gespielt und vielleicht kann ich helfen. Ihr könnt morgen früh mit uns kommen. Wir werden wahrscheinlich Zanesburg vor Einbruch der Nacht erreichen und vielleicht könnt ihr dort Hilfe bekommen."

"Danke, Kapitän. Sie sind ein Geschenk des Himmels!" erklärte die Frau. "Wenn Sie erlauben, würden meine Tochter und ich gerne bei der Zubereitung des Essens helfen?"

Lucius lächelte: "Das wäre wunderbar, Ma'am. Wir sind noch nicht lange auf dem Fluss und wir sind unserer eigenen Kochkünste bereits überdrüssig. Hamish dort", er nickte dem großen Schotten zu, "wird Ihnen alles besorgen, was Sie brauchen."

"Übrigens, Kapitän, ich bin Mrs. Ainsley", stellte die Frau sich vor und nickte zu ihrem Mann hinüber, der sich an den Rand des Flussufers gesetzt hatte, "mein Mann, Jethro." Dann wendete sie sich den anderen zu. „Meine Tochter Amy und mein Sohn James."

"Freut mich, Sie kennenzulernen, auch wenn die Umstände besser sein könnten", begann Lucius, stellte dann seinerseits jeden der Männer vor, bevor alle ihre Aufgaben übernahmen.

DIE LANDZUNGE am Zusammenfluss bot eine größere Lichtung, auf der Gabriel die Pferde angepflockt hatte. Er entschied sich, mit den Reittieren an Land zu bleiben und den Weg zu beobachten, der dem Yellow Creek folgte. Er erwartete von den Shawnee keine Schwierigkeiten, denn er glaubte, dass sie erreicht hatten, was sie wollten, und wahrscheinlich in ihr Dorf zurückgekehrt waren. Aber er war immer noch beunruhigt über die anderen wahrgenommenen Bedrohungen: die an Bord des Kielbootes, und er überlegte auch, ob sich auf ihrer Spur Schlägertruppen befanden, die vom alten Jacob Wilson geschickt worden waren. Angesichts der Wachsamkeit der Pferde zog er es vor, in ihrer Nähe zu bleiben, während Ezra seine Decken oben auf der Kajüte ausrollte, um sowohl den Fluss als auch das Lager besser beobachten zu können.

Gabriel legte seinen Sattel an den Fuß eines großen

Hickorybaums zurecht und lehnte sich an den alten Stamm zurück, um die Pferde beim Grasen und die Sterne beim Aufgehen zu beobachten. Es war ein angenehmer Abend, kühl und ruhig, und Gabriel lauschte den Nachtvögeln und beobachtete, wie die Glühwürmchen sich gegenseitig ihre Stakkato-Botschaften schickten. Seine Gedanken wandten sich seinem Zuhause und seinem Vater und seiner Schwester zu, und er machte sich Gedanken über ihr Wohlergehen. Seit seine Mutter vor drei Jahren verstorben war, war sein Vater unruhig und sein Leben schien ziellos zu sein. Obwohl er versuchte, sich um seine Geschäfte und Investitionen zu kümmern, hatte er schon vor langer Zeit einen Stab von Managern und Beratern aufgebaut, die seine Angelegenheiten ohne seine direkte Beteiligung leicht bewältigen konnten. Gabriel hatte mit seinem Vater ausführlich über seine Anteile gesprochen, aber sein Vater hatte erklärt, dass sie für ihn von keinem Interesse mehr wären. "Mein Sohn, wenn ich einen Monat lang nicht aus dem Bett komme, geht alles wie gewohnt weiter, so als wäre ich in meinem Büro, um Papiere zu durchwühlen und die Dinge zu überprüfen." Dann erwähnte sein Vater etwas, das Gabriels Neugierde geweckt hatte, doch bis dahin hatte er keine Antworten finden können. "Meine Gesundheit versagt und ich glaube nicht, dass mir noch viel Zeit bleibt. Was ich habe, wird treuhänderisch für dich aufbewahrt, und ich vertraue darauf, dass du dich um deine Schwester kümmern wirst. Es gibt reichlich Geld, genug, um für den Rest deines Lebens zu reichen, und noch mehr." Aber das Duell mit Jason Wilson hatte all das geändert und als er nun an den großen alten Baum gelehnt saß, dachte er, dass er seinen Vater vielleicht nie wiedersehen würde.

Die Geräusche der Nacht, die den unbewussten Hintergrund seiner Gedanken gebildet hatten, waren plötzlich verstummt. Gabriel sah die Pferde an, alle mit erhobenen Köpfen und gespitzten Ohren. Sie blickten an Gabriel vorbei über den Bach. Die Geräusche des rauschenden Wassers hatten die Annäherung mehrerer Reiter verdeckt, offensichtlich Indianer, die sich ihren Weg entlang eines schmalen Wildpfades bahnten, der dem Bach bis zum großen Fluss folgte. Der aufgehende Mond spendete Gabriel genug Licht, um die Reiter zu erkennen, die meisten mit um den Kopf geschlungenen Kopftüchern, einige trugen einzelnen Federn oder ganzen Kopfschmuck. Andere hatten Metallarmbänder oder Halsreifen, die im flimmernden Licht glänzten. Ein Mann an der Spitze hatte einen abgelegten britischen Offiziersmantel und einige wenige trugen über ihren Wildlederbeinlingen eine Wildlederjacke. Sie trugen eine Vielzahl von Waffen, Gewehre, Lanzen und Kriegskeulen.

Gabriel befand sich im Dunkeln unter den langen Ästen des Hickorybaumes und beobachtete, wie die Reihe der Krieger sich ihren Weg zur Mündung des Baches bahnte. Er ging davon aus, dass dies dieselben Shawnee waren, die das Haus der Ainsleys angegriffen hatten, aber er war überrascht, dass sie ihnen folgten, nachdem sie der Familie erlaubt hatten, das Haus zu verlassen, bevor sie es zerstörten. Sicherlich würden sie ihr Wort nicht brechen, es sei denn, die Geschichte, wie sie von den Ainsleys erzählt wurde, war nicht ganz wahr.

15 KAPITEL FÜNFZEHN
ZANESBURG

GABRIEL HATTE alle seine Waffen zur Hand, entschied sich aber, still zu bleiben und zu beobachten. Die Kriegerbande sammelte sich an der Mündung des Baches und der Anführer gestikulierte zweien seiner Gefolgsleute, die daraufhin im gedämpften Licht des Nachthimmels abstiegen und die Spuren untersuchten. Mit der Ferguson Flinte an dem gewebten Rohledergurt auf dem Rücken, zog Gabriel das Pistolenpaar aus den Halftern und schlich durch die Schatten bis zu einem Punkt, der direkt gegenüber den Shawnee auf der anderen Seite des Baches lag. Er beobachtete, wie die beiden mit ihrem Anführer sprachen und dabei wiederholt zum gegenüberliegenden Ufer hin gestikulierten, wo Gabriel auf der Lauer lag. Er war nicht darauf erpicht, mit einer Schar von fünfzehn bis zwanzig Shawnee in ein Feuergefecht zu geraten, aber er konnte auch nicht zulassen, dass sie unerwartet in ihr Lager kamen. Er stand hinter einer großen Eiche, die knorrigen Äste gaben ihm zusätzlichen Schutz, schränkten aber seine Sicht etwas ein. Er hielt die Pistolen an seiner Seite, blickte entlang des Ufers und der Baumgrenze und plante seine Verteidigung.

Er sah, wie der Anführer seine Hand hob, um seinen Anhängern ein Zeichen zu geben, als er sein eigenes Reittier zur Wasserkante trieb. Gabriel atmete tief durch und hob die Pistolen an, als er hinter dem großen Baum hervortrat. Er wusste, dass er in den tiefen Schatten nicht gesehen werden konnte, aber er wusste auch, dass sich das ändern würde, sobald die Mündungsflamme aus der Dunkelheit hervorschlug. Er wartete, bis der Anführer in der Mitte des Stroms war und zielte, wobei er niemanden töten, sondern nur den Angriff stoppen wollte. Mit beiden Abzügen zum Abschuss bereit, drückte Gabriel langsam den ersten Abzug, und die Pistole zuckte nach oben, während sie Feuer, Blei und Rauch spuckte. Sofort lief Gabriel zu seiner Rechten zu einem anderen Baum und gab einen weiteren Schuss ab, als er sah, wie der Anführer verzweifelt sein Reittier zurückhielt, während die zweite Patrone auf der Brust des Mannes hinter ihm rot aufblühte. Wieder bewegte sich Gabriel nach links, an seiner ersten Deckung vorbei, hob seine linke Pistole und schoss, dann, drei Schritte weiter nach links gehend, schoss er erneut. Schnell steckte er beide Pistolen in seinen Gürtel, schwang das große Ferguson-Gewehr von seinem Rücken, zog den Sicherungsbügel zurück, als er sich wieder nach rechts bewegte, fiel auf ein Knie und drückte den Abzug durch, was einen weiteren Krieger vom Pferd hob. Zwei Männer plantschten verzweifelt im Wasser und kämpften sich zum Ufer, einer schwamm mit dem Gesicht nach unten, und der Anführer, der noch immer auf seinem Reittier saß, rief seinen Männern Befehle zu, während er sie wieder den Weg hinaufführte.

Bevor sich die in der Luft hängende Rauchwolke auflöste, hatte Gabriel sein Gewehr nachgeladen und beobachtete den Rückzug der Bande. Er atmete schwer, immer noch auf einem Knie, als er Ezra hörte: "Was ist los?"

"Shawnee", antwortete Gabriel, ohne den Blick vom Weg abzuwenden, als er seine Sattelpistolen nachlud. Ezra stand an seiner Seite, das Gewehr vor sich und blickte in die Richtung in die Gabriel genickt hatte. Er sah die Leiche im Wasser, eine weitere am Ufer, sah aber nichts von der Kriegerbande. "Wahrscheinlich waren es dieselben, die die Farm des Bauern überfallen hatten", vermutete Gabriel und beendete sein Nachladen. Er stand auf, schob die Pistolen in seinen Gürtel und ging zurück zu seinem Ausguck und den Pferden. Lucius kam auf ihre Seite hinüber, stellte die gleichen Fragen und erhielt die gleichen Antworten, aber Gabriel fügte hinzu: "Ich verstehe einfach nicht, warum sie sagten, die Familie könne gehen und dann hinter ihnen her sind. Es macht keinen Sinn, denn wenn ein Einheimischer sein Wort gibt, ist es normalerweise bindend. Wenn sie geächtete weiße Männer wären, könnte ich es verstehen, aber..."

"Wie kommst du darauf, dass Verrat von der Hautfarbe abhängig ist", fragte Ezra.

Gabriel blieb stehen, sah seinen Freund an und schüttelte den Kopf: "Das habe ich doch nicht angedeutet, oder?" Er schüttelte erneut den Kopf: " Du hast Recht! Es spielt keine Rolle, welche Hautfarbe ein Mann hat, er ist den Gedanken und dem Verrat genauso ausgeliefert wie jeder andere Mann auch". Er steckte die Sattelpistolen in die Halfter an seinem Sattel, setzte sich dann hin und schaute zu Ezra auf: "Ich glaube nicht, dass sie zurückkommen, aber wenn doch, kann ich sie von hier aus gut sehen."

Lucius fragte: "Bist du sicher, dass es für dich in Ordnung ist?"

Ezra blickte den Kapitän an und kicherte: "Dem wird schon nichts passieren. Haben Sie das Sperrfeuer nicht gehört, das er gezündet hat?"

Der Kapitän runzelte die Stirn: "Sie meinen doch nicht, dass die ganze Schießerei von ihm allein ausging?", fragte er und nickte Gabriel zu.

Sowohl Gabriel als auch Ezra lachten, als Gabriel antwortete: "Ja, nur ich!"

"Haben die Indianer nicht geschossen?" fragte Lucius.

"Wenn ich mich nicht irre, hat Gabriel hier ihnen keine Chance dazu gegeben. Habe ich Recht, mein Freund?"

" Du hast Recht. Es erschien einfach unlogisch, sie schießen zu lassen."

. . .

SIE LEGTEN beim ersten Anzeichen von Tageslicht ab, und sobald sie mitten in der Strömung waren, hoben die Männer die Ruderstangen an Deck und schlossen sich den anderen am Sandkastenofen an, während Mrs. Ainsley und ihre Tochter Amy das Frühstück für die Besatzung vorbereiteten. Als Hamish Lucius am Ruder ablöste, gesellte sich der Kapitän zum Frühstück zu den anderen.

Frau Ainsley fragte: "Glauben Sie, dass wir Zanesburg vor Einbruch der Dunkelheit erreichen werden?"

"Ja Madam. Wir sollten keine Probleme haben, rechtzeitig vor Einbruch der Dunkelheit anzukommen. Ich hoffe, dass ich mit den Leuten dort ein paar Geschäfte machen kann, bevor wir uns für die Nacht einrichten."

"Wie groß ist Zanesburg?" fragte Gabriel.

"Oh, ich weiß nicht recht. Wahrscheinlich gibt es inzwischen zehn, zwölf Familien, vielleicht auch mehr. Ol' Ebenezer Zane gründete den Ort, obwohl es ursprünglich französisches Territorium war. Zane beanspruchte es mit "Tomahawk-Rechten", bei denen ein Mann einen Ort abstecken kann, indem er in die Bäume mit seinem Tomahawk einen Art Gürtel einschnitzt, seine Initialen hinzufügt, und schon zählt das Stück Land als seins. Früher war es ein Fort, Fort Henry, aber davor war es Fort Fincastle. Sie kämpften gegen die Shawnee-, Wyandot- und Mingo-Stämme sowie gegen die Briten". Er lachte leise über eine bestimmte Erinnerung: "Es schien, als die Briten und einige Indianer das Fort belagerten, als ob den Menschen die Munition ausginge. Aber die Familie Zane hatte welche auf ihrem Gehöft, so dass Ebenezers Schwester Betty sich freiwillig meldete, um sie zu holen. Sie schien schneller auf den Beinen zu sein als alle Männer. Also rannte sie vom Fort direkt vor den Augen der Briten und ihrer indianischen Freunde zum Haus, goss das Pulver in eine Tischdecke und rannte zurück zum Fort. Die Briten schossen die ganze Zeit auf sie, konnten sie aber nicht treffen, weil sie so schnell lief. Und wegen des Pulvers rettete sie das Fort!"

Alle waren von der Geschichte in den Bann gezogen

worden und Gabriel war der erste, der das Wort ergriff: "Das ist eine ganz großartige Geschichte. Ist sie wahr?"

Lucius runzelte die Stirn, als er den Mann ansah: "Natürlich ist sie das! Und ich habe noch eine". Er blickte sich um und als die Zuhörer sich nach vorne beugten, begann er: "Vor dieser Belagerung gab es noch eine andere, die nur von Indianern durchgeführt wurde, aber die Truppen in Fort Vanmetre hörten davon und sie kamen unter dem Kommando von Major Samuel McColloch zur Hilfe. Aber der Major wurde von seinen Männern getrennt und die Indianer machten sich auf die Jagd nach ihm. Er lockte die Indianer weg, damit seine Männer zum Fort gelangen konnten. Er ging einen Pfad auf den Berg hinter dem Fort hinauf und er wusste nicht richtig, wo er war, aber er wusste, dass die Indianer ihm auf den Fersen waren. Plötzlich lenkte er sein Pferd vom Pfad herunter, sah das Fort unten und trieb sein Pferd zum Galopp, und es sprang direkt von der Klippe herunter, fast dreihundert Meter. Als die Indianer zur Klippe kamen, blieben sie stehen und schauten hinüber, weil sie dachten, sie würden einen toten Mann und ein totes Pferd sehen, aber was sie sahen, war der Mann, der auf seinem Pferd aus den Bäumen ritt und zum Fort zurückkehrte. Und bis zum heutigen Tag nennen sie diesen Ort McCollochs Sprung!"

Fredric hatte aufmerksam zugehört, lehnte sich aber zurück und schüttelte den Kopf: "Das kann nicht sein. Kein Mensch und kein Pferd können so einen Sprung machen und überleben!"

Lucius sah seinen Freund mit einem finsteren Blick an: "Ich sage dir, was ich tun werde. Wenn wir dort ankommen, führe ich dich dort hin und du kannst dir den Ort anschauen. Dann kannst du dort jeden nach der Wahrheit fragen, und du wirst feststellen, dass ich die volle Wahrheit gesagt habe! Und ich wette einen Silberdollar darauf!"

Die Wette gilt, und ich werde es genießen, dir dein Geld abzunehmen!"

• • •

NACH DEM ENDE der Erzählung kehrten die Männer auf ihre Posten oben auf der Kajüte und an den Ruderstangen zurück. Gabriel und Ezra nahmen ihren Dienst wieder auf und hielten nach Treibholz und Sandbänken Ausschau, während sie im Bug des Breithorns standen. Amy Ainsley kam an Gabriels Seite und fragte: "Wonach suchen Sie?"

Gabriel blickte auf das Mädchen herab und bemerkte, dass sie sich ein wenig gewaschen und zurechtgemacht hatte, sie sah eher wie eine junge Frau aus als wie ein verlorenes Waisenkind im Wald, wie sie zuvor gewirkt hatte. Er lächelte: "Wir halten Ausschau nach Treibholz, versunkenen Bäumen und so weiter, die sich verfangen und das Boot beschädigen könnten".

"Oh! Schon mal einen gesehen?", fragte sie und lächelte verschämt den großen Mann neben ihr an.

Gabriel schätzte das Mädchen auf etwa fünfzehn Jahre, alt genug um verheiratet zu sein, und ziemlich attraktiv mit dunkelblondem Haar, klarer weißer Hautfarbe und tiefbraunen Augen, die einen Hauch von Unheil zu verkünden schienen. "Noch nicht", antwortete er und wandte seinen Blick von ihr ab und zurück zum Wasser.

"Was passiert, wenn Sie so einen Baum sehen?"

"Wir rufen die Warnung, sagen ihnen, wo das Treibholz ist, und wenn es sein muss, greifen wir uns die Stangen dort drüben", er nickte zu einem Paar langer, geschälter Stangen, die neben der Kajüte lagen, "und helfen beim Abstoßen".

"SCHON MAL REINGEFALLEN?", fragte sie schelmisch lächelnd.

"Noch nicht", antwortete Gabriel.

"Schade, das könnte Ihnen guttun", rief das Mädchen lächelnd aus und wandte sich ab, um am Sandkastenherd an die Seite ihrer Mutter zurückzukehren.

AM SPÄTEN NACHMITTAG stieß das Boot zum Anlegen gegen einen flachen Graben an einer tiefen Sandbank an die

Küste. Lucius war besonders von den Aussichten auf Handel begeistert und sprang vom Boot, um die Nachricht weiterzugeben, dass sie Waren zum Tausch gegen Felle und mehr hatten. Innerhalb einer Stunde waren mehrere Leute an die Küste gekommen und warteten auf den Beginn des Handels. Als alles vorbei war, war das Boot um zwei Fässer Whiskey, einen der Valentin-Herde, drei Pflugscharen, zwei Schweine und einige Stücke Kochgeschirr leichter. Aber der Laderaum war ebenso überfüllt, mit Bündeln von Häuten und Fellen von Bären, Elchen, Luchsen und Wölfen. Lucius und seine Partner glaubten, dass sie sich gut geschlagen hatten, und erwarteten noch viele weitere profitable Geschäfte, bevor sie in New Orleans ankommen würden. Aber heute Abend sollte für alle eine erholsame Nacht werden, ohne dass sie sich Sorgen über einen Angriff machen müssten, während sie in der Nähe der Siedlung angedockt waren.

16 KAPITEL SECHSZEHN
SUCHE

Morrow's Green Tree Tavern war der vereinbarte Treff-
punkt für die vier Männer auf der Suche nach Gabriel
Stonecroft, aber die einzigen Männer am Ecktisch waren
Shorty und Hitch. Während sie warteten, schlürften sie
langsam an dem lauwarmen Bier, während das Licht durch
das mit Fliegen verdreckte Fenster hinter ihnen schwand.
Hitch knurrte: "Dieser verfluchte Kavanagh hat sich wahrscheinlich betrunken und sich geprügelt!"

"Wenn sie nicht bald auftauchen, machen wir ohne sie
weiter. Stonecroft ist nur ein Mann und er sollte nicht zu
schwer zu handhaben sein", antwortete Shorty.

"Was ist mit seinem Neger?"

"Es wird niemanden stören, wenn es einen Farbigen
weniger gibt, um den man sich Sorgen machen muss."

Während sie ihr Bier tranken, trat Warner Burns durch
die Tür, hielt inne, während er die Stammgäste anschaute,
und kam dann, Shorty und Hitch erkennend, zu ihrem
Tisch. Als er sich setzte, brachte das Barmädchen einen
Krug Bier, stellte ihn vor den Neuankömmling, lächelte ihn
an und ging. Shorty fragte: "Also, wo ist Kavanagh?"

"Hab ihn zurückgelassen", erklärte der sonst so
verschlossene Burns, als er nach seinem Krug griff.

"Würdest du das näher erklären?", fragte Shorty, was ein
Stirnrunzeln bei Burns auslöste.

"Ist in 'nen Kampf geraten", antwortete der Mann und beschrieb die Ereignisse ausführlicher als üblich.

"Sollten wir auf ihn warten?"

Warner Burns schaute Shorty schief an, zuckte mit den Achseln und stürzte sein Bier hinunter.

Shorty bestellte für jeden einen weiteren Krug und die drei saßen schweigend da, abgesehen von gelegentlichem Gemurre, meist von Hitch, während sie auf Kavanagh warteten. Ihre Unruhe milderte ihr Temperament kaum und Ärger schien sich zusammenzubrauen, als Hitch, von Shortys Geschwätz überdrüssig, versuchte, Burns zum Reden zu bringen. "Was ist eigentlich mit dir los? Ist es, weil du Angst vor Menschen hast, dass du nicht redest?", knurrte Hitch.

Burns blickte den größeren Mann finster an, zuckte die Achseln und trank sein Bier aus. Hitch versuchte es noch einmal: "Bist nicht gerade ein Kämpfer, was? Vielleicht bringe ich dir ein oder zwei Dinge bei", fuhr er fort und stieß seinen Becher gegen den von Burns.

"Halts Maul, Hitch, lass ihn in Ruhe. Wir brauchen nicht noch mehr Kämpfe! Spars dir für die anderen auf", mahnte Shorty. Er blickte auf, als ein Mann eintrat; das gedämpfte Laternenlicht zeigte wenig, aber die Größe des Mannes sagte Shorty, dass es Kavanagh sein musste. Er brüllte: "Kavanagh!"

Als er von der Laterne, die am nahe gelegenen Pfosten hing, ins Licht kam, waren ihm die Spuren des Kampfes anzusehen: geschwollene Wangen, ein blaues Auge, eine aufgeplatzte Lippe und Beulen auf dem Kopf, von denen eine immer noch blutete. Shorty sagte: "Sieht aus, als wäre dir aufgelauert worden!"

Er murmelte durch seine geschwollene, gespaltene Lippen: "Neger-Taverne, haben mich angefallen. Nachdem er hinausgerannt war", wütend deutete er mit dem Kinn auf Burns, während er sich auf dem einzig verbliebenen leeren Stuhl setzte.

"Egal! Wir haben Arbeit zu erledigen!" Shorty beugte sich vor und winkte die anderen näher heran, als er begann, seinen Plan genauer zu erläutern. "Jetzt wissen wir, dass sie auf einem Plattbodenschiff oder einem Breithorn sind. Diese Dinger bewegen sich überhaupt nicht schnell. Wenn wir also direkt westlich von hier eine Abkürzung nehmen, können wir Holiday's Cove erreichen und uns ein Boot besorgen. Egal, ob es sich um ein Kielboot, ein Langboot oder, wenn es nichts anderes gibt, um ein paar Kanus handelt, jedes dieser Boote bewegt sich schneller als ein Flachboot. Es könnte also ein paar Tage dauern, aber wir können sie überfallen, wann immer wir wollen, uns jedes Ding auf ihrem Boot nehmen und auch die Belohnung für Stonecroft bekommen!"

"Aber wenn sie auf einem Plattbodenschiff sind, werden es mehre Leute sein", jammerte Kavanagh.

"Das wird kein Problem sein. Wenn wir noch mehr Männer anheuern müssen, werden wir es tun, oder wir könnten sie einfach einen nach dem anderen erledigen. Es gibt viele Plätze entlang dieses Flusses, wo niemand etwas mitbekommt, und wir können es den Indianern in die Schuhe schieben! Aber wenn sie mit dem Gesicht nach unten im Fluss treiben, wem werden sie es dann erzählen?", kicherte der dickköpfige Boss.

WAS VIER BIS fünf Tage auf dem in Schleifen verlaufenden Fluss waren, waren für die vierköpfige Bande nur zwei Tage querfeldein. Sie hatten sich in Pittsburgh gut eingedeckt und zogen zwei beladene Packpferde hinter sich her, als sie in das Dorf Holiday's Cove kamen. Die Überreste des ehemaligen Fort Holiday standen auf einem flachen Hügel und die planlos verstreuten Häuser lagen durcheinander in der Nähe einer einzigen Straße, die einen Handelsposten, eine Taverne und einen Stall verband. Die Männer machten sich auf den Weg zum Stall und ließen die Pferde und die Ausrüstung beim Stallburschen zurück, bevor sie zum Handelsposten gingen. Shorty hatte einen Kontakt in Pittsburgh, der ihn an diesen Händler verwiesen hatte, und nachdem er sicher war, dass niemand sonst zuhörte, sagte

Shorty zu dem Mann: "Hoppy in Pittsburgh sagte, Sie könnten uns helfen."

"Der alte Hoppy, hm? Was treibt der Verbrecher denn so?", fragte der Angestellte und sah Shorty mit einem misstrauischen Stirnrunzeln an.

"Das übliche Nichtsnutzige, aber er sagte, Sie und er seien Partner in ein paar Dingen gewesen, und wenn uns jemand helfen könnte, dann Sie", sagte Shorty und sah sich noch einmal um, um sicher zu gehen, dass niemand lauschte. Er neigte sich zur Theke und sagte: "Wir brauchen ein Boot. Wir sind hinter jemandem her, der mit einem Plattbodenboot den Fluss hinunterfährt, also brauchen wir etwas, das ihn einholt."

"Das wird dich was kosten!", knurrte der Mann, der sich in Gesellschaft der vier Männern auf seinem kleinen Posten unwohl fühlte. "Es sind keine Kielboote durchgekommen. Das könnte sich natürlich ändern, aber Kanus sind besser für Sie."

Shorty drehte sich um, um die anderen anzusehen, aber ohne eine Antwort zu erhalten, blickte er auf den Händler zurück: "Keine Langboote oder etwas in der Art?"

Der Händler kicherte: "Seit ich hier bin, habe ich auf diesem Fluss kein Langboot mehr gesehen, und das ist mehr als zehn Jahre her! Aber wenn Sie auf ein Kielboot warten wollen, dann warten Sie eben. Aber ich bin mir nicht sicher, ob ich einem von ihnen trauen würde. Du könntest sie anheuern, aber die meisten würden dein Geld nehmen, dir auf den Kopf schlagen und dich in den Fluss werfen."

Shorty wusste, dass das, was der Mann sagte, wahr war. Kielboote und ihre Besatzungen hatten den Ruf, zu kämpfen und zu stehlen, genau wie viele der anderen Männer, die ihren Lebensunterhalt auf dem Wasser verdienten und für ihre verbrecherische Kampfweise bekannt waren. Er dachte einen Moment darüber nach, schaute dann auf seine Männer und zurück zu dem Händler: "Lassen Sie mich die Kanus sehen." Dann blickte er auf die anderen zurück: "Hat einer von euch jemals mit einem gepaddelt?"

Alle drei Männer nickten und sie folgten Shorty durch die Hintertür der Hütte des Händlers. Er führte sie zum Ufer des Flusses, zeigte auf irgendein Gestrüpp in der Nähe und sagte: "Da sind sie. Sie sind schon lange nicht mehr benutzt worden, sollten aber immer noch in Ordnung sein. Ich habe sie von einem Wyandot beim Handeln erworben."

Zwei große Kanus aus Birkenrinde lagen mit dem Boden nach oben am Rand des Gestrüpps. Die Männer sahen sie sich an, drehten die Boote dann auf die untere Seite und fanden mehrere geschnitzte Paddel. Als sie das Innere der Kanus untersuchten, betrachteten sie sorgfältig jede Naht, die je mit einer Mischung aus Pech und Anderem versiegelt worden war, und die Boote erschienen wasserdicht. Hitch schaute Shorty an und nickte, und der Chef kehrte in die Hütte des Händlers zurück, um die Rechnung zu begleichen.

Als der Händler den Betrag ausrechnete, fügte er hinzu: "Nun, ein Plattbodenschiff kann je nach Bedarf fünfzehn, zwanzig Meilen am Tag zurücklegen. Aber mit diesen Kanus aus Birkenrinde können Sie fast das Doppelte erreichen, und es ist einfacher für Sie, auch bei Dunkelheit zu reisen."

Shorty grunzte sein Einverständnis, rechnete mit Goldmünzen ab und verließ den Posten. Als er zu den Männern zurückkehrte, wies er sie an: "Wir werden die Nacht hier verbringen, wahrscheinlich im Stall. Dann laden wir und folgen ihnen morgen früh. Aber jetzt holen wir uns erst einmal etwas zu essen in der Taverne dort drüben!"

Als sie ihre Mahlzeit einnahmen, fragte Kavanagh: "Woher sollen wir denn wissen, welches Boot ihnen gehört?"

"Der alte Mann, den ich für die Info bezahlen musste, sagte, es seien nur drei weitere Männer auf dem Boot. Alle drei wären Bauern, zwei von ihnen sind ziemlich groß. Dann sind da noch Stonecroft und sein Neger und sie haben vier Pferde hinten auf das Boot geladen. Also suchen wir einfach nach einem Boot mit vier Pferden und einem farbigen Jungen, und dann schlitzen wir ein paar Kehlen auf und nehmen alles an Waren mit", erklärte Shorty und schlürfte seinen Eintopf aus der Schüssel.

Die anderen drei lachten, verschlangen dann ihr Essen, liebäugelten mit der einsamen Bardame und rechneten sich ihre Belohnung und Anteil an den Waren auf dem Boot aus. Während sie sich gegenseitig neckten, waren sie sich einig, dass es einfach und mächtig lohnend sein würde, eine Bootsladung von ein paar Bauern und das Leben eines reichen Burschen der Gesellschaft und seinem Neger zu nehmen. Das dachten sie jedenfalls.

17 KAPITEL SIEBZEHN
BESUCHER

E<small>INEN LANGEN</small> T<small>AG HINTER</small> Z<small>ANESBURG</small>, an dem der Ohio River ein paar Biegungen und Schleifen um sich selbst gemacht hatte, richtete Lucius das Boot auf die Sandbank an der Mündung des Captina Creek. Während die Männer die Taue benutzten, um das Boot fest zu machen, stand der Kapitän oben auf der Kajüte und blies in ein Horn, um ein Signal ertönen zu lassen, welches bis in das Tal des Captina Creek widerhallte. Gabriel sah den Mann erstaunt an, als er das Signal hörte, und bestieg die Kajüte, um einen Blick auf das Instrument zu werfen. Der Kapitän hängte sich das Horn an einer Schnur um den Hals und hob das Steuerruder aus dem Wasser, um es festzumachen.

"Was ist das für ein Ding und was soll der ganze Lärm", fragte Gabriel grinsend, als er zum Kapitän ging.

Der Kapitän lächelte und sagte, als er das Horn anhob: "Das hier ist ein Schofar! Es ist ein Horn, das die Juden für einige ihrer Zeremonien verwenden. Ich habe es von einem Freund aus der alten Welt."

"Warum hast du es geblasen?"

"Das soll alle Siedler in diesem Tal, zumindest die, die es hören können, wissen lassen, dass wir hier und zum Handel bereit sind. Viele Leute achten auf ein Horn, damit sie wissen, dass ein Händler in der Nähe ist", erklärte der Kapitän. Gabriel und Lucius drehten sich beide um, als sie ein anderes Boot um die scharfe Kurve stromaufwärts von ihrer Anlegestelle kommen sahen. Sie identifizierten es rasch als ein weiteres Flachboot, wahrscheinlich mit Siedlern an Bord. Sie waren aber überrascht, als sie sahen, dass es sich in Wirklichkeit um zwei aneinander festgezurrte Boote handelte.

"Da laust mich doch der Affe." Er drehte sich zu Gabriel um: "Ich habe gesehen, wie sie auf dem Mississippi Boote aneinanderbinden, aber es muss schwierig sein, einige dieser Kurven hier am Ohio damit zu überwinden, wenn man so zusammengeschnürt ist!" Sie sahen zu, wie die beiden Plattbodenschiffe näherkamen und sich hinter ihnen leicht stromaufwärts von ihrem Ankerplatz ans Ufer drängten.

"Hallo!", rief Lucius und winkte den Neuankömmlingen zu. Da standen Frauen und Kinder im Bug, plapperten und winkten, bis das Boot am Ufer auf Grund lief, was alle durcheinander rüttelte und sie zwang, sich aneinander oder an irgendetwas in der Nähe festzuhalten. Sie lachten und sahen zu, wie Männer absprangen und die festgebundenen Boote näher ans Ufer zogen, um sie festzumachen.

Während Ezra und Gabriel die Pferde abladen konnten, errichteten die anderen das große Lager in der Nähe der zweiten Bootsbesatzung. Es hatte sich herumgesprochen, dass es nach dem Essen Musik geben würde, und die meisten freuten sich auf eine entspannte, lustige Zeit. Gabriel blickte Ezra an: "Ich glaube, ich halte dort oben Wache", und zeigte mit dem Kinn auf einen Felsvorsprung, der den Zusammenfluss der Gewässer und das dahinter liegende Tal überblickte.

"Glaubst du immer noch, dass wir Besuch von diesem Kielboot bekommen könnten?", fragte Ezra, der seinen Rotbraunen und das Packpferd vom Boot wegführte.

Gabriel sprach über die Schulter: "Ich weiß nicht, vielleicht war ich nur ein bisschen nervös. Aber es gibt immer die Möglichkeit von Indianern."

"Könnte sein, besonders nachdem der Kapitän ins Horn blies!"

Gabriel kicherte: "Ja, das war, als würde er verkünden: 'Da sind wir! Kommt und holt uns!'" Er schüttelte lachend den Kopf, als sie auf eine weite grüne Wiese mit hohem Gras kamen, um die Pferde anzupflocken. Gabriel hatte es sich zur Gewohnheit gemacht, seinen Sattel auf den Schwarzen zu packen, nur um seinen Sattel, seine Waffen und sein Bettzeug zu seinem Aussichtspunkt zu transportieren, und nachdem er den Rappen an den Rand der Bäume geführt hatte, nahm er ihm sein Geschirr und Sattel ab und ließ alles im Schatten einer großen Tulpenpappel fallen. Er blickte zurück zu Ezra: "Ich denke, ich bleibe einfach hier oder dort oben", und schaute auf die Landzunge, die aus den umliegenden Bäumen herausragte und einen Blick sowohl auf das Tal als auch auf den Fluss bot.

"Willst du nicht etwas essen?", fragte Ezra, besorgt um seinen Freund. Er dachte ebenso viel an das angekündigte Fest mit Musik, mehr als an das Essen.

"Ach, ich habe mir von Mrs. Ainsley Dörrfleisch und übrig gebliebene Brötchen geholt. Das wird schon reichen."

Ezra hob den Kopf, als er seinen Freund ansah; es war untypisch für ihn, soziale Kontakte mit anderen zu vermeiden, aber er war auch dafür bekannt, gelegentlich distanziert und nachdenklich zu sein. Er zuckte mit den Schultern und wandte sich wieder dem Boot zu.

Gabriel rief ihm nach: "Amüsiere dich gut! Und pass auf die Damen auf, ich glaube, eine hat ein Auge auf dich geworfen!"

Ezra lachte. "Ha! ich habe kein Interesse an Romantik", rief er über die Schulter zurück und sah, wie sein Freund winkte, als er zwischen den Bäumen verschwand, um auf die Landzunge zu steigen.

Gabriel schwang den Sattel über die Schulter, hielt ihn am Horn fest und trug sein Gewehr locker in der anderen Hand, wobei er gelegentlich den Kolben des Schaftes benutzte, um sich abzustützen, während er den Hang bis zur Spitze hinaufstieg. Dort angekommen, ließ er den Sattel am Fuß eines Erlenstrauches fallen und drehte sich um, um einen ersten Blick zu erhaschen. Er ließ sich auf den großen flachen Felsen plumpsen und blickte über die Landzunge und die Sandbank, wo die Boote festgemacht waren. Er konnte etwa eine halbe Meile stromaufwärts und etwas weniger stromabwärts sehen, wo ihm die Sicht durch die nahegelegenen Bäume teilweise versperrt war. Er drehte sich um, um das Tal eines Baches hinaufzuschauen, und sah, wie die Sonne ihren Abschied vom Tag mit einem breiten Pinsel aus Orange und Gold an den Himmel malte. Er lächelte und beschattete seine Augen, als er auf den Talboden runter schaute und sah, wie die Farben an der Oberfläche des Baches reflektierten. Südlich des Baches konnte er in der Nähe der Baumgrenze einen Pfad ausmachen und sah vier Reiter, von denen mindestens einer eine Frau war, die auf ihrem Weg zum Zusammenfluss zwei Packpferde hinter sich herzogen. Er lächelte und dachte, dass es sich wahrscheinlich um Siedler handelte, die zum Handeln gekommen waren, und entspannte sich, als er seine erste Inspektion des Gebiets abschlossen hatte.

Die meisten beendeten gerade ihr Abendessen, als die Reiter ins Lager kamen und die Gruppe begrüßten, bevor sie näher herankamen. Auf Geheiß derer am Feuer traten die vier Reiter vor. Gabriel beobachtete von seinem Aussichtspunkt oberhalb der Baumwipfel, wie die Reiter herzlich begrüßt und gebeten wurden, sich zu den anderen zu gesellen. Wie Gabriel vermutet hatte, befand sich unter den Reitern eine Frau, eigentlich zwei. Sie waren rittlings auf dem Rücken ihrer Pferde geritten und trugen Hosen unter den Röcken, aber als sie abstiegen , zogen sie die Röcke nach unten und sie mischten sich unter die anderen.

Nur kurze Zeit später kamen die Fideln, Maultrommeln und Mundharmonikas heraus und die Musik begann. Das erste Lied war ein populäres Lied aus dem Revolutionskrieg mit dem Titel *The Rich Lady over the Sea*, und die meisten kannten den Text, also sangen sie mit.

"*Über dem Meer lebte eine reiche Dame, und sie war eine Inselkönigin,*

Ihre Tochter lebte in dem neuen Land, mit einem Ozean aus Wasser dazwischen.

Mit einem Ozean aus Wasser dazwischen, mit einem Ozean
aus Wasser dazwischen.

Die Taschen der alten Dame waren mit Gold gefüllt, doch sie
war nie zufrieden,

Also befal sie ihrer Tochter, ihr eine Steuer von drei Pennies
pro Pfund auf den Tee zu zahlen,

Von drei Pennies auf den Tee, von drei Pennies auf den Tee.

"Oh Mutter, liebe Mutter", die Tochter antwortete: „Ich werde
das, was du verlangst, nicht tun,

Ich bin bereit, einen fairen Preis für den Tee zu zahlen, aber
niemals eine Dreipennysteuer.

Aber niemals eine Dreipennysteuer, aber niemals eine Drei-
pennysteuer."

Das Lied setzte sich durch vier weitere Strophen fort, die von den Ereignissen des Krieges erzählten, und endete mit einem Jubel der Sänger. Bald begann eine fröhlichere Melodie und die Paare tanzten im Schein des Feuers. Gabriel lachte leise und dachte, es gäbe kaum einen Unterschied zwischen dem, was er beobachtete, und dem, was er über die Tänze der Eingeborenen in ihren Dörfern und um ihre Feuer herum gehört hatte. Während er zuschaute, hörte er das Prasseln von Geröll unterhalb seines Sitzplatzes. Er nahm seine Pistole aus seinem Gürtel und ging zurück in die Nähe des Gestrüpps, wartete und beobachtete. Plötzlich rief eine Stimme: "Gabriel? Gabriel?"

Es war eine leicht vertraute, weibliche Stimme und Gabriel antwortete: "Hier", hielt aber immer noch seine Pistole bereit. Eine Hand streckte sich bis an den Rand des Felsens und dann zeigte sich im gedämpften Licht ein Gesicht, das lächelte. Amy Ainsley. Gabriel steckte seine Pistole weg und streckte eine Hand aus, um dem Mädchen auf den Felsen zu helfen. Sie hielt einen bedeckten Teller in ihrer freien Hand und bot ihn Gabriel an, als sie sicher stand. "Ich dachte, Sie könnten hungrig sein. Ich fragte Ezra, wo Sie zu finden sind." Sie schaute sich um, sah einen flachen Stein und setzte sich, immer noch einen verblüfften Gabriel anlächelnd. "Nun, sagen Sie doch etwas!", erklärte sie.

"Was machen Sie hier?", fragte er, während er im Schneidersitz vor ihr saß und den Blechteller abdeckte, und Fleisch, Kartoffeln und ein Brötchen zu sehen bekam. Er zögerte nicht, als er mit dem Essen begann, und sah das Mädchen an, das lächelnd dasaß und zusah. Er schluckte und fragte: "Nun?"

"Oh, ich bin mit der Willoughby Familie gekommen", antwortete sie, als ob diese einfache Aussage alles erklären würde.

Gabriel ließ die Schultern hängen, schüttelte den Kopf leicht und fragte: "Wo ist Ihre Familie?"

"Oh, sie übernachten in Zanesburg. Als ich Sarah Willoughby traf und sie mich bat, mitzukommen, kam ich mit!"

"Was haben Ihre Eltern dazu gesagt?", fragte Gabriel leicht verwirrt.

"Nicht viel. Sie bevorzugen James sowieso immer, und Pa denkt, Mädchen seien lästig und zu nichts gut, deshalb war er irgendwie froh, dass ich wegging." Sie lächelte und beugte sich vor: "Wie ist das Essen?"

Gabriel blickte finster drein: "Das Essen ist gut, danke. Ihre Eltern sind also noch in Zanesburg?"

"Ähm, hmm, nachdem James seine Nummer abgezogen hatte, dachte ich eh, dass es nicht so sicher wäre, bei ihnen zu bleiben."

"Nummer? Was für eine Nummer?"

"Wissen Sie, als die Shawnee angriffen. Sie ließen uns gehen, aber als sie das Haus in Brand setzten, schoss James auf sie und tötete einen, glaube ich. Dann sind sie uns hinterhergelaufen. Wir ritten die Pferde zu Grunde und mussten zu Fuß weiterlaufen, bis wir auf Sie trafen."

Gabriel schnaufte wütend aus und schüttelte den Kopf: "Deshalb sind sie also hinter Ihnen her! Das hat mich sowieso stutzig gemacht."

"Hm, so ist James nun mal, er denkt nie nach und bläst sich immer auf! Ich bin froh, dass ich ihn los bin."

Kauend fragte Gabriel: "Also, was werden Sie tun?".

"Oh, Sie wissen schon, einen Kerl finden, heiraten, Kinder bekommen, ein Zuhause schaffen. Wissen Sie, genau wie alle anderen Frauen." Sie hielt inne und sah Gabriel mit einem verschmitzten Grinsen an, "Wie wär's mit Ihnen? Wollen Sie heiraten?"

Gabriels Schock veranlasste ihn, das Essen auszuspucken, dann, Amy anstarrend, sagte er: "Heiraten?! Nein! Ich will Sie nicht heiraten! Wir kennen uns doch gar nicht!"

"Dachte ich mir schon, aber ich dachte, ich frage einfach mal nach. Man weiß es nie, bis man fragt, richtig?"

"Äh, ich denke schon. Aber finden Sie nicht, dass Sie einen Mann zumindest kennen lernen sollten, bevor Sie über Heirat sprechen?"

"Nun, die Auswahl ist ziemlich dünn und die Leute haben nicht immer Zeit sich gegenseitig den Hof zu machen", erklärte sie und sah Gabriel mit zur Seite geneigtem Kopf an, "außerdem sind Sie ein klein wenig zu dünn für meinen Geschmack".

Das Fest endete damit, dass die Gruppe gemeinsam *Amazing Grace* und *When I Survey the Wonderrous Cross* sang. Als sie sich für die Nacht hinlegten, wusste jeder von ihnen, dass sie die anderen wahrscheinlich nie wiedersehen würden, und man verabschiedete sich, aber die gemeinsamen Stunden waren von allen genossen worden.

18 KAPITEL ACHTZEHN
ENTDECKUNG

"DER KERL, der mit den beiden Frauen zum Handeln kam, sagte, sie hätten nicht weit von hier Büffel gesehen. Er sagte, es sei etwa zehn Meilen flussabwärts gewesen. Es gibt zwei Flüsse, und einer ist größer als der andere. Der erste heißt Sunfish Creek und der zweite heißt Opossum Creek. Er behauptete, dass sich die Bisons um den Opossum Creek herum aufgehalten haben, zwischen dort und der Biegung des Ohio". Ezra war zu Gabriels Wachposten gekommen, nachdem sich die Handelsgruppe aufgelöst hatte, um ihm mitzuteilen, was er gehört hatte.

"Was du nicht sagst? Nun, ich wollte schon immer mal ein schönes dickes Büffelsteak probieren, du nicht auch?", antwortete Gabriel.

"Hm, ja, aber anhand von dem, was ich hörte, ist der Versuch, einen der großen Jungs auf der Wiese zu zerlegen, keine Arbeit für einen Mann allein. Glaubst du, der Kapitän würde es zulassen, dass wir beide auf die Jagd gehen?"

Gabriel grinste: "Warum fragst du ihn nicht erst einmal, ob er schon einmal ein Büffelsteak gegessen hat? Nach dem, was ich gehört habe, lässt ein Mann, der schon einmal eines gegessen hat, keine Gelegenheit für ein weiteres aus." Er beugte sich vor: "Wir brechen vor Tagesanbruch auf. Wenn wir gut vorankommen, sollten wir ungefähr zu der Zeit

129

dort ankommen, zu der sie unterwegs sind, um ihr Frühstück einzunehmen."

Ezra grinste und nickte: "Wir sehen uns morgen früh bei den Pferden."

MIT LUCIUS am Hauptruder lehnten sich Hamish und Fredric in die Stangenruder, um das Boot von der Sandbank zu schieben. Als die Strömung das Heck herumschob und die Männer ihr ganzes Gewicht auf die langen Holzstangen legten, zog sich das Boot weg vom Ufer und war bald in Fahrt. Sie bewegten sich im gedämpften Licht der langen grauen Linie, die über dem östlichen Horizont lag und kaum über die mit Bäumen bewachsenen Hügel entlang des Ohio hinausragte. Lucius blickte zurück, sah die am Ufer lodernden Lagerfeuer und wusste, dass die Menschen, mit denen sie gesungen und getanzt hatten, sich Zeit ließen und ihr Frühstück genossen, bevor sie sich wieder aufs Wasser begaben. Es war unwahrscheinlich, dass sie sie wieder einholen würden.

Die Jäger hielten sich an den Pfad, der dem Fluss an der Baumgrenze folgte, und ritten manchmal in das Unterholz oder wieder aus den Bäumen heraus, die gelegentlich bis zur Wasserkante reichten. Es war ein Pfad, der leicht zu bereiten war, und sie kamen gut voran. Die Sonne schien kaum über die Baumkronen am Ostufer, als sie zum ersten Bach kamen.

"Das sieht aus wie das, was dieser Kerl als Sunfish Creek beschrieben hat", erklärte Ezra, als er in seinen Steigbügeln stand, um flussaufwärts über das seichte Gewässer zu schauen. "Er sagte, die Überquerung sei einfach auf der Seite der Biegung da drüben" und zeigte nach Westen stromaufwärts. "Es scheint weniger als eine halbe Meile zu sein."

"Reite du voran", antwortete Gabriel mit einer Handbewegung.

"Er meinte, es sind etwa zwei Meilen querfeldein bis

zum Opossum Creek und die Bisons sollen sich ungefähr an dieser Stelle aufhalten", erklärte Ezra.

Gabriel blickte in die Sonne und dann zurück auf die Hügel: "Ich denke, wir werden zur richtigen Zeit dort sein. Ich habe vorher noch nie Bisons gejagt und soweit ich weiß, können sie tödlich sein, also müssen wir unsere Schüsse ganz gezielt setzen."

"Das wird sich dann entscheiden, wenn wir wissen, wann und wo wir sie finden werden. Aber mit deinem Kaliber .65 Gewehr und meinem Gewehr Kaliber .58 sollten wir in der Lage sein, mindestens einen zu Fall zu bringen. Wenn nicht, sollten wir vielleicht lieber beim Fischen bleiben!"

"Fischen? Ich kann mich nicht erinnern, dich jemals angeln gesehen zu haben!"

"Ich habe nicht die Geduld", erklärte Ezra schmunzelnd.

Sie folgten einer schwach ausgeprägten Wildfährte, die sich durch den dichten Wald schlängelte, aber der einfachste Weg zum kleineren Bach war. Wahrscheinlich wurde er von Hirschen, vielleicht auch Elchen und Bisons in der Nähe benutzt. Der Weg führte auf der Kante eines Hügelkamms entlang, an dessen Seite das Gebüsch so dicht war, dass es kein Durchkommen gab. Als ihre Pferde schließlich durch die Bäume traten, überblickten sie den kleinen Bach: "Ich vermute, das ist der Opossum Creek." Gabriel stand in seinen Steigbügeln, um flussauf- und flussabwärts zu blicken, und erblickte eine Biegung des Flusslaufs und eine Wiese gleich dahinter. Er wies Ezra darauf hin und flüsterte: "Das sieht nach einer Möglichkeit aus. Sieht aus wie ein breiter Zug mit noch mehr Gras zwischen den kleinen Erhebungen." Er ließ sich in den Sattel zurückfallen und schaute zu seinem Freund: "Soweit ich weiß, sind Bisons nicht wie Hirsche und Elche; sie ziehen offene Plätze dem Wald vor. Wie wär's, wenn wir bis zu dieser Biegung reiten, den Fluss überqueren und uns zu Fuß auf die Jagd machen?"

Ezra nickte, als Gabriel sich auf den Weg machte und

einem schmalen Pfad entlang der Kante des Bergrückens folgte, der parallel zum kleinen Fluss verlief. Er blickte weiter auf die Wiese, suchte nach Bewegung, sah aber keine und trieb seinen Rappen an ins Wasser zu laufen, um auf die Wiese auf der anderen Seite zu gelangen. Als er die Wiese überquert hatte, stieg Gabriel ab und flüsterte Ezra zu: "Du hältst die Pferde hier fest. Ich werde nach Spuren Ausschau halten." Er reichte seinem Freund die Zügel, und mit dem Gewehr in der Hand ging er langsam am Rand des Gebüschs entlang und suchte die Gegend nach Anzeichen von Büffeln ab. Er sah Spuren von Hirschen, eine Reihe größerer und weiter ausgetretener Spuren, die von Elchen stammten, aber keine davon waren frisch. Als er den schmalsten Teil der Wiese überquerte, beobachtete er die Baumgrenze genau und hielt nach Bewegung Ausschau, aber nichts regte sich. Am äußersten Rand befand sich eine Wildfährte, die vom Pfad wegführte, der sich um die nächstgelegene Kuppel eines Hügels zog, und es gab mehrere große Spuren, größer als alle, die er bisher gesehen hatte. Er wusste, dass sie sich in der Nähe von Bisons befanden. Er beugte sich vor, um die Spuren genau zu untersuchen, und bemerkte, dass alle Spuren wieder den Pfad hinauf in die Hügel und in das Gebiet dahinter führten, welches wohl eine höher gelegene Wiese beherbergte. Er stand auf, sah sich um und kehrte zu den Pferden und Ezra zurück. Er sprach leise: "Es gibt mehrere frische Fährten, die alle den Pfad um den Hügel entlang und in das Tal dort drüben führen. Lassen wir die Packpferde hier und reiten weiter dort hinauf", dabei mit dem Kinn auf die Südseite des Tals deutend. Nachdem sie sich von den Packpferden befreit hatten, stieg er auf und schaute in Richtung des oberen Teils des Tals, dann zeigte er nach links, "Ich nehme diesen Hang bis zu dem Kamm", dann, nach rechts weisend, "Du nimmst den Weg dort drüben, arbeitest dich zum Gipfel jenes Kammes vor, dann reiten wir aufeinander zu. Wenn die Büffel nicht im freien Gelände sind, können wir sie aus den Bäumen treiben und einen Schuss landen." Er blickte zu Ezra: "Meinst du, das klappt?"

"Hört sich für mich gut an. Wir sehen uns in Kürze",

erklärte dieser, bevor er mit seinem Pferd in Richtung des Weges galoppierte.

Gabriel lächelte und trieb mit sanftem Kniedruck seinen Rappen den Hang hinauf. Bald erklomm er den Grat, sah sich um und entschied sich, entlang der Kante weiter zu reiten, da diese der Kontur des Tals darunter folgte. Während er immer wieder zwischen die Bäume ritt, blieb er oft stehen. Manchmal stieg er auch ab, um einen besseren Blick auf die obere Wiese zu werfen. Nichts bewegte sich außer den Blättern in der Brise und sie waren ja schließlich nicht auf der Jagd nach umherfliegenden Blättern. Er stieg wieder in den Sattel und ritt weiter entlang des Kammes, hielt aber weiter nach Spuren Ausschau, um zu sehen, ob Bisons hier entlanggekommen waren. Aber er sah dennoch keine.

Er hielt seinen Hengst an, streckte sich und lehnte sich auf sein Sattelhorn, um die Ebene jenseits des Kammes in Augenschein zu nehmen. Er befand sich an einem Punkt im Gelände, um den sich der Ohio River schlängelte. Er kam aus dem Norden und schwenkte dann fast genau nach Westen, bevor er wieder eine Kehre in Richtung Süden machte. Er begann weiter zu reiten, als ihm am Ufer des Flusses etwas ins Auge fiel. Er beugte sich weit über seinen Knauf vor, um einen besseren Blick nach unten zu werfen, und sah das, was er mehrere Tage lang gefürchtet hatte: das Kielboot. Es war entlang des Nordufers vertäut und von seinem Punkt aus kaum sichtbar, da die Bäume entlang des Ufers sich bis zum Fluss hin erstreckten. Er blickte sich schnell um und erkannte, dass er sich selbst gut sichtbar präsentierte, trat rasch zurück und führte den schwarzen Hengst zu einem nahen Bergahorn. Mit dem Gewehr in der Hand ging er zurück zu einem Gebüsch und fiel auf ein Knie, wobei er nicht nur auf das Kielboot blickte, sondern auch die Bäume und Pfade unter ihm nach irgendeiner Bewegung absuchte.

Als er genauer hinsah, entdeckte er mehrere Männer, die auf dem Pfad, der am Flussufer lag, entlang gingen und sich flussaufwärts in Richtung der Flussbiegung bewegten. Alle

trugen Gewehre. Er beobachtete den Bereich stromaufwärts von den Männern, wo der Fluss sich um die Biegung
wand, und bemerkte die übliche Sandbank auf der Windschattenseite und eine steile Böschung, auf der ein weiterer
Pfad verlief, und er erriet sofort, was die Männer planten.
Er ging schnell zu seinem Pferd, zog es herum, um
denselben Weg zurückzugehen. Kurz bevor er vom
erhöhten Grat hinab ritt, suchte er die weite Wiese und den
Kamm gegenüber nach Ezra ab.

Er glaubte, eine Bewegung zu sehen, also richtete er sich
in seinen Steigbügeln auf und gab den schrillen, sich
wiederholenden Schrei des Rotschulterfalken von sich. Es
war ihr oft benutztes Signal füreinander, wenn sie sich im
Wald befanden. Er hielt inne, wartete und der antwortende
Schrei erfolgte ohne Verzögerung. Er ritt mit seinem Pferd
den Hang hinunter und traf auf die Wiese hinaus, gerade als
Ezra die grasbewachsene Ebene erreichte. Gabriel winkte
ihn heran und sagte: "Wir haben ein Problem! Ich habe
gerade das Kielboot entdeckt und die Männer machen sich
bereit einen Hinterhalt zu legen!"

Ezras Augen wurden groß: "Wo? Wie viele?"

"Gleich hinter der Biegung, wo sich der Fluss um diesen
Hügel hinter uns schlängelt. Es sind vielleicht zehn oder
zwölf Männer mit Gewehren, die ich sehen konnte. Andere
könnten zusätzlich auf der anderen Seite des Flusses sein.
Wir müssen das Boot warnen!"

"Du hast Recht, aber ..."

"Du musst es tun, Ezra. Ich weiß, wo sie sind, und wenn
wir es richtig machen, können wir sie ins Kreuzfeuer
nehmen und ihnen das liefern, was sie selbst uns auftischen
wollen!"

"In Ordnung, ich werde sehen, ob ich sie aufhalten
kann!" Er hielt inne und blickte zu Gabriel: "Wäre es besser,
wenn ich in das Boot einsteige oder den Weg von hier
wieder entlangkomme?"

"So oder so, aber lade die Pferde nicht auf, sie könnten
sich eine verirrte Kugel einfangen, und wir können immer

wieder zurückkommen, um sie zu holen", schlug Gabriel vor.

Ezra grinste, schnappte sich die Führleine der Pack-pferde und machte sich im Galopp auf den Weg entlang des Bachlaufs. Gabriel ritt denselben Weg wieder zum Hügel zurück, suchte sich seinen Weg zu dessen Gipfel. Er plante, durch die Bäume zu reiten, bevor er absteigen und sich dem gegnerischen Hinterhalt den Rest des Weges zu Fuß nähern konnte. Er malte sich bereits aus, wohin er gehen und wie er seinen eigenen Angriff durchführen würde, wodurch das Adrenalin in seinen Adern stieg und sein Atem schneller wurde. Er hatte sich schon viele Male zuvor so gefühlt und wusste, dass etwas in ihm war, das sich nach Kampf sehnte, etwas, das ihn sich selbst als Krieger denken ließ, der das Herz der Vorfahren trug, ein Herz, das sein Schicksal bestimmte und seine Zukunft schmiedete.

Er berührte die Messer, die an seinem Rücken am Riemen hingen, sowie die Pistole an seinem Gürtel und die in den Halftern neben seinem Sattelhorn. Er dachte an seinen Bogen und sein Gewehr und lächelte mit dem Grinsen eines Todesengels, der Vergeltung über die Mächte des Bösen brachte. Ein Kichern entstieg seiner Brust und dröhnte laut von seinen Lippen, als er einen Platz entdeckte, an dem er sein Pferd anbinden und sich auf die Schlacht vorbereiten konnte.

19 KAPITEL NEUNZEHN
SCHLACHT

Obwohl er sein Ferguson Gewehr bei sich trug, rechnete Gabriel damit, seinen Bogen und die Pistolen in dem Nahkampf einsetzen zu können, von dem er glaubte, dass er mit Sicherheit stattfinden würde. Schleichend bahnte er sich einen Weg durch die Bäume und änderte dann seine Richtung zur Steilböschung hin, fest entschlossen die Angreifer abzufangen. Er wusste, dass ihre Aufmerksamkeit auf den Fluss gerichtet sein würde und sie niemanden vom Abhang aus erwarten würden, aber ein Ausrutscher, ein herunterpolternder Stein oder irgendein anderes Geräusch würde ihn sofort verraten und verwundbar machen. Aber das hier war es, was er und Ezra jahrelang geübt hatten, seit sie als Jugendliche versuchten, sich im Wald anzuschleichen, und sie hatten gelernt, sich so leise zu bewegen wie die Einheimischen. Seine Mokassins erleichterten die Aufgabe, indem er jeden Schritt spürte, bevor er sein Gewicht auf die Sohlen verlagerte.

Er wollte gerade zu einem anderen Baum wechseln, als ihm eine Bewegung ins Auge fiel. Weniger als zwanzig Meter unter ihm suchte ein Mann nach einem besseren Platz, während er auf den Beginn des Hinterhalts wartete. Wenn man einen Mann entdeckte, war es einfacher, die anderen zu finden. In Reih und Glied, wobei jeder eine Deckung gefunden hatte, sodass sie vom Fluss verdeckt waren, hatten sie eine direkte Schusslinie zum Ufer. Ihre Positionen waren nun von Gabriel leicht zu entdecken. Sie versteckten sich entlang einer Art Zickzacklinie, die der Kontur des Landstreifens folgte, mit Bäumen hinter ihnen und Gestrüpp vor ihnen. Nichts erschwerte Gabriels Zugang. Er kniete sich auf ein Knie, schaute unter den Zweigen einer schwarzen Weide hervor und plante seine Bewegungen. Er wartete, bis ihre Aufmerksamkeit durch das Erscheinen des Bootes gefesselt war. Gabriel wusste, dass sich die Menschen an Bord in der Kajüte befanden, die Fensterläden geschlossen hatten und bereit waren, das Feuer zu erwidern.

Sie waren in Reichweite seiner Pistolen, also legte er eine neben die Weide, bewegte sich nach links hinter den am weitesten entfernten Schützen, stützte sein Gewehr gegen einen Ahorn, ging dann entlang der Linie zurück, legte eine weitere Pistole neben eine weitere schwarze Weide und bewegte sich dann weiter. Nur mit seinem Bogen und seiner Gürtelpistole in der Hand blickte er entlang der Baumreihe, die ihm Deckung geben sollte, schaute auch zurück, überprüfte den Weg auf Hindernisse und ging schließlich zurück zwischen die Bäume. Er nahm eine Position weit oberhalb des letzten Angreifers der Kette ein und hatte freie Sicht auf drei Männer entlang der Schusslinie. Er richtete sich zur Beobachtung ein. Er konnte die Flussbiegung nicht sehen und würde auch das Boot nicht sehen, wenn es erschien, aber er wusste, dass die Reihe der Männer das Wasser und einander beobachtete. Das Auftauchen des Bootes würde die Männer, die jetzt entspannt waren und warteten, veranlassen zu reagieren und sich auf den Kampf vorzubereiten.

Plötzlich ertönte ein Schusswechsel, der jedoch von der anderen Seite des Flusses kam. Das Rasseln des Gewehrfeuers hallte über den Fluss und Gabriel erkannte, dass der Plan der Angreifer darin bestand, das Boot durch einen Angriff von der anderen Seite des Flusses an dieses Ufer zu treiben. Sie würden näher an diese Angreifer herankommen und wenn sie sich dann immer noch verteidigten, wartete der Rest der Männer stromabwärts mit dem Kielboot. Die ersten Angreifer hatten ihre Schüsse aus der Distanz abgegeben, und es war leicht, den Gegenangriff vom Boot aus zu erkennen. Aber Gabriel wusste, dass das glühende Feuer eines Nahangriffs für die Verteidiger an Bord überwältigend sein konnte. Er stellte sich neben die Platane, zog den Pfeil zurück und schickte ihn zu seinem ersten Ziel. Ohne zu zögern legte er einen weiteren Pfeil ein und ließ ihn fliegen, dann einen dritten. Er hielt inne, um nachzusehen, sah drei Männer am Boden und hörte einen Vierten schreien: "Indianer! Indianer!"

Gabriel lachte leise, als er zu seiner Pistole lief, und feuerte, als sich ein anderer Schütze umdrehte. Die Kugel traf ihn in die Kehle und riss ein Stück des Genicks heraus, als der Mann in das Gebüsch geschleudert wurde. Die zweite Kugel traf einen Mann in die Schulter, als Gabriel die nun leere Pistole hinten in seinen Gürtel klemmte und auf die zweite Pistole zuging. Eine Kugel streifte die Blätter neben seinem Kopf, als er sich auf den Bauch fallen ließ, die Pistole ergriff und einen schnellen Schuss durch das Gebüsch abgab. Er hörte das unverkennbare Geräusch einer Kugel, die auf Fleisch schlug. Er kam auf die Knie, schaute nach unten, sah die Stichflamme eines Gewehrs und fühlte die Hitze und den Einschlag der Kugel an seiner Schulter, zielte jedoch schnell und feuerte, als der Mann nachzuladen begann. Er sah, wie die Kugel seine Brust traf, ihn herumwirbelte und in das Gebüsch fallen ließ.

Gabriel begab sich in die Hocke, rannte dann zu dem Ahorn, wo sein Gewehr wartete, und kniete sich hin, um ein Ziel zu suchen. Drei Schützen feuerten auf das Boot, ihre Aufmerksamkeit wurde durch das Gegenfeuer und das Nachladen abgelenkt und Gabriel zielte konzentriert auf den am weitesten entfernten Angreifer. Er drückte den Abzug durch und das große Ferguson-Gewehr zuckte, als es Rauch und Tod spuckte. Er ließ es schnell auf die Seite fallen, drehte den Abzugsbügel, um den Verschluss zu öffnen, ließ eine Kugel und dann das Pulver in den Lauf fallen und drehte den Bügel wieder, um den Verschluss zu schließen. Er hob das Gewehr an, sah, dass der vorderste Schütze am Boden war, und schwang sein Gewehr in Richtung dem zweiten Banditen in der vorderen Reihe. Innerhalb von weniger als einer Minute hatte er vier Mal geschossen und nachgeladen und erzielte mit allen vier Kugeln einen Treffer. Der Rauch seiner Schüsse jedoch hing an den Bäumen fest und markierte seine Position.

Er kletterte schnell nach rechts zurück, gerade als zwei Kugeln die Rinde des Ahorns durchschlugen. Er stand hinter einer hohen Tulpenpappel und umarmte die gefurchte graue Rinde des breiten Stammes. Er hielt inne, sog tief die Luft ein und versuchte sich zu beruhigen. Dann warf er einen kurzen Blick nach unten, sah einen weiteren Schützen, der sich zu erheben begann, und feuerte einen weiteren Schuss ab. Er traf den Mann in den Unterarm, so dass dieser sein Gewehr fallen ließ. Der Mann sah mit großen, ängstlichen Augen zu Gabriel auf und fing an, einen anderen Schützen anzuschreien, aber Gabriel nahm die Pistole aus seinem Gürtel und brachte mit einer schnellen Bewegung die doppelläufige Waffe zum Einsatz. Er schickte beide Kugeln auf ihre tödliche Reise. Sie trafen den Mann mitten ins Gesicht und verhinderten seinen Warnruf. Gabriel stopfte die Pistole zu den beiden anderen hinten in seinen Gürtel und ließ sich hinter dem Baum auf die Knie fallen, um die Ferguson-Flinte schnell nachzuladen.

Er hörte Stiefel durch das Gebüsch stampfen und auf ihn zukommen. Er blickte auf und sah einen Mann, der mit dem Gewehr an der Seite auf ihn zustürmte, während er seine Drohung brüllte: "Ich werde dich töten ..." Sein Angriff wurde gestoppt, als Gabriels durch die Luft fliegender Tomahawk eine Drehung machte, bevor er sich in der Stirn des Mannes vergrub. Eine Art Grunzen erklang, als der Mann schielend auf den Griff starrte. Er fiel zuerst auf die Knie, dann auf sein Gesicht, wobei der Aufprall die Klinge noch tiefer in die Wunde trieb. Gabriel beendete das Nachladen des Gewehrs, sah sich nach weiteren Bedrohungen um und begann, die Pistolen nachzuladen. Er entspannte sich für einen Moment, atmete tief durch, während sich seine Schultern anhoben. Dann stand er langsam auf, um einen weiteren Blick zu erhaschen.

Der Beschuss hatte aufgehört und Gabriel blickte ins Wasser, um das sich langsam bewegende Flachboot zu sehen, das auf der ruhigen Strömung dahinglitt; niemand bewegte sich an Bord. Er gab den schrillen Schrei eines Rotschulterfalken von sich, hielt inne und wartete. Schließlich hörte er die Antwort von Ezra und sah, wie sich der Fensterladen an einem Seitenfenster einen Spalt breit öffnete. Gabriel trat hinter dem Baum hervor, bewegte sich stromabwärts und versuchte, die Menschen an Bord vor dem Kielboot zu warnen. Nach einer weiteren Erkundung des Weges, auf dem die Schützen sich verschanzt hatten, ging Gabriel schnell den Abhang hinunter und arbeitete sich zum Ufer vor, wo das Boot gerade an Land ging. Die gewählte Stelle war durch überhängende Platanen und Weiden abgeschirmt und Gabriel griff nach den Tauen, um das Boot festzumachen. Ezra sprang an Land und fragte: "Was steht uns bevor?" Lucius beugte sich über die Seite des Bootes, um zu hören, was Gabriel zu berichten hatte.

"Das Kielboot liegt direkt hinter der nächsten Biegung. Ihr habt es wahrscheinlich gesehen, aber es ist die Frage, wie viele Männer es sind. Es waren zehn oder zwölf hier, plus die auf der anderen Seite, also könnten noch bis zu einem Dutzend mehr auf dem Boot sein."

Fredrics Stimme kam vom Bug: "Da ist ein Kanu, das auf das Kielboot zufährt. Das müssen die sein, die von der anderen Seite auf uns geschossen haben!"

"Ist einer von ihnen entkommen", fragte Ezra und nickte in Richtung des Pfades, auf dem sich die Angreifer versteckt gehalten hatten.

"Ich weiß nicht, vielleicht. Ich musste zu schnell handeln, um den Überblick zu behalten."

"Es könnten also fünfzehn oder zwanzig sein", sagte Lucius und nickte in Richtung des Kielbootes.

Beide Freunde schauten in diese Richtung, dann sahen sie einander an, als Gabriel nickte: "Könnte sein."

"Schaut her! Sie hauen ab!", rief Fredric. Er stand

aufrecht im Bug und zeigte auf das Boot. "Schätze, denen haben wir's gezeigt!" Doch plötzlich wurde der Mann nach hinten geworfen, als Blut auf seiner Brust aufspritzte und der Knall eines Gewehres aus dem Gebüsch erklang. Alle gingen in Deckung, aber Gabriel stürzte den Schützen verfolgend ins Gebüsch. Als er im Laufschritt aus dem Dickicht brach, sah er einen Mann fliehen, brachte das Ferguson-Gewehr in Anschlag und drückte schnell ab. Der Mann stolperte und fiel mit dem Gesicht in den Dreck, ohne sich noch einmal zu bewegen. Gabriel schaute sich rasch in seiner Umgebung um und kehrte dann zum Boot zurück. Lucius und Ezra beugten sich über Fredric, dann blickte Lucius zu Gabriel auf, schüttelte bedrückt den Kopf und sagte ihm, dass der Mann tot sei.

Ezra kam an die Seite des Bootes: "Wir müssen die Pferde holen, bevor wir zu weit weg von ihnen sind."

Lucius stand an seiner Seite: "Wir bleiben hier, bis ihr mit den Pferden zurückkommt. Wir müssen Fredric sowieso erst noch begraben."

Gabriel blickte zu Ezra: "Arbeite dich entlang des Weges dort drüben und sammle die Waffen und so weiter ein. Vielleicht deckst du Äste und Blätter über die Leichen, aber sei vorsichtig; du könntest auf einige Verwundete stoßen, was gefährlich wäre. Ich werde die Pferde holen."

Als Gabriel zurückkam, brachten sie die Pferde an Bord und ließen sie für die Nacht an Deck, da sie genug frisches Gras gehabt hatten. Auch die Männer würden an Bord bleiben. Ezra sagte: "Ich habe ein paar Gewehre, neun um genau zu sein, und ein paar Pistolen und Messer zum Handeln. Ein Kerl war ins Gebüsch gekrochen, um zu sterben, und ich wollte ihm nicht hinterhergehen. Vielleicht wird der Kerl auf dem Kielboot also nicht so darauf erpicht sein, sich wieder mit uns anzulegen."

Gabriel schüttelte den Kopf: "Ich würde ihn nicht unterschätzen. Ich kann seine Art zu kämpfen einfach noch nicht einschätzen."

20 KAPITEL ZWANZIG
EINFRIEDUNG

Ezra BLICKTE AUF UND SAH, wie Gabriel auf dem Rücken seines langbeinigen schwarzen Hengstes an Bord kam. Er hatte aber nur Ezras braunen Wallach im Schlepptau. Er stand an der Reling des Bootes, streckte die Hände zur Seite aus, Handflächen entschuldigend nach oben gedreht und zuckte die Achseln. Gabriel verstand die unausgesprochene Frage und grinste: "Ich habe beide Packpferde da hinten zurückgelassen. Ich dachte, wir könnten sie brauchen." Lucius kam an Ezras Seite, sah Gabriel an und dieser erklärte: "Ich schreckte ein paar Büffel zwischen den Bäumen auf, erlegte einen und dachte, ich könnte eure Hilfe gebrauchen, um ihn zu zerlegen."

Ezra lachte: "Wenn das nicht alles schlägt! Wir reiten über diese Hügel, können nirgendwo ein Bison finden, sondern ziehen einen Haufen Ärger an, und du machst einen gemütlichen Ausritt und erlegst einen ohne mich."

"Nicht ganz. Dein Pferd war ja da", zog Gabriel ihn auf und sah zu, wie Ezra sein Gewehr und seine Ausrüstung zusammensuchte, um sich ihm anzuschließen.

Als sie am späten Nachmittag zurückkehrten, zog ein Packpferd einen Travois mit dem schweren Fell des Bisons, und er trug etwas vom Fleisch in seinem Rucksack an Bord. Das andere Packpferd war mit Fleisch beladen und hinter den Sätteln der Männer befanden sich weitere Fleischstücke. Lucius und Hamish halfen beim Abladen der Pferde, hängten alles in der Kajüte auf und Gabriel und Ezra rieben die Pferde ab und brachten sie in den Korral an Bord. Lucius sagte: "Ich würde gerne noch mindestens ein paar Meilen flussabwärts fahren, bevor wir für die Nacht anlegen. Es gefällt mir nicht, dass die Jungs im Kielboot wissen, wo wir sind, und ich möchte auf der anderen Flussseite für die Nacht anlegen. Vielleicht finden wir etwas Deckung für das Boot."

"Guter Gedanke, Kapitän", antwortete Gabriel. " Ezra und ich werden nicht so gut als Bootscrew sein wie Fredric, aber wir werden uns gegenseitig bei den Ruderstangen ablösen, wenn das in Ordnung ist für dich", schlug Gabriel vor. Beide Männer wussten, dass Fredric ersetzt werden musste, wenn sowohl Gabriel als auch Ezra das Boot nach Ankunft am Mississippi verlassen würden, aber dazu mochte sich im Moment keiner äußern. "Gibt es noch einen weiteren längeren Zwischenhalt?" fragte er.

"In ein paar Tagen kommen wir zur Picketed Point Festung. Dort gibt es eine ganze Reihe von Siedlern, so dass wir vielleicht ein wenig Handel treiben können und so weiter. Wir hielten in der Vergangenheit schon bei Fort Harmar an und überquerten schon einmal den Muskingum Fluss, aber das Fort gibt es nicht mehr. Aber die Palisadenfestung Picketed Point wird immer größer. Sie wurde gebaut, um die Siedler während des Krieges vor den Indianern zu schützen, aber jetzt, wo Wayne ihnen gezeigt hat, wo's lang geht, werden wahrscheinlich noch viel mehr Siedler dorthin kommen."

GABRIEL UND HAMISH waren an den Ruderstangen, als Lucius zum Ostufer in Richtung der Spitze einer langen schmalen Insel zeigte. Er brüllte: "Wir nehmen diesen kleinen Seitenarm des Flusses und legen hinter der Insel an!" Die Männer nickten und hoben die Stangen aus dem Wasser, so dass der Steuermann das Boot allein nur mit dem Hauptruder steuern konnte. Sie standen am Heck des

Bootes und sahen den Kapitän an, drehten sich dann aber um, um die Einfahrt in den engen Kanal zu beobachten. Die Strömung zog an dem Boot und Hamish ließ sein Ruder ins Wasser sinken und zog mit seinem ganzen Gewicht an der Ruderstange und erreichte, dass sich der Bug langsam drehte. Er rief Gabriel zu: "Lass das Ruder zu Wasser und schiebe!" Gabriel reagierte sofort; er schwang das Ruderblatt zur Vorderseite des Bootes und ließ es zu Wasser, stemmte sich dagegen und drückte mit seinem ganzen Gewicht. Er presste seine Mokassins gegen die rauen Holzplanken, während er gegen das lange Ruder kämpfte.

Endlich aus der stärkeren Strömung heraus, zogen sie die Ruderstangen wieder aus dem Wasser und ließen den Kapitän mit seinem Ruder arbeiten. Ezra stand am Bug und dirigierte das Anlegen, und als der Bug das schlammige Ufer berührte, sprang er mit einem Tau in der Hand ans Ufer und band das Plattbodenboot fest. Er fing das geworfene Heck Tau auf und band es an einen Baum, um das Boot zu sichern. Dann sprang er wieder an Deck und fragte: "Werden wir die Pferde an Land bringen?"

Gabriel schaute auf die dicken Bäume und das Gestrüpp am Ufer: "Und was sollen sie an Land tun? Sie können nirgendwo hingehen. Wir geben ihnen einfach etwas Getreide und sie werden glücklich sein!" Er kletterte vom Kajüten Dach die Leiter hinunter und sprach zu seinem Freund: "Lass uns Äxte holen. Der Kapitän will, dass wir das Boot mit ein paar Ästen und so Zeug tarnen, für den Fall, dass die Flusspiraten kommen, um nach uns zu suchen."

DANK FRÜHEN ABLEGENS AM MORGEN, guten Wetters und schneller Strömung stieß das Boot bereits zwei Tage später an das Nordufer des Ohio kurz vor der Stelle des Zusammenflusses mit dem Muskingum Fluss. Nachdem sie das Boot vertäut hatten, mussten sie das Ufer hinaufklettern, um die Siedlung sehen zu können. "Da ist sie, Jungs, die Picketed Point Palisadenfestung! Sieht irgendwie imposant aus, nicht wahr?", fragte Lucius, als er sich auf das Fort zu bewegte und den anderen zuwinkte, dass sie ihm folgen sollten.

Vom Ohio ein gutes Stück zurückgesetzt, lag das Fort näher am Ufer des Muskingum und umfasste etwas mehr als vier Hektar Land. Ein großes Doppeltor ragte vor den vier Männern auf. Sie näherten sich den hohen Palisadenzäunen. Mit Wachhäuschen und Wachtürmen an jeder Ecke war das Fort gut befestigt. Man konnte sehen, wie sich die Männer in den Wachtürmen bewegten, und als sie sich den beiden Toren näherten, gaben die Wachen das Signal zum Öffnen. Ein Torflügel wurde jedoch nur so weit geöffnet, dass ein Mann hindurchgehen konnte.

Lucius wies den Weg und begrüßte die Männer am Tor: "Howdy! Ich habe da unten ein Boot liegen und wollte über möglichen Handel sprechen. Zu wem muss ich dafür?", fragte er.

"Nun, wir haben da drüben einen Laden", antwortete der Wächter und wies mit dem Kopf ins Innere der Festung, "aber wenn Sie nur mit ein paar Leuten handeln wollen, können wir das auch weitersagen."

"Danke, Sir, ich würde das sehr zu schätzen wissen. Sie können die Leute wissen lassen, dass wir viele Waren haben: Whisky, Schweine, Hühner, Mehl, Öfen, Töpfe und so weiter, und wir tauschen gegen so ziemlich alles. Jetzt gehen wir erst mal rüber und schauen uns den Laden an und dann machen wir uns wieder auf, zurück zum Boot."

"Ich werde es weitergeben, was Sie so dabeihaben!", antwortete der Wachmann und schloss das Tor hinter sich. "Sagen Sie mal, haben Sie unterwegs keine Rothäute gesehen?"

"Vor einigen Tagen trafen wir auf ein paar Shawnee, aber seitdem haben wir nur noch einige weiße Halunken gesehen, richtige Flusspiraten waren das."

"Oh, das ist gut. Nun, äh, ich meine, äh, Sie wissen schon", stotterte der entnervt scheinende Wächter, der wohl erleichtert war, keine Nachricht von Angriffen der Indianer zu erhalten.

Lucius grinste, nickte und drehte sich weg, um zum

Kaufladen hinüber zu gehen. Als sie das Gebäude betraten, drang gedämpftes Licht durch ein schmutziges Fenster. Man konnte aber immer noch mehrere Regale, die größtenteils leer waren, und ein Gewehrregal mit einem Gewehr erkennen. Davor stand ein Mann, den Kopf auf seinen Ellenbogen gestützt. Eine Holzbohle zwischen zwei Fässern diente als Theke und bog sich durch. Er sah auf, als sie eintraten: "Howdy, Männer! Was brauchen Sie?"

Lucius feixte. "Es scheint eher so, dass ich Ihnen diese Frage stellen sollte", sagte er und bewegte sich zu den leeren Regalen hin.

"Was meinen Sie?", brummte der Mann vor sich hin, richtete sich auf und schaute die Besucher misstrauisch an.

Lucius trat vor: "Wir kommen gerade aus Pittsburgh und wir haben eine Schiffsladung Waren zum Handeln. Interessiert?"

Der Mann grinste: "Ja, klar, aber ich habe nicht viel zum Tauschen. Was habt ihr zu bieten?"

Lucius lehnte sich mit einer Hand auf die Brettertheke: "Was kannst du uns bieten?"

Der Händler lachte: "Ich habe einige Felle und einige gegerbte Häute. Ich schätze, das wäre wahrscheinlich das Einzige, was euch interessieren könnte."

"Ich werde mir die Felle und Häute ansehen. Ich habe Nahrungsmittel, Hühner, Schweine, Töpfe, Öfen und Whisky. Und", er wandte sich Gabriel und Ezra zu, "diese Burschen haben einige Gewehre und dergleichen im Angebot".

Der Händler blickte Gabriel mit leuchtenden Augen an und sagte: "Ich kann immer Gewehre und so Zeug gebrauchen." Er drehte sich um und rief über die Schulter: "Lassen Sie mich die Häute und Felle holen", hielt dann inne und deutete: "Da drüben ist ein Bündel Häute, aber ich hole den Rest auch noch."

Es dauerte nur kurze Zeit, bis Lucius und der Händler sich mit den Fellen und Pelzen einig waren, und er brachte einen zweirädrigen Wagen zum Eingang, um die Bündel aufzuladen und die Ware zum Boot zu bringen. Der

Händler hatte sich bereit erklärt, die Gewehre zu begutachten, bevor man sich auf einen Preis einigte, da er wusste, dass Gabriel und Ezra nicht an Fellen interessiert waren. Aber als er von der Rückseite des Gebäudes wieder nach vorne kam, hielt er Ezra einen Gegenstand hin und fragte: "Was hältst du denn davon?"

Ezra sah sich an, was der Mann in der Hand hielt, schaute dann den Händler an und sagte: "Das ist eine Kriegskeule!"

"Was du nicht sagst? Habe das von 'nem Soldaten, der mit Wayne ritt. Er nahm es einer Rothaut ab, von der er sagte, es sei ein Potawatomie-Krieger gewesen. Das da ist Eisenholz; ich weiß zwar nicht, was das für Steine sind, aber die Klinge sieht aus, als stamme sie von einer dieser spanischen Äxte oder so."

Gabriel sagte: "Hellebarde; die Waffe wird Hellebarde genannt. Mit einer Axtklinge auf der einen Seite und einer Spitze zum Durchstechen des Feindes auf der anderen, und ja, dass sieht wirklich aus wie die Klinge einer Hellebarde."

Ezra nahm die Kriegskeule in die Hand, hob sie hoch, trat zurück und schwang sie in einem Bogen, während er sich um seine Achse drehte. Er grinste Gabriel an und sagte: "Erinnert dich das an etwas?"

Gabriel kicherte: "Ja, du und dein Wikinger-Kriegsclub, mit dem du mir den Kopf verdrehen wolltest!"

Ezra sah den Händler an: "Willst du das Teil tauschen?"

Der Händler grinste: "Lass mal sehen, was du dafür hast."

Am Boot, wo mehrere Personen bereits warteten, tauschten der Händler und Lucius wie abgemacht ihre Waren aus, dann wandte Lucius seine Aufmerksamkeit den Siedlern zu. Der Händler ging an Bord, um einen Blick auf die Gewehre und anderen Waren zu werfen und mit Ezra weiter zu feilschen. Am Ende tauschten sie drei Gewehre und Gussformen für Kugeln, Jagdbeutel, zwei Pistolen und drei Messer gegen die Kriegskeule und eine Handvoll Münzen. Der Händler ging glücklich zurück in die Festung, der Wagen war bis zum Anschlag beladen. Während Lucius und Hamish sich um den Handel mit den Siedlern kümmer-

ten, führten Gabriel und Ezra die Pferde vom Boot und brachten sie zum Grasen auf eine Wiese. Ezra kehrte zügig zum Boot zurück, um das Abendessen vorzubereiten.

Als sich die Dunkelheit über das Land legte, kam Gabriel mit den Pferden zurück und entschied sich dafür, sie für die Nacht an Bord zu lassen, da sie so leichter zu bewachen waren. Als er um die Kajüte herumging, um sich den anderen im Bug des Bootes beim Sandkastenofen anzuschließen, war er überrascht, ein junges Paar dort sitzen zu sehen. Sie unterhielten sich mit den anderen. Lucius schaute auf: "Da ist er ja endlich! Gabriel", begann er, stand auf und zeigte auf das junge Paar. "Das sind Rufus und Persis Putnam. Sie kommen mit uns auf die Reise flussabwärts. Es scheint, als wollten sie nach Europa zurückkehren und brauchen eine Mitfahrgelegenheit nach New Orleans, wo sie hoffen, die Überfahrt auf einem Schiff buchen zu können. Rufus hier wird beim Staken des Bootes helfen und Persis ist eine gute Köchin, also wird sie dafür sorgen, dass wir gut essen."

Gabriel trat vor, streckte die Hand aus, schüttelte Rufus die Hand und nickte Persis respektvoll zu. Er war sofort von der Schönheit der Frau angetan; sie hatte langes, wallendes, schwarzes Haar, dunkle Augen, die an tiefe Seen erinnerten und ein Lächeln, das weiße Zähne zeigte. Ihre Haube hing auf dem Rücken, aber die Bänder ruhten zu einer Schleife gebunden an ihrem Hals. Ihr Kleid hatte einen schönen Schnitt und entsprach der momentanen gesellschaftlichen Mode. Etwas, was Gabriel so weit weg von jeder Stadt überraschend fand. Sie deutete einen dezenten Knicks an, senkte die Augen und hielt sich ein Taschentuch vor den Mund, dass ihr Lächeln jedoch kaum verbergen konnte.

Normalerweise sehr freundlich und gesprächig, konnte Gabriel nur nicken und ein schüchternen "Angenehm" hervorbringen. Er trat zurück, setzte sich neben Ezra und hörte zu, wie Lucius sein Gespräch mit Rufus fortsetzte. Ezra sah seinen Freund an und senkte dann leise lachend seinen Kopf, um auf seine Kaffeetasse zu schauen. Die anderen hatten ihre Mahlzeit beendet und Gabriel griff nach der Kanne, um sich eine Tasse Kaffee einzuschenken, und erwischte dabei das Mädchen, das ihn mit einem schüchternen Lächeln ansah, das ihr Gesicht erhellte. Er drehte sich um und setzte sich wieder neben Ezra, "Ziehen wir früh los?" fragte er sehr zur Verblüffung seines Freundes, der prompt antwortete: "Tun wir das nicht immer?"

"Ja, ich denke schon", stammelte er und hob seinen Becher um einen Schluck Kaffee zu nehmen. "Ich lasse dich die erste Wache übernehmen. Du kannst dann Hamish wecken und ich übernehme die letzte Wache", sagte Gabriel und erhob sich. "Ich habe bereits meinen Sattel auf das Dach der Kajüte gepackt, also werde ich meine Decken dort auf der Kabine ausrollen." Er lief hinter den anderen durch, um die Leiter zum Dach der Kajüte zu erklimmen. Oben angekommen hielt er inne, schüttelte den Kopf über seine eigene Frustration, weil er wusste, dass er sich noch nie durch die Anwesenheit einer so schönen Frau so aufgewühlt gefühlt hatte, wie gerade eben. Er dachte: *Reiß dich zusammen! Sie ist verheiratet! Und außerdem brauchst du dich nicht für eine Frau zu interessieren! Du begibst dich in die Wildnis, erinnerst du dich?*

Er ging zu seiner Ausrüstung, legte seinen Sattel und seine Waffen bereit für einen schnellen Zugriff falls nötig und rollte seine Decken aus. Während er sich ausstreckte, holte er tief Luft und schaute zu den Sternen. Er suchte nach vertrauten Sternbildern, sah das Sternbild des großen Bären, dann das kleinere Sternbild, das er gesuchte hatte und folgte der Linie mit ausgestreckter Hand und Finger in der Luft, um den Nordstern zu finden. Er lächelte bei dem Gedanken, dass er genau diesen Stern als Leuchtsignal benutzen würde, um Ezra und sich durch die Wildnis des Westens zu führen. Dorthin, wo es neue Länder zu entdecken gab und viele Abenteuer auf ihn warteten. Er schmunzelte: *Jetzt klinge ich wie ein Kind, ein Kind mit Träumen von der großen weiten Welt. Nun, vielleicht bin ich das auch!* Seine Augenlider wurden schwer und er begann zu schlummern, aber zwei tiefgründige, dunkle Augen lächelten ihn an, als er in den Schlaf fiel.

21 KAPITEL EINUNDZWANZIG
SCHLOSS

"NEIN, DA GIBT ES KEIN SCHLOSS!", antwortete Lucius und stemmte sich gegen das Ruder.

"Warum nennt man es dann ein Schloss?", fragte Gabriel, der immer was Neues lernen wollte.

"Ich weiß nicht, vielleicht, weil es mit diesen Mauern wie ein Schloss aussieht oder so. Du wirst sehen, was ich meine, es geht gar nicht mehr lange. Es liegt gleich hinter der Insel dort", sagte er und zeigte mit dem Kinn auf die baumbestandene Insel links vom Hauptkanal.

"Steht die Siedlung schon lange?", fragte Ezra. Sowohl er als auch Gabriel hatten oben auf der Kajüte gefaulenzt, während Rufus und Hamish mit dem Staken des Bootes dran waren.

Gabriel wollte die Gesellschaft von Persis meiden, da er sich in ihrer Gegenwart immer noch sehr befangen fühlte. Als die Männer sich für die Mittagspause abwechselten, hatte sie eine leckere Mahlzeit aus Bisonsteak, frische Brötchen mit Honig und Spargel zubereitet. Sie war freundlich und versuchte, Gabriel in ein Gespräch zu verwickeln, aber er entschuldigte sich schnell unter dem Vorwand, nach den Pferden sehen zu müssen. Als er mit den anderen wieder oben auf der Kajüte stand, sprach er mit den Männern über ihren nächsten Stopp.

"Oh, den Ort gibt es noch nicht lange. Vielleicht fünf

Jahre. Um das Schloss herum gibt es ein paar Farmen mit gutem Boden. Sie ernten Feldfrüchte in sehr guter Qualität. Scheinen in der Lage zu sein, fast alles anzubauen. Der Boden ist sehr fruchtbar." Lucius zeigte auf das Ostufer des Ohio: "Hab nen Kerl getroffen, der dort auf der Virginia-Seite eine Siedlung gründen wollte. Hab gehört, dass er sie Newport nennen will. Aber es steht noch nicht viel da drüben."

Als das Plattbodenboot am Ufer auflief, behinderten die Bäume, die das Ufer säumten, Gabriels Sicht auf das Bauwerk. Aber er konnte doch weiter hinten das Ende und eine Ecke einer ungewöhnlichen Schutzmauer aus Staketen sehen. Er streckte sich, um die Mauer genauer sehen zu können. Sie lehnte sich über die Uferböschung hinaus, schien aber stabil befestigt zu sein. Als Ezra rief, wandte sich Gabriels Aufmerksamkeit wieder seiner Aufgabe zu und er warf die schweren, zusammengerollten Taue seinem Freund am Ufer zu, der zwischen einigen Büschen und vor einer Reihe hoher Platanen stand. Ezra band die Haupt-trosse schnell an einem starken Baum fest und blickte Rich-tung Boot, nach der hinteren Trosse Ausschau haltend, gerade als diese zu seinen Füßen landete, begleitet vom Lachen seines Freundes und häufigem Quälgeist Gabriel.

Ezra wartete, während Gabriel die schweren Landungs-planken absenkte, damit sie die Pferde von Bord führen konnten. Ezra stabilisierte die Planken mit einem kräftigen Tritt und trieb sie in den Lehm der Uferböschung. Dann trat er zur Seite, als Gabriel den großen schwarzen Hengst hinunter führte. Ezra sprang auf die Bretter, um die anderen Reittiere zu holen. Als alle vier Pferde an Land waren, führten sie sie auf eine weite, grasbewachsene Wiese, pflockten sie an langen Seilen fest und sicherten zusätzlich die Vorderbeine der beiden Packpferde. Dann kehrten die beiden zum Boot zurück, um mit den anderen die Festung der Bauern zu erkunden.

Obwohl das Fort wie eine Grenzfestung aussah, hatte sie ausschließlich zum Schutz der Siedler während des Nord-westindianischen Krieges gedient. Aber der Krieg war nur von kurzer Dauer gewesen, und der einem Fort ähnliche Baustil bot sowohl Schutz als auch Gemeinschaft. "Die ursprünglichen Siedler nannten diesen Ort Bell-Prairie, aber nachdem sie das Fort gebaut hatten", sagte Lucius, während sein Arm einen Bogen um das gesamte Areal beschrieb, "nannten die meisten es die „Burg oder das Schloss für die Bauern", also blieb der Name irgendwie hängen!" Lucius führte die Gruppe auf ihrem selbstgeführten Rundgang an und er war stolz auf sein Wissen über die Gründung des neuen Territoriums. "An der Vorderseite ist die Festung ungefähr eine Viertelmeile breit und der Platz hinter den Palisadenzäunen ist einige Hundert Fuß breit. Die Palisadenzäune sind etwa drei Meter hoch, aus gespaltener Eiche und vier Meter tief im Boden getrieben. Es gibt dreizehn Blockhäuser mit einer Grundfläche von etwa Zwanzig Fuß auf Zwanzig Fuß und der zweite Stock ist jeweils größer, wie ihr sehen könnt. Der obere Stock hat also einen Überhang gegenüber der unteren Ebene zur Verteidigung. Sie schießen durch die kleinen Schlitze dort auf jeden, der ohne Einladung hier hereinkommt!" Er lief langsam in Richtung des offenen Tors zu: "Sie haben keinen Laden oder Handelsposten, aber ein Kerl hat sein Blockhaus in eine Art Tauschstation verwandelt. Wir gehen hin, sagen hallo und schauen, ob es Leute gibt, die einem Handel nicht abgeneigt sind."

Als sie den Platz hinter den Mauern betraten, schien es fast so, als ginge eine lange Straße direkt durch die gesamte Siedlung bis hin zum zweiten Tor auf der Rückseite. Die Blockhäuser erhoben sich auf beiden Seiten des Weges und Zäune zogen sich von Haus zu Haus. Ein Gehweg schlängelte sich auf beiden Seiten um die Häuser und die Fahrbahn war von Wagen zerfurcht, die an nassen Tagen ihre Spuren hinterlassen hatten. Hunde faulenzten und hoben kaum eine Augenbraue, als die Besucher vorbeikamen, und einige Hühner stoben vor ihnen auseinander und gackerten, um ihre Ankunft anzukündigen. Eine gelbe Katze hing an dem Schutzwall, mit tief ins Holz eingegrabenen Krallen, während sie klagend durch die Spitzen der angespitzten

Holzpfähle miaute. Ein gelegentlich auftauchendes Fenster mit zur Seite geschobenen Vorhängen bestätigte die Anwesenheit von wachsamen Frauen, die mit ihrer Arbeit im Haus beschäftigt waren, aber alles innerhalb der Palisaden beobachteten.

Nachdem Lucius ihre Anwesenheit bei dem Händler bekannt gegeben hatte, gingen sie zum Ende der Straße und schließlich durch das andere Tor hinaus. "Ein freundlicher Haufen, nicht wahr?" fragte Gabriel.

"Nun, die meisten der Männer sind immer noch auf den Feldern. Der Händler sagte, es sei ein ziemlich trockenes Jahr gewesen und sie hätten mehr Ungeziefer und Unkraut gehabt als sonst, was mehr Arbeit für die Männer bedeute. Aber die Frauen, nun, das passiert, wenn alles so zugemauert, und nichts im Freien ist. Die Leute bleiben zu Hause, gehen nicht raus und reden kaum mit jemandem. Einfach ungesund, wenn ihr mich fragt."

Als sie um die Festung herumliefen, um zum Boot zurückzukehren, dachte Gabriel darüber nach, was Lucius über die Menschen gesagt hatte, und er fand, dass es in einer Stadt ähnlich war. Die Menschen blieben in ihren Häusern oder Geschäften, hatten nur Kontakt zu denjenigen, die sie an ihrem Arbeitsplatz oder bei ihren Familien zu Hause antrafen, und Kontaktpflege war auf ein Minimum beschränkt. Aber in den kleineren Gemeinden, den bäuerlichen Gegenden, legten die Menschen Wert darauf, sich bei kirchlichen oder anderen Gemeinschaftsaktivitäten, wie z.B. beim Bau einer Scheune, zu treffen und sich gegenseitig zu helfen. Er lächelte, als er darüber nachdachte, und erkannte, dass diese Lebensart genau das war, was er bevorzugte - die kleine Gemeinschaft. Oder, um die Wahrheit zu sagen, er zog sogar die Einsamkeit der Wildnis vor. Allerdings sprach auch viel dafür, in der Nähe anderer zu sein, wie in der Nähe von Persis zum Beispiel mit ihren tiefen, unergründlichen Augen, die Geheimnis und Staunen in sich bargen.

Er schüttelte den Kopf, als sie den Weg zur Anlegestelle erreichten, und ging den Weg hinunter, vorbei an anderen, die den Pfad vom Ufer her hinaufkamen. Vier Männer, einer nach dem anderen, drängten sich vorbei, ein Mann rempelte Gabriel an und grunzte ihm unfreundlich eine Warnung entgegen. "Pass bloß auf!", murmelte er. Gabriel schaute finster drein, antwortete aber nicht, als er plötzlich den Mann hinter dem Grobian bemerkte. Große, verunstaltete Nase und wie ein Gentleman gekleidet, mit Weste, Krawattentuch, Mantel über der Hose mit Gamaschen und dem bereits bekannten finsteren Blick, den Gabriel schon auf der Bootswerft in Pittsburgh gesehen hatte. Das war der Mann mit dem Kielboot, der sie angegriffen hatte, aber jetzt war nicht die Zeit für eine Konfrontation, nicht mit einer Frau in ihrer Mitte.

Sobald sie wieder an Bord waren, rief Gabriel Lucius zur Seite: "Erinnerst du dich an den Mann, den ich an Bord des Kielbootes gesehen habe, das an uns vorbeifuhr?"

"Ja, was ist mit ihm?"

"Ich war mir sicher, dass das Kielboot, das dort festgemacht war, wo wir angegriffen wurden, dasselbe war wie das, was uns überholte und jetzt weiß ich es. Die Männer, die auf dem Weg an uns vorbeikamen", er nickte in Richtung des Pfades an der Uferböschung und sagte dann: "Er war einer von ihnen."

"Bei den Piraten?!", fragte Lucius erstaunt. Er lehnte sich zur Seite, um an Gabriel vorbei auf den Weg zurück zu schauen. Er wusste, dass die Männer längst weg waren, aber er musste sich einfach überzeugen, um sicher zu sein. Als er sich wieder Gabriel zuwandte, fragte er verwundert: "Er war bei den Piraten dabei? Und jetzt hier?"

"Das war er und ich irre mich nicht!", erklärte Gabriel.

Lucius überlegte kurz und bat dann Gabriel, die anderen Männer zu einer Beratung zu versammeln. "Wir müssen unsere Köpfe wegen dieser Piraten zusammenstecken", sagte er und hob die Schultern, als er tief durchatmete.

Als sich die fünf Männer am Kochherd auf dem Boot versammelten, sich auf die Bänke setzten und heißen Kaffee einschenkten, entschuldigte sich Persis und ging in die Kajüte. Sie wollte den Männern die Gelegenheit geben, die

Dinge unter sich zu besprechen. Lucius begann: "Schaut mal, Hamish und ich haben am meisten zu verlieren, aber ihr beide", er nickte Gabriel und Ezra zu, "wart von Anfang an bei uns, und ihr seid jetzt Teil von all dem. Aber das wird langsam mehr, als wir ausgehandelt haben, und ich bin mir nicht ganz sicher, was ich tun soll. Gabriel sagte, er habe den Kerl von dem Kielboot erkannt, das uns angegriffen hat, und da er und seine Mannschaft hier sind, bin ich sicher, dass sie es wieder versuchen werden." Er ließ den Kopf hängen, als er seine Ellbogen auf die Knie legte, und schüttelte den Kopf verzweifelt hin und her.

" Hör mal, Kapitän, es ist so wie du sagst. Ezra und ich sind seit Beginn dieser Reise bei euch dabei, also bleiben wir auch dabei. Diese Piraten, wie du sie nennst, haben versucht, Ezra und mich zu töten, und das schmeckt uns einfach nicht. Deshalb möchte ich das zu Ende bringen und sehen, was wir mit diesen Wegelagerern machen können." Gabriel lehnte sich nach vorne und blickte von Mann zu Mann: "Also, hier ist was ich denke. Zuerst, Lucius, könnten wir ein paar mehr von den Männern hier in der Festung dazu bringen, mit uns zu kommen? Du sagtest, du wolltest sowieso noch ein paar Männer anheuern, wenn Ezra und ich das Schiff verlassen und das wäre doch ein guter Anfang."

"Ja, ich sollte in der Lage sein, ein paar Männer zu finden, es gibt immer einige, die für das eine oder andere nach New Orleans gehen wollen. Sag mal, vielleicht könnten wir auch ..." Das Gespräch und die Planung gingen weiter. Sie machten eine Pause, als einige der Siedler kamen um mit ihnen zu handeln, und Persis das Abendessen zubereiten musste. Gabriel und Ezra gingen, um nach den Pferden zu sehen, und nachdem das Feilschen vorbei und das Abendessen verzehrt war, wurden die Verschwörung und die Planung wieder aufgenommen. Doch diesmal blieb Persis stehen, hörte zu und gab vor, mit dem Aufräumen nach dem Essen beschäftigt zu sein. Gabriel bemerkte, dass sie ziemlich aufmerksam war, und es war nicht nur um ihn anzusehen, obwohl sie auch dies reichlich tat. Als ihre

Planung und ihr Gedankenaustausch nachzulassen begann und die Dämmerung in die Dunkelheit überging, stand Gabriel auf und streckte sich: "Ich übernehme die erste Wache, auch wenn nicht viel passieren sollte, solange wir hier sind. Ezra und ich werden die Pferde wieder an Bord bringen und nach meiner Wache werde ich Hamish wecken". Er nickte dem großen Mann zu. "Du kannst dann Ezra für die letzte Wache wecken."

"Moment mal, ich kann auch eine Runde übernehmen, genau wie der Rest von euch", erklärte Rufus bestimmt.

"Nicht heute Nacht", antwortete Gabriel, "Du solltest vorerst bei deiner Frau bleiben. Vielleicht kannst du später auf dem Fluss eine Runde Wache schieben."

Rufus und die anderen lächelten, dann lachten sie zusammen, so dass Gabriel verwirrt die Stirn runzelte. Rufus stand auf und nickte Persis zu: "Sie ist nicht meine Frau! Wir sind Zwillinge! Sie ist meine Schwester!"

"Schwester?!", antwortete Gabriel fassungslos.

Rufus ging zu Persis und legte seinen Arm um sie: "Wir sind schon unser ganzes Leben lang Zwillinge", antwortete er etwas selbstgefällig und schelmisch. "Ich habe mich gefragt, warum du ihr ausweichst. Jetzt wissen wir es", sagte er und nickte den anderen zu, die sich ebenfalls über Gabriels Erstaunen wunderten. Lucius warf ein: "Das hatte ich dir doch gesagt, als ich euch einander vorstellte?!"

Gabriel neigte den Kopf ein wenig zur Seite und sah den Kapitän an: "Nein, das hast du nicht! Die ganze Zeit, wenn sie mich ansah, dachte ich bei mir, dass sie für eine verheiratete Frau etwas unbesonnen sei. Jetzt weiß ich, dass sie nur freundlich war, nicht mit mir schäkerte!"

"Schäkerte!" zischte Persis mit den Händen auf die Hüften gestemmt, während sie Gabriel anstarrte. "Du aufgeblasener ...!" Sie konnte ihren Gedanken nicht fertig aussprechen, denn die anderen lachten, lehnten sich zurück und klatschten sogar in die Hände. Sie lachten alle auf Gabriels Kosten und Persis konnte nicht anders, als mit den anderen mitzulachen.

22 KAPITEL ZWEIUNDZWANZIG

VEREINIGUNG

ES WAR NICHT UNGEWÖHNLICH, dass mehrere Plattboden-schiffe zusammen vor Anker lagen, gewöhnlich aus Kame-radschaft und zum gegenseitigen Schutz. Je mehr Boote und Menschen, desto größer die Sicherheit. Dennoch gab es einige Plattbodenschiffe, die nicht von Siedlerfamilien oder gar von Bauern oder Händlern bevölkert waren, die flussab-wärts fuhren, um ihre Waren zu vermarkten. Es war nicht selten, dass eine Zusammenkunft von Booten stattfand, weil ein Pfarrer ein Boot für seine Kirche benutzte und sich um das Seelenwohl der Reisenden bemühte. Andere waren viel-leicht Showboote voller Entertainer oder hatten Galerien für Fotografen, Künstler oder Drucker an Bord. Wieder andere Plattbodenschiffe waren schwimmende Bordelle, die Kanonenboote genannt wurden, einige waren eher schwim-mende Kochbaracken, Schlafbaracken oder Versorgungs-boote. Man sah Barackenboote, auf denen ganze Familien sogar dauerhaft lebten. Wann immer Lucius also eine Ansammlung von Plattbodenbooten sah, steuerte er so weit wie möglich davon weg, da er die Anwesenheit von Piraten vermutete, da diese gerne und häufig an solchen Zusam-menkünften teilnahmen um sich neue Opfer zu suchen.

Neugier konnte einem Mann das vernünftige Urteils-vermögen rauben, und Gabriel und Ezra waren da keine

Ausnahme. Obwohl sie ihr Instinkt warnte und sie auf der anderen Seite des Bootes blieben, traten sie dennoch um die Kajüte herum, als Krawall aus der Menge der vertäuten Boote ihre Aufmerksamkeit erregte. Sie versuchten einen besseren Blick zu erhaschen. Das größte der Boote, das ihnen ins Auge fiel, war in der Mitte der ganzen Bande fest- gemacht und eine kleine Gruppe versammelte sich am Bug und stimmte ihre Instrumente. Gabriel erkannte ein Klavichord, ein Cello, zwei Geigen und eine Laute.

Er war auch überrascht, als er mehrere Blockflöten sah. Er drehte sich zu Ezra um: "Das ist ein Klavichord! Ich habe bisher nur ein einziges gesehen und das bei einer Auffüh- rung an der Universität!" Er kicherte über die Erinnerung an das cembalo-ähnliche Instrument und den, seiner Meinung nach, eher blechernen Klang.

Ezra fragte: "Was ist das andere für ein Instrument? Das da sieht aus wie eine Geige, ist aber größer."

"Das ist ein Cello und das andere langhalsige Ding, das ist eine Laute. Es ist ein italienisches Instrument. Ich wette, diese Leute sind Zigeuner. Sie sind die Einzigen, von denen ich weiß, dass sie so musikalisch sind! Sie machen gute Musik, und ich würde sie gerne spielen hören. Diese Blasin- strumente sind Blockflöten mit nur drei Löchern. Du bläst hinein und sie geben einen pfeifenden Ton von sich."

Lucius belauschte ihr Gespräch und beugte sich vor: "Aber wir halten nicht an. An Orten wie diesen suchen die Piraten gerne nach ihrer nächsten Beute!"

Die Dämmerung setzte ein, als sie sich den Booten näherten, und einige von den Leuten auf dem großen flachen Boot entdeckten sie und winkten sie zu sich herüber. Einer rief: "Kommt und macht mit bei dem Spaß! Wir werden bald tanzen!"

Lucius stand aufrecht und hob abwehrend seine Hände: "Geht nicht! Wir haben eine Krankheit an Bord! Könnten die Pocken sein!"

Beim Wort "Pocken" hörte die ganze Aktivität auf dem großen Boot schlagartig auf und die einzige Bewegung, die vom Boot herüber kam, war die Geste, dass sie vorbeifahren sollten, worauf Lucius mit dem Kopf nickte. "Amüsiert euch gut, ihr Leute, ja?" Er beugte sich vor und sprach leise zu Gabriel und Ezra: "Vielleicht gibt das den Piraten etwas zum Nachdenken, bevor sie uns holen wollen!"

Ihr Boot hatte kaum noch Ähnlichkeit mit dem Boot, wie es vor ihrem Halt an der Festung gewesen war. Mit den seitlich auf dem Kajüten Dach und an den Seitendecks gestapelten Baumstämmen und den ringsum positionierten Gewehren sah es eher wie ein Piratenschiff als wie das Boot eines Händlers aus. Zwei weitere Besatzungsmitglieder waren hinzugekommen, ein Vater-Sohn-Duo, das sich gerne für die Reise nach New Orleans gemeldet hatte. Judson Whitehall und sein Sohn Boxley hatten die Reise schon seit einiger Zeit geplant. Nachdem Judson seine Frau durch Schüttelfrost und Fieber verloren hatte, hatte er das Interesse an der Farm verloren, und Boxley, ein junger Mann von sechzehn Jahren, verspürte seinerseits starke Wanderlust. Beide waren Männer von guter Statur, etwa 1,80 m groß, der Vater mindestens vierzig Pfund schwerer und muskulöser als der schlanke Junge. Aber die Bereitschaft des Jungen sich zu balgen, hatte ihm einige Narben und Fähigkeiten eingebracht, während sein Lerneifer sein begrenztes Wissen stetig erweitern wollte. Beide erwiesen sich als harte Arbeiter und nahmen ihre Aufgaben bereitwillig an.

Lucius zeigte zu der gemeinsamen Anlegestelle der Breithorn-Boote: "Das da drüben nennen wir einen gegabelten Flusslauf. Es ist ein gewundenes Tal, das dem Flusslauf folgt, und hinauf in gutes Farmland führt. Wenn die anderen Boote nicht da wären, würde ich anhalten und in mein Horn blasen und etwas Handel treiben. Aber es gibt noch einen anderen guten Ort, etwa fünf Meilen flussabwärts von hier, und dort werden wir an Land gehen." Er hob seine Augen zum Himmel und studierte die Abenddämmerung: "Der Mond geht bald auf und wir können es bis dorthin schaffen und dort sicher anlegen."

Als sie die große Biegung umrundete, die den Fluss nach Süden führte, reflektierte das metallische Licht des aufgehenden Monden auf den Wellen des Flusses und ließ es wie einen Chor funkelnder Nymphen erscheinen, die auf dem Wasser tanzten. Lucius richtete das lange Boot auf das sandige Ufer der Virginia-Seite des Flusses und ließ den Kahn von der Strömung sanft in den schlammigen Grund schubsen. Rufus und Ezra sprangen ins seichte Wasser, wobei jeder eine schwere Trosse trug, und legten sie aus, um das schwere Boot festzubinden. Als dies erledigt war, stapften beide Männer zum Boot zurück, da Lucius plante, dass alle diese Nacht an Bord bleiben sollten. Er war immer noch besorgt wegen der Flusspiraten und das zu Recht, denn seit seiner letzten Reise flussabwärts hatten die Fälle zugenommen, in denen Boote gekapert worden waren.

Das Tageslicht kam viel zu früh, aber das Morgenlicht war weniger unangenehm als das laute Signal von Lucius Horn, mit dem er den Siedlern die Anwesenheit eines Handelsschiffes ankündigte. Persis war bereits am Sandkastenherd beschäftigt, wo in einer großen Pfanne Sauerteigbrötchen gebacken wurden. Eine Pfanne mit Eiern und eine weitere mit Schweinebauch brutzelten ebenfalls auf den Herdplatten. Gabriel streckte sich, als er sich näherte, gähnte breit und rieb sich die Augen: "Ich bin es nicht gewohnt, so lange zu schlafen! Ich schätze, all die Arbeit, die Lucius uns auferlegt hat, um dieses Boot in eine schwimmende Festung zu verwandeln, hat mich wohl mehr ermüdet, als ich dachte!

"Vielleicht wirkt ein gutes Frühstück Wunder bei dir", antwortete die lächelnde Persis.

Gabriel fand sie besonders hübsch in der Morgenröte, die von der Sonne erschaffen wurde, während sie bei ihrem frühen Aufstieg in den blauen Himmel die Baumkronen küsste. Er fragte: "Du und Rufus wollt also über den großen Teich, hm?"

Sie lächelte: "Ja, der Rest unserer Familie ist in Herefordshire, England, und sie haben dort viele Anteile an

Betrieben, Farmen und dergleichen. Obwohl wir eine Familie in der Gegend von Salem haben, standen wir ihnen nie nahe, und wir würden gerne die Wurzeln unserer Familie besuchen und das 'alte Land' sehen, von dem unser Vater oft gesprochen hat. Außerdem würde Rufus gerne in Oxford Jura studieren."

"Und du? Bist du auch an mehr Bildung interessiert? Oder an etwas anderem?"

"Ich bin mir nicht sicher. Ich war schon immer vom Stadtleben fasziniert, obwohl wir kaum die Gelegenheit hatten, oft in der Stadt zu sein. Und die Möglichkeit, New Orleans zu sehen, ist für mich von gewissem Interesse. Ich habe nur zugestimmt mit Rufus zu gehen, wegen seinen Interessen, nicht meinen, aber da ich hier sonst keine Familie habe, bleibt mir keine große Wahl", erklärte Persis, die an den Pfannen am Herd beschäftigt war.

Gabriel wollte fragen, warum sie nicht geheiratet hatte, verkniff sich aber die Frage, als sie sich ihrerseits mit ihrer eigenen Frage an ihn wandte.

"Also, was ist so interessant an dem Westen, dass dich dazu brachte deine Heimat zu verlassen, um auf Wanderschaft zu gehen?"

Es war offensichtlich eine Ablenkung vom ursprünglichen Gespräch und Gabriel antwortete: "Von dem Zeitpunkt an, als ich zum ersten Mal zu lesen begann, war ich immer fasziniert von den unerforschten Regionen unserer Welt. Mit meinem Älterwerden nahm auch meine Neugierde und mein Wunsch zu, mehr über dieses großartige Land zu erfahren und es aus erster Hand selbst zu erkunden. Die Umstände waren so, dass sich die Gelegenheit früher als erwartet ergab, und so beschlossen Ezra und ich, unserem Traum zu folgen!"

"Traum? Hattet ihr beide den gleichen Traum? Das ist seltsam. Ihr beide seid euch gar nicht ähnlich!", bemerkte sie.

Gabriel lachte leise, als er auf das Dach der Kajüte blickte, wo Ezra noch auf seiner Bettrolle lag, offensichtlich wach, aber den faulen Morgen genießend. "Wir sind uns ähnlicher, als du denkst. Wir sind seit unserer Kindheit befreundet und oft wanderten wir gemeinsam durch die Wälder und stellten uns vor, wie es wäre, das Unbekannte zu erforschen." Er kicherte wieder: "Er hält mich auf dem Boden der Tatsachen."

"Auf dem Boden der Tatsachen?"

"Ja, normalerweise bin ich derjenige mit den wilden Ideen, der in Schwierigkeiten gerät, und er ist derjenige, der mir aus der Patsche hilft oder mich dazu bringt über Dinge nachzudenken. Er ist ein gut gebildeter Mann; sein Vater ist Pastor und Gründer einer beträchtlichen Gemeinde in Philadelphia, und wie die meisten Kinder von Predigern hat auch er eine wilde Ader."

"Ihr seid beide also ein gutes Team", schlussfolgerte Persis und grinste bei dem Gedanken.

"Das könnte man so sagen", antwortete Gabriel, als er nach der Kaffeekanne griff.

Er blickte zum Ufer und sah eine kleine Gruppe von Männern, die zum Boot kamen und die Hände zur Begrüßung erhoben, als sie sich näherten. "Hallo, das Boot! Sind Sie ein Händler?"

"Das sind wir! Wir haben Grundnahrungsmittel, Hühner, Schweine, Whisky und mehr! Sind Sie bereit für einen Handel?" rief Lucius von der Kabine aus.

"Das sind wir! Sagen Sie, Sie haben nicht zufällig einen Herd zum Tauschen, oder? So etwas wie den da auf Ihrem Boot?", rief der Größere des Trios.

"Aber sicher doch! Ich habe ein Paar zur Auswahl. Was haben Sie denn zum Tauschen?"

Und der Handel begann. Kaum hatten die ersten drei Siedler ihre Handelsgeschäfte abgeschlossen, begannen mehr und mehr mit Hamish und Lucius zu feilschen und zu handeln, während die anderen die Waren für die Siedler von Bord hoben und auf Karren luden. Gabriel und Ezra beschlossen, die restlichen Waffen an Bord zu behalten in Erwartung eines weiteren möglichen Angriffs, und beschäftigten sich damit, Fässer mit Whisky und anderen Waren vom Boot zu rollen und Felle und Farmwaren an Bord zu laden. Am Vormittag war der gesamte Handel abgeschlossen und sie fuhren gerade noch rechtzeitig los, um zwei der Boote von der vorherigen Nacht vorbeifahren zu sehen, aber keines der beiden war dem Boot mit den vermuteten Pocken an Bord freundlich gesinnt.

23 KAPITEL DREIUNDZWANZIG
KANUS

DIE PARTY WAR in vollem Gange, die Frauen aus dem Kanonenboot mischten sich unter die Besatzungsmitglieder eines Kielbootes, und mehrere Paare aus den anderen Booten hatten sich zum Square Dance zusammengetan. Der Rufer befahl: "*Allemande* mit der linken Hand nach links, verbeugt euch vor eurem Partner und schüttelt ihm die Hand." Vier Paare in jedem Eck stolperten eher durch die Schritte. Nur ein Paar der Umstehenden bemerkte, wie die beiden Kanus zwischen das große Breithorn und das Boot der Siedler schlüpften.

Shorty Steinberg warnte seine Besatzung: "Wir sind nur hier, um etwas über das Boot mit Stonecroft und seinem Schwarzen herauszufinden, also verursacht keinen Krawall! Und damit meine ich vor allem dich, Kavanagh!"

"Siehst du die Frauen? Die dort, die Rothaarige, das ist eine Frau nach meinem Geschmack", erklärte der große Kavanagh als Antwort auf den Befehl des kleinen Steinbergs. Er schlug Hitch auf den Arm. "Es ist genug für uns beide da, Hitch! Hehehe", erklärte er und zeigte auf die Tänzer. "Und schau mal, schau mal! Die Kleine dort ist genau richtig für dich, Shorty." Er zeigte auf eine kleine Frau, etwas pummelig und etwas älter als die anderen, aber sie war immer noch attraktiv. Der Boss nickte nur: "Denkt an meine Worte; verderbt ja nicht alles, nur weil ihr eine Frau wollt!"

Nachdem sie ihre Ausrüstung entladen hatten, zogen sie die Kanus ans Ufer, drehten sie über ihrer Ausrüstung um und machten sich dann auf den Weg zum Boot, wo der Tanz stattfand. Die Frauen waren bereit, ihre Partner zu tauschen und mit allen verfügbaren Männern zu tanzen, einschließlich Hitch und Kavanagh. Warner Burns blieb an der Seite stehen, bediente sich aber bereitwillig an den verfügbaren Getränken. Shorty stand in der Nähe der großen Kiste, die als Bar diente, und sprach mit einem anderen Mann, der in der Nähe stand.

"Waren Sie das, der mit den Kanus reingekommen ist?", wurde er gefragt. Die Frage kam von einem gut gekleideten Mann, der wie ein Gentleman aus der Stadt aussah, bis auf seinen ziemlich offensichtlichen Zinken, der schwer zu ignorieren war. Shorty sah den Mann an und versuchte, ihm in die Augen zu sehen, fand das aber schwierig und entschied sich, zu den Tänzern zu schauen, als er antwortete: "Ja, ich und drei andere Burschen sind auf der Jagd nach einem entflohenen Sklaven. Zuletzt wurde er an Bord eines Plattbodens gesehen und wir sind sehr bestrebt ihn zu finden. Sie haben nicht zufällig einen Farbigen in der Gruppe hier gesehen, oder?"

"Nein, das kann ich nicht behaupten. Aber man kann nicht sagen, was oder wer sich an Bord dieser Breithörner verstecken könnte." Der Mann streckte seine Hand aus: "Ich bin Ian Soames, und Sie sind?"

"Oh, Entschuldigung. Ich bin Shaheen Steinberg, aber ich reagiere auch auf den Spitznamen Shorty, aus offensichtlichen Gründen."

"Also, für diesen Neger, den Sie suchen, gibt es da eine Belohnung?" fragte Soames etwas nonchalant.

"Eine kleine, aber ein größeres Kopfgeld auf den Mann, der ihn mitgenommen hat. Ein weißer Mann namens Gabriel Stonecroft, der wegen Mordes gesucht wird."

"Mord? Dann muss es ein schlimmer Kerl sein."

"Nein, nicht unbedingt. Es scheint, dass er einen prominenten Bürger in einem Duell getötet hat, so sagt man, und die Belohnung wurde vom Vater des Toten ausgesetzt, einem ehemaligen Mitglied des Zweiten Kontinentalkongresses, der auch in anderen Kreisen gut vernetzt ist", erklärte Shorty und überspielte die Wahrheit für seine eigenen Zwecke.

"Und Sie und Ihre Männer erwarten, ihn einholen und ihn von ihren beiden Kanus aus fassen zu können?", fragte Soames und lachte darüber, weil er den Plan für eine Absurdität hielt.

Ihr Gespräch wurde plötzlich unterbrochen, als in der Mitte der behelfsmäßigen Tanzfläche auf der Kajüte des Plattbodenbootes ein Kampf ausbrach. Kavanagh und ein Mann vom Kielboot wollten dieselbe Frau und die Meinungsverschiedenheit entwickelte sich schnell zur Schlägerei, als ein Mann namens Smitty einen Schwinger losschickte, der Kavanagh auf den Rücken fallen ließ. Fassungslos krabbelte der große Mann auf seine Füße, zog sein Messer mit der langen Klinge aus dem Stiefel und duckte sich in die Hocke, die Arme weit ausgestreckt und das Messer bewegte sich von einer Seite zur anderen. "Dafür werde ich dich ausnehmen", erklärte Kavanagh, während die beiden Männer sich vorsichtig umkreisten. Von der Seite kam ein Schrei: "Smitty! Hier!", und ein Messer wurde dem Kämpfer entgegengeworfen. Er griff nach dem Messer, als es geworfen wurde, und gab Kavanagh eine plötzliche Öffnung in seiner Deckung, und der große Mann stürzte sich nach vorne mit der Schneide nach oben und stieß das Messer in den Unterleib des anderen Mannes. Mit der linken Hand schlug er Smittys Arm nieder, sodass der das geworfene Messer nicht mehr auffangen konnte, dann trat er nahe heran, packte das Hemd des Mannes und zog ihn tiefer in die Messerklinge.

Kavanagh grinste und zog die rasiermesserscharfe Klinge nach oben und öffnete den Bauch des Mannes, als dessen Augen vor Angst aufflackerten. Der Messer schwingende Kavanagh knurrte dem Mann ins Ohr: "Ich sagte, ich würde dich ausweiden, und das habe ich getan!" Er riss so heftig am Messer, dass die Klinge sich in Smittys Rippen verfing, und Kavanagh musste daran reißen, um es vom Knochen los zu bekommen. Der Körper fiel zu Boden und Blut und Eingeweide quollen aus der zerrissenen Bauchdecke. Kavanagh trat zurück, wischte die Klinge seines Messers an seinem Hosenbein ab und schob es zurück in seinen Stiefel.

Die Menge war verstummt und starrte den toten Mann und Kavanagh an. Der Mörder zuckte die Achseln. "Ich sagte ihm, ich würde ihn ausweiden, aber er glaubte mir nicht!" Er ging in die behelfsmäßige Bar und verlangte einen Drink. Zwei Männer schleppten die Leiche vom Kabinendach und warfen sie in den Fluss, wischten dann ihre Hände ab und kehrten auf die Tanzfläche zurück, wo die Musik wieder begann. Innerhalb weniger Augenblicke setzte sich die Frivolität fort, ohne dass noch einmal an den Toten gedacht wurde.

Ian Soames wandte sich an Shorty und sagte: "Das war einer meiner Männer, den er gerade ausgeweidet hat!"

Shorty grinste: "Ähm, und das war einer meiner Männer, der ihn abgeschlachtet hat!" Er kicherte: "Und Sie sagten etwas davon, dass wir die Männer an Bord eines Plattbodenboots bringen sollten?"

"Den Taten Ihres Mannes nach zu urteilen, sind Sie wohl nicht allzu wählerisch, wie Sie den Sklaven und seinen Freund einfangen, habe ich Recht?", fragte Soames.

"Der Mann, der die Belohnung zahlt, will nur den Kopf des weißen Mannes in einem Eimer, also nein, wir sind nicht allzu wählerisch", antwortete Shorty.

"Diese Belohnung, ist sie groß genug, um sie zu teilen?"

"Fünfhundert Dollar, vielleicht etwas mehr." Er wollte ihm weder von den zusätzlichen fünfhundert Dollar erzählen, die für Stonecrofts Kopf in einem Eimer angeboten wurden, noch von den zusätzlichen tausend Dollar, die Shorty persönlich versprochen wurden.

"Ich weiß vielleicht etwas über ihre Jagdbeute und da uns jetzt ein weiterer Mann fehlt, könnten wir noch mehr Männer gebrauchen. Wir sind auf dem Kielboot da drüben", nickte er zu dem einzigen am Ufer vertäuten Kielboot hinüber.

"Sie sagten, 'ein weiterer Mann fehlt'. Haben Sie sich bei unserem Ausreißer eine Schramme geholt?", fragte Shorty.

"Vielleicht. Ein Plattbodenschiff, das einige Fracht transportiert, die wir haben wollen, überraschte uns, als meine Männer versuchten es zu kapern, und wir verloren einen Teil unserer Besatzung. Ich glaube, es war ein Farbiger an Bord, aber wir waren nicht in der Nähe, und er ist vielleicht nicht derjenige, den Sie wollen. Wir haben auf die richtige Gelegenheit gewartet, es noch einmal zu versuchen, und wir müssen weitere Männer rekrutieren. Interessiert?"

"Was wissen Sie über dieses Boot?", fragte Shorty.

"Es kam aus Pittsburgh. Einige Farmer mit einer beträchtlichen Ladung Whiskey und ein paar Männer mit Pferden."

"Ist eines der Pferde ein großes, schwarzes, prachtvolles Tier?"

"Klingt richtig."

Shorty grinste und war sich sicher, dass sie über denselben Mann sprachen. Er wusste, dass Soames versuchen würde, alle Informationen über die Belohnung von ihm zu erhalten und dann alles dran setzen würde, ihn und seine Männer zu töten, um die gesamte Belohnung selbst einzusammeln, aber beide Seiten könnten dieses Spiel spielen, und Shorty glaubte mehr als fähig zu sein, mit den Besten von ihnen ein doppeltes Spiel zu treiben. Er streckte seine Hand aus: "Auf eine für beide Seiten vorteilhafte Partnerschaft!"

Soames kicherte und bot seine Hand an, um das Abkommen zu besiegeln. Dann füllten die beiden Männer ihre Gläser wieder auf, um auf ihr Abkommen anzustoßen. Shorty sah Kavanagh an: "Trink mit uns, Kavanagh. Das ist unser neuer Partner, Ian Soames!"

"Partner! Er ist nicht *mein* Partner! Ich teile meinen Anteil mit niemandem!", knurrte der große Mann.

"Aber er hat das Kielboot da drüben, und es könnten noch ein paar andere Wertsachen vergeben werden, die auch geteilt werden können! Außerdem weiß er, wo Stonecroft ist!"

24 KAPITEL VIERUNDZWANZIG
STROMSCHNELLEN

RUFUS UND HAMISH besetzten die Ruder und Lucius war an der Pinne, als das Boot sich wieder in die Strömung bewegte. Jedoch während Judson Whitehall und sein Sohn Boxley die Ruderstangen übernahmen, drehte Gabriel an der Ruderpinne, aber nur unter den wachsamen Augen von Lucius. Er wurde auf die Handhabung des kurzen Frontruders vorbereitet. Ezra bewegte sich auf dem Bug hin und her und hielt stets Ausschau nach Treibholz, Sandbänken und Wirbeln, die das Boot in die Tiefe des Flusses ziehen konnten, und natürlich wurde besondere Aufmerksamkeit auf jedes vorbeifahrende Kielboot oder jedes Flachboot gerichtet, dem sie begegneten. Persis war mit ihren Aufgaben am Herd zufrieden und man hörte sie oft eine Melodie summen. Manchmal sang sie in ein Lied. Sie hatte eine samtige Altstimme und die Männer hielten oft in ihrer Arbeit inne, um dem Mädchen zuzuhören, das den Geschöpfen des vorbeiziehenden Waldes ein Ständchen brachte.

Zwischen den Einsätzen an der Pinne rutschte Gabriel für eine Tasse Kaffee und ein paar Momente angenehmer Gesellschaft mit Persis vom Kajüten Dach hinunter. Sie lächelte ihn an, als sie ihm den Kaffee einschenkte: "Sie sind also auf das Niveau von uns anderen heruntergekommen, wie ich sehe."

Gabriel schaute sie finster an: "Was meinen Sie?"

"Nun, sie sind offensichtlich aus der höheren Gesellschaft und der wohlhabenden Klasse, aber keiner von uns ist es, also…" antwortete sie achselzuckend.

"Offensichtlich? Und worauf stützen Sie Ihre Schlussfolgerungen?", erkundigte sich Gabriel und glaubte, sie würden eine Art Ratespiel oder so etwas beginnen.

"Es ist leicht zu erkennen, dass Sie gut ausgebildet sind und so gehen, als gehöre Ihnen die Welt, doch Sie sind freundlich genug und sondern sich nicht ab, zumindest nicht absichtlich. Ich vermute also, dass Ihre Familie prominent, wahrscheinlich wohlhabend und von beträchtlichem Einfluss ist."

"Und Sie? Ihr Familienname, Putnam, ist bekannter als der Name Stonecroft. Immerhin waren Ihr Vater und Ihr Onkel beide Generäle im Krieg und haben sich mit Ehre ausgezeichnet, und doch halten Sie meine Familie und mich, von denen Sie nur sehr wenig wissen, für prominent."

Sie setzte sich hin, schaute zu Gabriel auf und ein leichtes Lächeln zog an ihren Mundwinkeln: "Sie haben Recht. Ich weiß so gut wie nichts über Ihre Familie und ich habe zu schnell geurteilt, verzeihen Sie mir".

Gabriel entspannte sich, setzte sich ihr gegenüber und sagte: "Nun, um ehrlich zu sein, Sie hatten größtenteils Recht. Der Grund, warum Ezra und ich hier sind, ist jedoch, um meiner Familie jede mögliche Vergeltung durch eine andere sehr prominente und rachsüchtige Familie zu ersparen. Schauen Sie, ich war in ein Duell verwickelt und der andere Bursche entschied sich dagegen, die richtige Art und Weise des *Code Duello* zu befolgen. Darum hatte ich keine andere Wahl, als mich zu verteidigen, und er wurde getötet."

"Sie glauben also, seine Familie wird Vergeltung fordern?"

"Ganz sicher. Sein Vater ist als ein sehr rachsüchtiger und skrupelloser Mann bekannt. Ich habe keinen Zweifel daran, dass uns Kopfgeldjäger auf den Fersen sind, während wir hier sprechen."

"Wollen Sie damit sagen, dass er ein Kopfgeld auf Sie ausgesetzt hat?", fragte eine sehr schockierte Persis.

"Er hat es schon bei anderen als Ungerechtigkeiten empfundenen Gelegenheiten getan, also ja, ich glaube, das hat er."

Persis schaute den Mann vor ihr an und sah ihn in einem ganz anderen Licht. Sie war ein wenig verwirrt über die gemischten Gefühle, die sich in ihrem Inneren rührten. Sie fragte leise und etwas zurückhaltend aber dennoch vertrauter: "Deshalb gehen sie mit Ezra also in die unerforschten Regionen weit weg?"

"Ja und nein. Wir gehen in den Westen, weil wir immer davon geträumt und geplant haben dorthin zu gehen, nicht weil wir weglaufen. Allerdings hatten wir nicht geplant, so bald zu gehen, aber so wie die Umstände waren, schien es ein günstiger Zeitpunkt zu sein."

Sie lächelte, als sie den Eintopf auf dem Herd kontrollierte und dann die Lade öffnete, um die Brötchen zu überprüfen. Dann wandte sie sich wieder Gabriel zu und sagte: "Nun, manchmal wirkt Gott auf geheimnisvolle Weise, um seine Wunder zu vollbringen!"

Gabriel kicherte und nippte an seinem heißen Kaffee: "Jetzt klingen sie wie Ezra!"

IM WEITEREN VERLAUF des Tages kamen sie gut voran. Lucius war recht geschickt darin, das Boot in der schnellsten Spur der Strömung zu halten. Sie passierten ein paar Plattbodenboote, die für ihre Mittagspause an Land gegangen waren, aber Lucius zog es vor, so lange in Bewegung zu bleiben, wie es Tageslicht gab. Am späten Nachmittag, als noch etwa zwei Stunden voller Tageslicht übrig waren, stieß Lucius das Boot an einem langen Uferstreifen an, der den Beginn einer langen Flussbiegung anzeigte. Er rief Gabriel zu: "Wir legen hier nur an, um eure Pferde abzuladen! Um die Biegung herum gibt es einige Stromschnellen und es wäre einfacher für sie und uns, wenn sie nicht an Bord wären!" Gabriel winkte verständnisvoll und machte sich auf zum hinteren Teil des Bootes, hielt aber inne, um zu Persis hinüber zu schauen: "Möchten Sie eine Runde reiten und mir helfen, die Pferde flussabwärts zu bringen?"

Sie lächelte und nickte: "Lassen Sie mich meinen Rock wechseln, ich bin gleich da!"

Als Gabriel sich unter der Ruderstange hindurch duckte, sagte Lucius: "Geht einfach durch den flachen Lauf dort drüben" und deutete auf eine Senke in den mit Bäumen bewachsenen Hügeln, "und ihr kommt an einem anderen kleinen Bach heraus, der euch zum Fluss unterhalb der Wasserfälle führt. Vielleicht kommen wir vor euch dorthin und legen an, falls ihr zuerst dort seid, könnt ihr einfach am Ufer auf uns warten und wir legen an und nehmen euch wieder an Bord. Ich möchte, dass Ezra an Bord bleibt und beim Staken an den Stangen hilft."

Gabriel nickte verständnisvoll und schob die Planken ans Ufer, und bald waren die vier Pferde von Bord geführt. Er hatte den Packpferden ein Halfter angelegt und den Rappen und Ezras Rotfuchs gesattelt und wartete auf Persis. Sie tauchte bald auf und hüpfte die Planken hinunter, gespannt auf das Abenteuer, mit Gabriel durch den Wald zu reiten.

Gabriel war überrascht zu sehen, dass sie einen Hosen-rock trug, denn er hatte noch nie zuvor einen gesehen. Aber noch mehr überrascht war er, als sie sich wie ein Mann in den Sattel setzte und ihn anlächelte, während er baff neben ihr stand. "Was ist denn los? Haben Sie noch nie eine Frau auf einem Pferd gesehen?"

"Äh, nicht so, nein."

"Oh, sie meinen mit einem Reitrock?! Ich habe ihn nur zu diesem Zweck geschneidert. Ich konnte das ganze Damensattel-Getue eh nie verstehen." Sie sah ihn an: "Nun, gehen wir oder nicht?"

Gabriel schüttelte den Kopf, schwang sich auf den Rappen, nahm die Führerleine der beiden anderen Pferde und ritt mit einem Blick über die Schulter zur lächelnden

Persis los. Sie schien im Umgang mit dem Rotfuchs recht geschickt zu sein.

RUFUS UND EZRA besetzten die Ruder, Judson und Boxley standen zur Unterstützung bereit, Lucius stand am Ruder und Hamish am kürzeren Frontruder. Lucius hatte seine Taktik erklärt, nämlich so weit wie möglich in der Mitte der Strömung zu bleiben und dabei bestmöglich Treibholz und Felsen zu vermeiden. Er würde Befehle erteilen, die sie sofort zu befolgen hätten. "Diese Stromschnellen fallen über einen Meter oder mehr in die Tiefe. Wir sind nur noch ein paar Meter von ihnen entfernt und sie sind unglaublich laut, also hört so gut es geht auf mich und schaut mich so oft an, wie ihr könnt." Die Männer nickten und traten an ihre langen Stangen und hielten sie vom Wasser fern, bis sie gebraucht wurden.

Als das Boot um die Kurve fuhr, kam eine lange, schmale Insel in Sicht und die Hauptströmung drehte nach rechts. Lucius lehnte sich in das Ruder und hielt das Boot geschickt in der langsam fließenden Strömung. Auf der rechten Seite zeigte sich eine breite Sandbank, die über Jahrtausende durch die Passage des großen Flusses gebildet wurde, der von flussaufwärts Schlick mit sich führte,. Es war fruchtbares Flussbodenland. Im Schatten der Bäume sah man den Rand einer Hütte, aber niemand war in Sicht. Die bewaldete Insel glitt an ihnen vorbei und gab langsam den Blick auf das höhere, bewaldete Ufer linker Hand frei. Ezra kniete nieder und schaute auf die Strömung, die an Geschwindigkeit zuzunehmen schien. Sie trug Schlamm, Treibholz und Geröll von einem Regenschauer flussaufwärts mit sich.

Lucius rief allen zu: "Da ist ein starker Strudel an der Seite dort drüben und ein großer Felsen hinter den Stromschnellen. Hamish! Pass auf diesen Wirbel auf und lenk uns daran vorbei!" Der große Mann hob seine Hand und winkte kurz zur Bestätigung, dass er die Anweisung verstanden hatte. Er drehte sich aber nicht um und hielt seine Augen auf das Wasser vor sich gerichtet. Alle Männer standen nun aufrecht im Boot, bereit für die kommenden Stromschnellen, als das Tosen des Wassers sie auf deren Nähe aufmerksam machte. Sie konnten das aufgewühlte Wildwasser sehen und die Körper der Männer waren vor Erwartung angespannt, die Hände griffen nach den langen Stangen zum Staken und fühlten, wie sie anfingen in ihren Händen zu federn, als das Boot an Fahrt gewann.

Als der Bug des Bootes auf das Wildwasser aufschlug, wurden die Geräusche der Stromschnellen von den Rändern des bewaldeten Ufers zurückgeworfen und erstickten die Befehle des Kapitäns. Ezra und Rufus drehten sich mit dem Rücken zum Bug und richteten ihre Aufmerksamkeit auf den Kapitän und achteten auf seine Befehle. Dieser kämpfte, das Breithorn mit flachem Boden durch das Wildwasser zu steuern. Das Boot schaukelte hin und her und hüpfte von vorne nach hinten, wobei Wasser über den Bug und die Seitendecks spritzte. Die Männer taumelten, um das Gleichgewicht zu halten, und griffen nach den Stangen. Plötzlich prallte die linke Ruderstange vom Boden ab und das Paddelende brach ab, so dass Ezra flach auf den Rücken fiel, immer noch die nun nutzlose lange Stange in seiner Faust. Er stand auf, schwankte, um das Gleichgewicht zu halten, und schwang das Ende der Stange längsseits, fixierte sie und beobachtete den Kapitän.

Lucius war zu sehr mit seinem eigenen Kampf beschäftigt, um sich mit dem gebrochenen Ruder zu beschäftigen. Sie würden das Boot ohne es handhaben müssen. Er bellte Rufus Befehle zu: "Zieh! Hart! Haltet uns von dem Wirbel fern!" Er nickte dem großen Strudel zu, der nach dem gebrochenen Ruder schnappte und begann, es in den Strudel zu saugen. Hamish kämpfte mit dem Frontruder, zog es hart gegen die Strömung, die mit dem Boot rang, und versuchte, es in den Wirbel zu ziehen. Ezra lief auf Hamish` Seite und fügte dem Ruder seine Kraft zusätzlich hinzu. Ezra sah, wie Judson losrannte, um Lucius ebenfalls zu helfen.

Das Boot buckelte und schwankte, das Knarren der Hölzer dämpfte das Rauschen der Stromschnellen. Immer wieder verlor der eine oder andere Mann den Halt und kämpfte darum, aufzustehen und beim Steuern des großen Breithornboots zu helfen. Aber das Boot war nicht für diese Art der Navigation konstruiert und gebaut worden, sondern nur ein einfacher Schleppkahn, und es war mehr ein Ringkampf für die unterlegene Besatzung. Die langen Ruder hüpften mit den Wellen, tauchten ein und sprangen wieder aus dem Wasser und kämpften gegen die geballte Kraft der ohnehin schon müden Männer an. Mit Entsetzen in den Augen beobachteten sie wie sich das Boot dem großen Wirbel näherte, aber sie kämpften weiter, zogen an den langen Rudern. Sie versuchten tapfer das Boot vom Strudel wegzureißen und das Tauziehen gegen den bösartigen Sog zu gewinnen.

So plötzlich, wie sie mit den Stromschnellen in den Kampf geworfen worden waren, wurden sie am anderen Ende ausgespuckt und trieben selig dahin, als sei nichts geschehen. Jeder Mann setzte sich auf seinen Platz, band die Ruder in Position fest und rang nach Luft, als hätten sie während des Kampfes den Atem angehalten. Langsam sahen sie einander an und aus Stirnrunzeln und finsteren Mienen wurde ein Grinsen. Sie kämpften sich auf die Beine und warteten auf die Befehle des Kapitäns.

"Wir werden dort drüben anlegen", erklärte Lucius und deutete zur Windschattenseite der Strömung, wo eine kleine Sandbank zwischen ein paar Bäumen lag. Sie begrenzte die auslaufende Hügelkette dahinter. "Ezra, wie wär's, wenn du und Judson an Land springen und uns festmachen würdet?" Ezra grinste, winkte dem Kapitän zu und ging die Leiter hinunter, dicht gefolgt von Judson.

25 KAPITEL FÜNFUNDZWANZIG
ÜBERLEBENDE

"UNTER HÄUPTLING CORNSTALK hatten die Shawnee das Land südlich des Ohio River an die Briten abgetreten. Das war vor etwa zwanzig Jahren. Aber durch den Krieg und nachdem die Britten das gesamten Land an die Staaten abgegeben hatte, haben die Shawnee bis zur Schlacht von Fallen Timbers einfach weitergekämpft. Erst der alte General Wayne hat die gute Tat vollbracht und die vereinte Konföderation besiegt. Sie verhandeln immer noch, aber es heißt, dass dieses gesamte Stück Land für eine neue Besiedlung zur Verfügung stehen wird. Wissen sie, das ist weiter östlich von dort, wo Ihre Leute sich niedergelassen haben", erklärte Gabriel, während die beiden auf dem schmalen Pfad durch die Wälder ritten und dem Tal durch die niedrigen Hügel folgten.

"Aber glauben Sie, dass jemals Frieden zwischen uns und den Eingeborenen herrschen wird?", fragte Persis, während sie den entspannten Ritt genoss. Sie lauschte dem Knarren des Sattelleders, dem Klappern der Hufe auf Stein und den Rufen der Vögel in den Bäumen.

"Nun, es gibt einige, die friedlich geworden sind. Ärger gibt es nicht nur von den Eingeborenen, sondern vor allem auch mit den Siedlern, die ihr Land wollen und bereit sind, fast alles zu tun, um die Stämme zu vertreiben. Aber nach allem, was ich gehört habe, gibt es, egal wie weit wir in die

Wildnis gehen oder das was wir Wildnis nennen, immer mehr und mehr Eingeborene, die schon lange vor den Weißen dort waren. Ich denke also, es braucht mehr als einen Mann vom Militär oder Politiker, die einen Vertrag ausarbeiten, um einen dauerhaften Frieden mit den Indianern zu schließen. Wir müssen lernen miteinander zu leben, einander zu respektieren und voneinander zu lernen. Und von dem wenigen, was ich über die Arbeitsweise der Politiker weiß, können sie nicht einmal selbst miteinander auskommen, geschweige denn mit jemandem aus einer anderen Kultur und mit einer anderen Geschichte."

Sie brachen durch den dichten Wald auf den Rücken des Hügels, der das darunter liegende Land und die Sandbank überragte, die sich knapp über eine halbe Meile Breite bis zum Ufer des Flusses erstreckte. Zu ihrer Rechten in nördlicher Richtung konnten sie sehen, wie der Fluss vor langer Zeit verlief, mit der Böschung des ursprünglichen Ufers, welches jetzt dicht von Büschen und Bäumen bedeckt war und als langer Kamm auf die entfernt liegende Flussbiegung zeigte. Vor ihnen erstreckte sich die mit Gras und Gestrüpp bewachsene Sandbank, von der Gabriel dachte, dass sie eines Tages wie so viele andere Flussauen sein würde, bedeckt mit langen Reihen gepflanzter Feldfrüchte, die von einem abenteuerlustigen Möchtegern-Farmer angelegt werden würden. Er blickte zu Persis und dann zurück zum Fluss: "Ich sehe das Boot noch nicht, aber es könnte an den Bäumen dort drüben festgemacht sein. Wir werden es nicht sehen können, bis wir näher dran sind."

"Ich habe den Ausritt so sehr genossen. Ich bin nicht besonders begeistert davon, wieder an Bord zu kommen", erklärte eine lächelnde Persis.

"Ich weiß, was Sie meinen. Ich sitze viel lieber im Sattel, als auf dem Deck eines Bootes zu stehen, aber es wäre vielleicht am besten, wenn wir da unten ein wenig dahinschlendern würden. Ich habe da hinten am Rand der Lichtung ein paar frische Spuren gesehen. Könnten von Shawnee sein. Das ist schließlich ihr Territorium."

"Wo? Wie viele? Haben Sie welche gesehen oder nur ihre

Spuren?", fragte sie verzweifelt und schaute sich um, drehte dabei ihren Kopf in alle Richtungen, als ob er auf einem Drehgelenk sitzen würde.

Gabriel lachte leise: "Da hinten ein Stück zurück, sah aus wie vielleicht drei oder vier, und alles was ich sah, waren lediglich ihre Spuren, also werden Sie nicht gleich nervös. Wir reiten einfach weiter, als ob alles in Ordnung wäre. Uns wird nichts passieren, aber wie wäre es, wenn Sie voraus reiten, damit ich den Pfad hinter uns im Auge behalten kann?"

Sie ritt im Trab auf dem Rotfuchs los und passte sich dabei an die Gangart des Pferdes an. Gabriel rief ihr hinterher: "Ruhig! Reiten Sie einfach Schritt, das ist schnell genug."

Sie zügelte den Fuchs, drehte sich um und sah Gabriel mit Angst in den Augen an und flüsterte ihm zu: "Beeilen Sie sich! Beeilung! Lassen Sie uns gehen!"

Die halbe Meile war in wenigen Augenblicken zurückgelegt und Persis richtete sich am Ufer des Flusses auf, stellte sich in ihre Steigbügel und suchte das breite Wasser nach dem Boot ab. Sie sah nichts, bis ihre Augen das nahe Ufer abtasteten. Sie beugte sich ein wenig vor, legte ihre Hand über die Augen, um nicht von der untergehenden Sonne und dem grell reflektierenden Licht auf dem Wasser geblendet zu werden, dann zeigte sie auf Gabriel und fragte: "Was ist das da am Ufer?" Er trieb seinen Rappen an ihre Seite und schaute zu der Stelle, wohin sie zeigte, blickte finster drein und stieg ab. Er ging zum Ufer und sah etwas, das aussah wie ein Kleidungsstück oder ein Stück Stoff, das auf den Uferstreifen gespült worden war. Er schob das Gebüsch beiseite und ging näher heran Da erkannte er die Gestalt einer Frau, beschleunigte seinen Schritt und ging auf sie zu. Er kniete sich hin, rollte sie auf den Rücken und suchte nach irgendeinem Lebenszeichen, als ein Flattern der Augenlider seine Aufmerksamkeit erregte. "Ma'am, Ma'am, wo sind Sie verletzt?"

Ein Stöhnen kam von der Frau, deren nasses Haar und Schlamm einen Großteil ihres Gesichts bedeckten. Sie versuchte, einen Arm zu bewegen und die Augen zu öffnen. Mit Panik im Blick versuchte sie, sich zu rühren, um dem Mann zu entkommen, der sie jetzt festhielt. Sie schnappte nach Luft und rief: "Nein! Nein!"

"Ma'am, ich werde Ihnen nicht wehtun! Wir haben Sie gerade gefunden!" Gabriel versuchte sie zu beruhigen. Persis kam an seine Seite und kniete neben der Frau nieder.

"Wir sind hier, um Ihnen zu helfen", erklärte sie tröstend. Als sie eine andere Frau sah, atmete das völlig durchnässte Opfer ruhiger und hielt sich an der Hand von Persis fest. "Wo sind Sie verletzt?", fragte Persis.

"Mein Hals, er wollte mir die Kehle durchschneiden, und dann stach er mir in den Rücken, bevor er mich aus dem Boot warf", antwortete sie, kämpfte um jedes Wort und sog schwer die Luft ein.

Persis untersuchte zuerst den Hals der Frau und es zeigte sich keine Verletzung, aber nachdem sie sie auf die Seite gedreht hatte, sah sie Blut auf dem Rücken der Frau, das von einer Stichwunde in ihrem Mieder herrührte. Persis versuchte den Schnitt mit etwas Material, das sie aus dem Unterrock der Frau gerissen hatte, zu verschließen. Sie rollte die Frau dann wieder auf den Rücken und half ihr beim Aufsetzen.

"Ihre Kehle scheint nicht verletzt zu sein, aber Ihren Rücken werden wir besser versorgen können, wenn unser Boot hier ankommt", erklärte Persis.

"Oh, es muss mein Tucker und mein Mob gewesen sein, die mich gerettet haben", erklärte die Frau.

Gabriel blickte finster drein: "Ihr was?"

Persis kicherte: "Ein Tucker ist ein Rüschenkragen, den man um den Hals trägt oder der an einem Kleid festgenäht wird und der Mob ist die Mütze, die an den Seiten zwei Stofflappen zum Festbinden hat, damit Gesicht und Hals vor der Sonne geschützt sind."

Gabriel hob langsam seinen Kopf: "Oh."

Persis wandte sich an die Frau: "Mein Name ist Persis, und das ist Gabriel. Darf ich Ihren Namen erfahren?"

"Natürlich, ich bin Charlotte Pelletier. Wir waren auf dem Rückweg nach Gallipolis mit einigen Waren für die Farm, die wir in Pittsburgh gekauft hatten, als wir von Freibeutern oder Flusspiraten oder was auch immer angegriffen wurden. Unser Boot hatte die Stromschnellen überwunden und sie lagen mit ihrem Kielboot auf der Lauer. Sie kamen so schnell auf uns zu; die Männer haben alle nur einen Schuss abfeuern können." Sie ließ den Kopf sinken, zog ihre Nase hoch und unterdrückte ein Schluchzen. Dann hob sie die Augen und fuhr fort: "Sie haben alle anderen getötet und versucht, auch mich zu töten. Wir waren vier Männer und zwei Frauen, und sie brachten sie alle um, dann nahmen sie alles an Gütern mit und steckten das Boot in Brand. Sie entdeckten uns, Millicent und mich. Sie erschossen Millicent sofort, weil sie eine Kämpferin war, warfen sie über Bord und gingen dann mit einem Messer auf mich los. Ich war mir sicher, dass ich sterben würde, aber irgendwie schaffte ich es bis zum Ufer. Ich sah, wie das Boot genau an der Flussbiegung dort unterging", sie nickte dabei stromabwärts.

Gabriel stand aufrecht, suchte das Wasser ab und sah, wie ihr Boot etwa vierzig Meter flussaufwärts an das Ufer stieß. Er wusste, dass sie sie wegen des dichten Gestrüpps entlang des Ufers nichts sehen konnten, aber es war machbar für sie, diese kurze Strecke zu schaffen. Er wandte sich an Persis: "Das Boot legte nur ein kurzes Stück flussaufwärts an. Ich nehme die Pferde und komme gleich wieder zurück." Er schaute Charlotte an: "Wir sind gleich wieder da und bringen etwas zum Tragen, also versuchen Sie nicht zu laufen." Beide Frauen nickten und sahen zu, wie Gabriel sich abwandte, um die Pferde zu greifen und Hilfe zu holen.

Als Gabriel die Pferde am Ufer in der Nähe des Bootes anband, trat Ezra aus den Bäumen hervor und sah sich um. Er fragte: "Äh, hast du nicht etwas verloren?"

"Nö. Ich habe etwas gefunden!"

Ezra sah sich noch einmal um: "Ich weiß nicht. Ich bin mir ziemlich sicher, dass du mit einer Frau weggeritten bist, aber jetzt hast du keine mehr dabei. Das heißt also, du hast etwas verloren."

"Nö. Ich habe etwas gefunden und du wirst mir helfen es zu bergen." Er stieg in das Boot und holte ein breites, etwa zwei Meter langes Brett, dann bedeutete er mit einem Kopfnicken, dass Ezra mitkommen solle. Als die beiden Männer durch das Gebüsch und ans Ufer traten, legten sie das Brett neben die Frau, und Gabriel sagte grinsend: "Steigen Sie in Ihre Kutsche, Ma'am."

Sie lächelte und streckte Persis die Hand für Unterstützung entgegen und lehnte sich auf dem Brett zurück, als Gabriel Ezra vorstellte: "Das andere Ross, das Ihre Kutsche ziehen soll, ist als Ezra bekannt. Ezra, das ist Charlotte Pelletier."

"Gnädige Frau, ich freue mich, Ihre Bekanntschaft zu machen, und im Gegensatz zu dem, was mein Freund andeutet, bin ich kein Ross!"

Die Frauen kicherten ein wenig und die Ungezwungenheit schien die Verletzte aufzumuntern, als sie sich am Brett festhielt, während sie sich durch das Gebüsch entlang des Ufers kämpften. Sobald sie sicher an Bord und in der Kajüte waren, übernahm Persis das Kommando und machte einen Stapel aus Decken für die Frau. Sie unterhielten sich währenddessen die ganze Zeit und machten sich miteinander vertraut. Der Zeit und der Situation entsprechend erwies sich die Frau als sehr robust und willensstark und bestand darauf zu helfen, wo sie konnte. Während eine schwächere Frau, die solch einen Verlust erlitten hatte, eine weinende, hilflose Heimatlose gewesen wäre, erwies sich Charlotte als recht widerstandsfähig, und es entwickelte sich schnell eine Freundschaft zwischen den beiden Frauen.

26 KAPITEL SECHSUNDZWANZIG
KRIEGSLIST

"ES GAB KEINE WARNUNG! Die Männer waren erschöpft von den Stromschnellen und hatten sich hingesetzt, weg von ihren Waffen. Als das Kielboot sich zu nähern begann, rannten sie zu ihren Gewehren, aber es war zu spät. Unsere Männer konnten jeweils einen Schuss abgeben, bevor sich die Freibeuter mit Enterhaken das Boot greifen konnten, und, oh! So unerwartet! Es war schrecklich", verkündete Charlotte und bedeckte ihr Gesicht mit den Händen und schluchzte. Die beiden Frauen waren in der Kajüte und Persis hatte den Verband um die Stichwunde am Rücken der Frau erneuert. Sie saßen Tee trinkend zusammen, während Charlotte ihre Erinnerungen teilte.

"Jetzt bist du in Sicherheit. Wir haben mehr Männer, mehr Gewehre und eine gute Mannschaft. Ich bin sicher, dass dir kein weiterer Schaden zugefügt wird", ermutigte Persis sie, wenn sie auch selbst etwas verunsichert war. Gabriel hatte ihr von dem ersten Angriff auf das Boot und ihrer erfolgreichen Verteidigung erzählt, aber das lag vor allem daran, dass Gabriel an Land gewesen war und die Angreifer überrascht hatte. Vielleicht hätten sie beim nächsten Mal nicht mehr so viel Glück.

"Ich glaube, wir sind nur noch zwei Tage von Gallipolis entfernt", sagte Charlotte. Es war mehr eine Frage als eine Feststellung.

"Ich glaube schon, ja, aber wir müssen eines der langen Ruderpaddel für das Boot reparieren, bevor wir weiterfahren können. Die Männer arbeiten gerade daran", erklärte Persis und nippte an ihrem Tee. Sie blickte zu Charlotte, die sich ein wenig in ihrer Sitzposition drehte, offensichtlich unbehaglich durch die Wunde, obwohl diese nicht so ernst war wie zunächst angenommen. Sie war durch ihr Mieder, welches man eines Tages Korsett nennen würde, geschützt worden. Persis fragte: "Ich dachte, Gallipolis sei eine französische Siedlung?"

"Oh, das ist es auch! Seit sich die 'Französischen 500' dort niedergelassen haben, die meisten davon vor nunmehr fünf Jahren. Aber wir hätten die Stadt fast verloren, als die Briten herausfanden, dass unsere Landtitel nichts taugen. Wir hatten das Land über die Scioto Company gekauft, aber denen gehörte das Land gar nicht und daher hatten sie kein Recht, es zu verkaufen. Aber das Letzte, was wir hörten, war, dass der Präsident unseren Leuten das Land zur Verfügung stellen wollte."

"Ich verstehe nicht. Du klingst nicht Französisch, aber bist ein Teil der Siedlung?", fragte Persis.

Charlotte lächelte: "Weißt du, als die Franzosen kamen und in Alexandria landeten, brauchten sie einen Führer, der sie durchs Land brachte, und mein Bruder Charles wurde ausgewählt. Aber sie brauchten auch einen Dolmetscher und da ich fließend Französisch spreche, empfahl Charles mich. Damals lernte ich Alexandre kennen, der Offizier unter dem Grafen Jean-Joseph de Barth war. Er war der Anführer der Gruppe, und wurde später mein Mann." Sie lächelte über die Erinnerung, lehnte sich zurück und nippte an ihrem Tee, aber ihre Augen füllten sich mit Tränen, als sie über das Scharmützel nachdachte und sich daran erinnerte, dass ihr Mann tot war.

Ihre Plauderei wurde durch ein Geschrei auf der Kajüte unterbrochen und beide Frauen gingen nachsehen, was es mit dem Krawall auf sich hatte. Die Männer hatten eine lange Tulpenpappel an Bord gebracht, die von allen Trieben befreit worden war und nun von Hamish und Gabriel beschnitten und geformt wurde. Lucius, Rufus und Judson waren mit dem neuen Ruderblatt beschäftigt und Boxley war zum Aufräumdienst abkommandiert worden. Ezra hatte die Pferde an Land gebracht, um frisches Gras zu suchen. Persis kletterte auf die Leiter, um sich umzuschauen und zu fragen, ob jemand für einen Kaffee bereit sei, woraufhin alle mit ihrer Arbeit aufhörten und mit einem stürmischen "Ja!" antworteten. Schnell ging Persis zum Ofen und heizte das Feuer an.

"Ich weiß einfach nicht, was wir sonst noch tun können! Wir haben jemanden, der die ganze Zeit Wache hält, unsere Waffen sind geladen und positioniert, und jeder weiß, wo er im Falle eines Angriffs sein soll. Was können wir sonst noch tun?", fragte Lucius und sah sich im Kreis der Männer um.

"Man kann einfach nicht wissen, was sie tun werden, oder auch nur, welche Piratenbande es sein wird", fügte Hamish hinzu. "Was wir schon einmal gesehen haben, ist, dass sie nachts angreifen und versuchen werden, das Boot zu versenken, oder wie sie es schon einmal getan haben - sie erwischen uns, wenn wir um eine Kurve kommen und versuchen, uns zu überfallen oder vom Ufer aus unter Beschuss zu nehmen. Das hätten auch wir sein können, als sie jenes Boot nach den Stromschnellen überfielen." Die anderen nickten zustimmend mit dem Kopf und schauten in ihren Kaffee, während ihre Augen vor lauter Nachdenken und sich das Hirn zermartern glasig wurden.

"Ich erinnere mich, dass mein Vater immer sagte, es sei besser anzugreifen als zu verteidigen, aber nicht zu wissen, wo oder wer sie sind, macht das zu einer wirklichen Herausforderung. Aber eines weiß ich... ich wäre lieber an Land, als in der Kajüte eingesperrt zu sein und durch ein kleines Loch zu schießen", gab Gabriel zu bedenken. Die anderen kicherten und nickten zustimmend.

Als die Männer zu ihren Aufgaben zurückkehrten, sprach Lucius mit Gabriel: "Wenn wir überfallen werden, bin ich auf dich und Ezra angewiesen. Keiner von diesen Männern ist ein Kämpfer und ihr habt euch bereits bewährt!"

Gabriel schaute sich um: "Ich glaube, all diese Männer sind kampffähige Männer. Sie und Hamish haben das sicherlich bewiesen, und ich denke, Rufus und Judson und sein Sohn werden das gut machen. Sogar die Frauen in der Kajüte; sie haben beide Rückgrat!"

SIE MACHTEN sich auf den Weg, als Persis und Charlotte das Mittagsmahl fertig zubereitet hatten, und die Männer aßen in Schichten, um die verlorene Zeit ein wenig aufzuholen. Zu Beginn waren alle angespannt, als sie von einem Kielboot überholt wurden, aber es war ihnen nicht vertraut und die Besatzung schien freundlich gesinnt zu sein und winkte beim Vorbeifahren. Dennoch blieben die Männer für den Fall eines Überraschungsangriffs in der Nähe der ihnen zugewiesenen Plätze, aber das Kielboot glitt an ihnen vorbei ohne Zwischenfall.

Am späten Nachmittag hatte Lucius die weite Biegung, die den Fluss ein Stück weit nach Westen führte, überwunden und folgte dem Fluss weiter in nun wieder südlicher Richtung. Der Kapitän entschied sich am nördlichen Ufer anzulegen, dort, wo ein paar Hütten auf neue Siedler auf dem langen Streifen der Flussaue hinwiesen. Als sie das Boot festmachten, zog Lucius sein Signalhorn heraus und ließ es laut und deutlich ertönen, wobei er sein Signal wiederholte, als er sich auch dem Südufer zuwandte. Er blickte die Männer an: "Vielleicht bekommen wir sogar ein paar Shawnee zu Besuch, wir haben schon früher mit ihnen gehandelt, aber das war, bevor diese neuen Siedler hier ihre Hütten bauten. Vielleicht müssen wir auf die andere Seite des Ufers wechseln, falls wir hier keinen Handel treiben können."

Aber sie sollten nicht enttäuscht werden. Vier Paare kamen ans Ufer, eines davon mit einem zweirädrigen Wagen, der mit Fellen und Gemüse für den Tauschhandel beladen war. "Hallo!", erklärte ein bärtiger, grauhaariger Mann mit Hochwasserhosen, die von Hosenträgern gehalten wurden und dabei seine abgetragenen Stiefel zum

Vorschein brachte. Sein Leinenhemd hatte zahlreiche Gebrauchsspuren und man sah ihm die vielen Wäschen an. Das Hemd weigerte sich, selbst mit Hilfe der Hosenträger, in der Hose zu bleiben. Sein breites Grinsen teilte seinen Schnauzbart und zeigte tabakbefleckte Zähne, die nicht sehr zahlreich waren, und in seinen Augen tanzte der Schelm. Seine Frau trug ein langes Wollkleid und stellte einen fast ebenso langen Gesichtsausdruck zur Schau. Dünnlippig und grauhaarig, sprach sie nie ein Wort, grunzte aber oft über die Bemerkungen ihres Mannes. Die anderen drei Paare hatten ähnliche Gesichtszüge, und Gabriel war der Meinung, dass es sich um eine Großfamilie handeln müsse, was sich bald als zutreffende Annahme herausstellte.

Am Ende tauschten sie ein Fass Whiskey, einen der verbleibenden drei Herde, die restlichen Schweine und die Hälfte der verbleibenden Hühner gegen einen Stapel Felle, darunter das eines Panthers, zwei Dachse, ein Stinktier, acht Rehe, zwei Bären und vier Scheffel frisches Gemüse, darunter drei Sorten Kürbis, Karotten, Salat, Kohl, Bohnen und Okra. Persis und Charlotte freuten sich besonders über die Vielfalt des Gemüses und Charlotte sagte: "Was immer ihr Leute nicht wollt, ich bin sicher, dass meine Leute in Gallipolis es eintauschen werden!"

Mehrere Leute warteten Am Südufer, und sobald ihr Handel mit der ersten Gruppe abgeschlossen war, zogen sie dorthin und begannen von vorn. Aber zum Abendessen war das Feilschen abgeschlossen, das Boot war sicher vertäut, und die Männer waren richtig hungrig.

Gabriel war mit den Pferden an Land gezogen und hatte sie in einem abgeholzten Bereich nahe der Baumgrenze eingezäunt. Der Platz war gut von einer Hecke aus Felsen, Bitterbeere Büschen und Knopfbüschen geschützt. Er lehnte seinen Sattel gegen einen großen Zuckerahorn und rollte seine Decken aus. Der Baum stand auf einer leichten Erhebung und wenn Gabriel stand, konnte er über das Gestrüpp auf die Sandbank und zum Boot blicken. Bei einem Dreiviertelmond würde er den größten

Teil der Gegend um die Anlegestelle herum gut sehen können.

Die Sonne hatte ihre letzten glitzernden Farbtupfer vom ruhigen Fluss zurück reflektiert bekommen und Gabriel hatte das Schauspiel der göttlichen Schöpfung genossen, bevor er sich um jedes der Pferde kümmerte. Sie genossen zufrieden das hohe Gras und hoben ihre Köpfe, als er sich ihnen näherte. Sein Rappe Ebenholz wieherte leise als Gabriel näherkam. Er trat zu ihm und der große Hengst steckte seine Nase unter Gabriels Arm, um sich seine Portion Streicheln und Kraulen abzuholen. Das war schon fast ein festes Ritual zwischen den beiden Freunden. "Braver Junge. Hast du mich vermisst, na, hast du?" Er streichelte den Hals des Pferdes und fuhr mit den Fingern durch die Mähne des kräftigen Rappen, als Ebenholz seinen Kopf hob, die Ohren spitzte und zum Fluss blickte. Gabriel drehte sich um, um zu sehen, wie Persis auf sie zukam. Das Gras reichte ihr bis zur Taille und es sah so aus, als würde sie durch das Grün schwimmen. Die Szene wurde noch weichgezeichnet durch das nachlassende Licht der Dämmerung.

Sie sah, dass sie beobachtet wurde, winkte und rief: "Ich dachte, Sie möchten vielleicht einen Kaffee, bevor Sie sich schlafen legen", und hob eine Kanne und eine Tasse hoch. Er winkte zurück und machte sich auf den Weg zu seinem Sitzplatz unter dem Ahorn, wobei er einen flachen Stein in die Nähe schob, entweder für Persis oder die Kaffeekanne, sie konnte wählen.

Als sie auf seinen Decken saßen, die Kaffeekanne auf dem Stein, fragte Persis: "Sie denken doch nicht, dass das Kielboot, das an uns vorbeigefahren ist, Piraten waren, oder?

"Oh, wahrscheinlich nicht. Es gibt mehr ehrliche Bootsführer als Piraten und wir können nicht einfach denken, nur weil es ein Kielboot ist, bedeutet das, dass es zwangsläufig Piraten sind. Sie wirkten recht freundlich und niemand kam uns bekannt vor, also waren es wahrscheinlich eher keine Piraten", antwortete Gabriel.

Sie saßen für eine kurze Weile beieinander, aber als die Dämmerung ihren Mantel der Dunkelheit fallen ließ, um die Baumkronen zu küssen und die Schatten der Nacht sich ausdehnten, sagte Gabriel: "Ich bringe Sie besser zum Boot zurück. Sie könnten sich verirren!"

"Ha! Ich liebe die Nacht und ich kann meinen Weg mit Hilfe der Sterne finden", erklärte sie lächelnd. "Aber da Sie ein echter Gentleman sind, lasse ich Sie die Dame zurückbegleiten." Während sie durch das hohe Gras gingen, sahen sie zu, wie die ersten Sterne ihre silbernen Laternen entzündeten und die Sternbilder begannen, ihre Bilder über den Himmel zu malen. Persis zeigte auf das Sternbild, das einige den Großen Wagen nannten: "Schauen Sie mal, da ist Ursa Major."

Gabriel lächelte und zeigte: "Und da, sehen Sie die drei Sterne in einer Reihe? Das ist Orion, der mächtige Jäger!"

Sie lachten miteinander, genossen die kurze Pause von der Arbeit und den Sorgen des Tages, wurden aber still, als sie sich dem Boot näherten. Alle hatten sich hingelegt, weil sie wussten, dass der morgige Tag einen frühen Start erfordern würde, aber Ezra stand still im Schatten und beobachtete und lauschte, wie die Wellen ihren Rhythmus gegen den Rumpf schlugen. Gabriel gab Persis eine Hand, hörte aber ein Zischen aus dem Schatten und erstarrte an Ort und Stelle, die Augen auf Ezra gerichtet. Er drückte Persis gegen die Kajüte und machte sich heimlich auf den Weg zu Ezra, aber der war zum Seitendeck gegangen und lehnte sich leicht über die Reling und blickte auf das Wasser. Gabriel sah, dass sein Freund seine Kriegskeule auf Schulterhöhe in der Hand hatte.

"Ich mag es nicht, wenn sich Leute in der Nacht auf unser Boot schleichen!" Er sprach in einem ruhigen, normalen Ton, hob aber langsam die Kriegskeule an. Plötzlich schwang er die Keule nach unten, und Gabriel hörte ein *grausiges Geräusch*, das ihn an das Platzen einer Melone denken ließ, gefolgt von einem erstickten Schrei und panischem Geplätscher im Wasser. Es folgte ein Kratzen von etwas Scharfem auf dem Holz, dann kehrte das rhythmische

Geplätscher der Wellen zurück. Ezra beugte sich vor, tauchte die Klinge seiner Kriegskeule ins Wasser, richtete sich dann auf und wandte sich Gabriel zu.

"Ich weiß nicht, ob es noch mehr gibt, aber wir sehen besser mal nach."

Gabriel nickte und die beiden begannen in entgegengesetzte Richtungen, das Wasser nach weiteren zweibeinigen Ratten abzusuchen. Ezra ging zum Bug und Gabriel zum Heck, außer Sichtweite von Persis, die wie erstarrt im Schatten stand. Plötzlich kam ein Schuss vom Heck des Bootes, dann ein weiterer, dann Stille. Die anderen oben in der Kajüte wurden schnell wach und suchten in der Dunkelheit nach der Ursache der Schüsse. Lucius war der erste, der rief: "Es ist Gabriel, hier am Heck!"

Gabriel hatte sich auf den Weg zur Vorderseite des Bootes gemacht, wo sich nun auch die anderen mit Ezra und Persis versammelt hatten. Als sie zu Gabriel blickten, nickte er Ezra zu, damit dieser ihnen die Situation erklärte. "Ich glaube, sie versuchten den Trick, von dem du uns erzählt hast, Kapitän. Ich erwischte einen hier an der Seite des Bootes und als er versuchte, ein Messer zu werfen, entmutigte ich ihn ganz schnell. Dann trennten wir uns und ich schätze, Gabriel fand 'nen weiteren. Richtig?"

Gabriel kicherte: "Hmmm, ja. Ich habe ihm beim ersten Schuss leider nur die Flügel gestutzt, aber der zweite Schuss hat ihn dann versenkt. Ich brauchte einen Moment, um den Abzug für den zweiten Pistolenlauf umzudrehen. Ich war froh, dass ich einen zweiten Pistolenlauf hatte, denn ich brauchte den zweiten Schuss dringend!"

"Dann müssen wir das Boot unten auf ein eventuelles Leck prüfen. Normalerweise versuchen sie, die Abdichtung herauszuziehen oder Löcher in das Holz zu bohren. Wenn wir uns jetzt an die Arbeit machen, können wir den Schaden reparieren und trotzdem gut schlafen." Die Männer machten sich sofort an die Arbeit, aber es wurden keines Lecks gefunden. "Ich denke, ihr beide habt sie erwischt, bevor sie Schaden anrichten konnten, aber die geben sich sicher noch nicht geschlagen. Wir müssen also doppelt wachsam sein!", erklärte Lucius. Alle Männer nickten und drehten sich weg, um zu ihren Decken zu gehen. Persis überraschte Gabriel mit einer Umarmung, um ihn dann zu seinem Platz bei den Pferden zurückzuschicken, und er lächelte den ganzen Weg über.

27 KAPITEL SIEBENUNDZWANZIG
PIRATEN

DAS SCHWACHE GRAU des frühen Morgenlichts zeigte Gabriel als schemenhafte Silhouette, als er die Pferde zum Breithorn führte. Lucius war schon vor einer Weile aufgestanden, um auf ihn zu warten, und winkte ihm mit einer Hand zu, als er durch das Hartriegelgebüsch kam. Gabriel schob die Äste, die mit weißen Blüten bedeckt waren, zur Seite. Er wollte gerade einen Morgengruß erklingen lassen, wurde aber durch eine rasche Handbewegung des Kapitäns zum Schweigen gebracht. Als Gabriel näher kam, beugte sich Lucius über das Seitendeck und sprach leise: "Ich denke, nach diesem Versuch gestern Abend sind die Piraten nicht allzu weit weg. Wir sind fast zwanzig Meilen von Gallipolis entfernt und es liegt nicht viel zwischen hier und dort. "Er stand aufrecht und zeigte stromabwärts: "Gleich hinter dieser Biegung erhebt sich das Ostufer zwei- bis dreihundert Meter hoch. Es ist steil, aber mit dichtem Wald bewachsen. Die hochgewachsenen Bäume reichen bis zur Wasserlinie hinunter und es wäre ein erstklassiges Versteck für Piraten. Natürlich kann man das nicht mit Sicherheit wissen, aber wenn ich einer wäre, könnte ich ein Boot ganz einfach in diesen Bäumen verstecken." Er hockte sich neben das Seitendeck und schaute Gabriel ernst an: "Das letzte Mal hast du uns das Leben gerettet, weil du in den Bäumen warst, und es würde mir sicher besser gehen, wenn ich wüsste, dass du wieder mitten unter ihnen wärst."

Persis hatte den Kapitän sprechen gehört und spähte um die Ecke des Bootsaufbaus, um Gabriel zu sehen, der sich dem Boot näherte. Sie lächelte, wandte sich ab, holte eine dampfende Tasse Kaffee und kehrte mit einem Lächeln zurück, das Gabriel für heller als das Morgenlicht hielt.

Er lächelte sie an und griff nach dem angebotenen Becher, "Danke, gnädige Frau", erklärte er. "Ich glaube nicht, dass ich zum Frühstück in der Nähe sein werde, aber wenn Sie ein paar von diesen Brötchen haben, würde ich sie gerne mitnehmen, wenn es Ihnen nichts ausmacht."

"Sie sind fast fertig, also werde ich Ihnen welche holen", antwortete sie und lächelte schüchtern.

Gabriel wandte sich wieder an den Kapitän: "Ich möchte, dass Ezra mit mir kommt, wenn du ihn entbehren kannst."

"Natürlich. Ich werde Hamish und Rufus oben bei mir haben, und Judson und sein Sohn können sich um die Dinge in der Kajüte kümmern. Die Frauen können nachladen, wenn nötig, oder sogar ein Gewehr benutzen, wenn sie es sich zutrauen."

"Gut. Ich glaube, ihre Taktik beim letzten Mal bestand darin, das Boot zum bevorzugten Ufer zu locken, indem sie vom fernen Ufer aus auf euch geschossen haben. Sie hatten wohl angenommen, ihr würdet ans nahe Ufer rüber wechseln, wo der Rest von ihnen auf der Lauer lag. Vielleicht versuchen sie das noch einmal."

"Es gibt viele verschiedene Taktiken, die sie anwenden, wie sie es mit Charlottes Boot getan haben. Sie benutzten eine List, um an die Boote heranzukommen, und eröffneten dann das Feuer auf sie. Wir müssen uns einfach vor jedem Trick hüten", schlug der Kapitän vor.

Ezra hatte die Planken ans Ufer geschoben, weil er dachte, Gabriel würde alle Pferde an Bord laden, aber als er seinen Freund ansah, erklärte dieser ihm seinen Plan. Sie luden nur die Packpferde auf das Boot und Ezra brachte seinen Sattel und seine Ausrüstung von dem Kahn herunter, um sich für den Tagesritt vorzubereiten. Als er den Sattel-

gurt straffte, war Persis mit Gabriels Brötchen zurückgekehrt, und als sie Ezra sah, sagte sie: "Ich nehme an, ich
muss noch ein paar Brötchen mehr bringen? Und hätten Sie
gerne noch etwas dazu für später?"

Gabriel kicherte: "Nein, nur die Brötchen, sie werden
reichen", dann biss er in eines der noch recht warmen
Gebäckteilchen. Es war mit Butter und Honig gefüllt, den
sie beim Handel von einem Farmer eingetauscht hatten. Als
Persis zurück zur Kajüte ging, rief Gabriel: "Äh, vielleicht
auch noch paar zusätzliche Brötchen für mich?" Sie lächelte
und drehte sich weg, um ihre morgendliche Mission zu
erfüllen.

"DIESE BEIDEN SCHWACHKÖPFE, die Sie gestern Abend
geschickt haben, haben den Job anscheinend nicht erledigt",
höhnte Ian, als er den Kapitän des Kielbootes, Jacob Langdon, ansah.

"Es waren gute Männer. Sie haben mich noch nie
enttäuscht, aber ich vermute, dass ihnen etwas zugestoßen
ist."

"Das Boot sollte mit Wasser vollgelaufen sein und in den
Untiefen am Ufer feststecken, aber ich würde darauf
wetten, dass sie sich schon auf die Fahrt gemacht haben",
knurrte Ian Soames.

Shorty war zum Vorschein gekommen, als er die
Männer reden hörte. Er rieb sich den Schlaf aus den Augen,
streckte sich und fing einen von Soames bösen Blicken ein.
"Ich vermute aufgrund Ihres Gesichtsausdrucks und eures
Streits, dass der erste Teil eures Plans nicht geklappt hat,
habe ich recht?"

"Sie haben Recht! Dieser, dieser", antwortete er und
zeigte dabei auf den bauchigen Kapitän, der dastand und
ständig seine Hosen hochzog, die immer über seine fette
Bauchmitte zu rutschen schien, "diese armselige Version
eines Kapitäns schickte ein paar Schwachköpfe los. Den Job
hätte ein Mann allein erledigen können. Jedenfalls, die
beiden sind nicht zurückgekehrt!" Soames wandte sich ab,

um sich an das Seitendeck zu lehnen, blickte flussaufwärts und sah, wie das gedämpfte Licht des Morgens begann, die ersten Strahlen auf den Wellen zu reflektieren.

Shorty blickte von dem sich duckenden Kapitän zu dem wütenden Soames, dann schaute er auf den Fluss und auf das andere Ufer und dachte einen Moment nach. Er lehnte sich auf das Wasser hinaus, schaute sowohl flussaufwärts als auch flussabwärts, richtete sich dann auf und schaute Soames an. "Geben Sie mir ein paar Ihrer Männer mit, und ich und meine Leute nehmen sie mit ans andere Ufer. Wir kommen von dort und halten sie an, als ob wir handeln wollten, und dann schlagen wir hart und schnell zu. Dann können Sie und Ihre Männer den Spaß mitmachen und wir teilen später die Beute auf!" Er grinste breit, als hätte er gerade die Probleme aller gelöst und lehnte sich gegen die Reling, um auf eine Antwort von Soames zu warten.

Soames warf ihm einen Seitenblick zu und schaute dann wieder auf den Fluss. Er hob den Blick zum fernen Ufer und dann hinter sich und flussaufwärts und flussabwärts. Er hatte die angeblich freundschaftliche Annäherung mit Händlern schon einmal versucht, und sie funktionierte selten, vor allem von einem schwachen Kanu aus, wo es keine Deckung gab. Und mit denjenigen an Bord dieses Bootes, falls es die gleichen waren, mit denen sie sich zuvor angelegt hatten, wäre jeder in den Kanus ein leichtes Ziel. Als er über alles nachdachte, ließ er ein langsames Grinsen sein Gesicht erhellen. Er dachte, dies könnte tatsächlich ein einfacher Weg sein, die Crew von Shorty auszuschalten und die Belohnung nicht aufteilen zu müssen. Das einzige, was ihm zu denken gab, war, dass er nicht wusste, wohin oder zu wem er für die Belohnung gehen sollte, aber vielleicht ließe sich dieses Problem auf andere Weise lösen.

Er schaute den kleinen Mann an, hob dann den Blick und zeigte mit der Hand stromabwärts: "Es gibt einen besseren Ort dort unten für diese Art von Angriff, da, wo die Sandbank auf den Wald trifft. Das gibt Ihnen Deckung, bis sich das Boot nähert. Wir gehen auf dieser Seite hinunter, genau dort." Er deutete auf eine Stelle, an der das Ufer eingebrochen war, und wo mehrere Bäume ins Wasser gefallen waren. Ihre Wurzeln steckten noch im Uferboden fest. Das umgestürzte Gehölz war ein natürliches Auffangbecken für Treibholz oder Trümmer und bildete eine staudammartige Barriere und Deckung für das Kielboot.

Die drei Männer sprachen noch weiter über ihren Angriffsplan, bis Shorty sie unterbrach: "Wenn wir es tun, will ich erst etwas zu essen haben! Haben Ihre Männer am Ufer ein Feuer gemacht? Machen sie Frühstück?"

Soames starrte den Mann an und kämpfte darum, seine Irritation und Wut zu beherrschen, dann wandte er sich zum Ufer: "Sieht so aus! Bringen wir es hinter uns, damit wir auf unsere Plätze gehen können!"

Shorty grinste: "Das passt mir sehr gut!" Er trat an die Reling und schwang sich hinüber, fand die Leiter mit den Zehen und trat schnell ans Ufer.

Soames hielt sich zurück und sprach zu Langdon, seinem Kapitän: "Ich will die besten Männer auf dem Boot haben. Setzen Sie zehn oder zwölf an diesem Ufer ab und schicken Sie zwei mit denen mit", er wies mit dem Kopf in Richtung Shorty. "Es war einfach unser Pech, dass wir beim letzten Mal auf Indianer trafen, aber das wird dieses Mal nicht wieder passieren. Nachdem die auf dem Breithorn die Kanus voller Löcher geschossen haben, nehmen wir das Boot von dieser Seite, und dann werden wir auch von diesem Haufen da befreit sein!"

Der Kapitän grinste Soames an: "Ich mag Ihre Art zu denken, Boss! Wollen Sie jemanden, den Sie nicht mögen, mit in die Kanus schicken?"

"Suchen Sie sie aus, mir ist es egal."

Shorty war in Richtung des Lagers gelaufen und klatschte in die Hände, als er sich dem Feuer näherte und rief: "Heute ist der Tag! Wir werden es packen, Jungs!" Er freute sich über das Lächeln seiner drei Besatzungsmitglieder. Sie standen, als er sich dem Feuer näherte. "Lasst uns frühstücken, dann geht's los!", befahl er.

· · ·

ALS SIE BEI den Bäumen ankamen, trennten sie sich. Gabriel nahm die ansteigende Seite des Ufers und Ezra die zum Fluss abfallende. Sie mussten zuerst einen Wildwechsel Pfad finden, der sie durch das dichte Unterholz führte. Bei so viel umgefallenen Bäumen, Ästen und Gestrüpp wäre es unmöglich gewesen, den Steilhang zu überqueren, ohne wie eine ganze Büffelherde zu lärmen, die durch das Gehölz kracht. Gabriel war der erste, der den vertrauten Ruf des Rotschwanzbussards von sich gab. Ezra antwortete mit dem langgezogenen, absteigenden Pfeifton und Gabriel wartete, bis Ezra sich ihm näherte. Als er in seiner Nähe ankam, deutete Gabriel auf den schwach erhellten Pfad, der um die geschwungene Seite des Hügels führte und den Hang zu überqueren schien. Mit Gabriel an der Spitze ließen die beiden Männer die Zügel der Pferde locker und diese gemächlich auf dem mit Blättern bedeckten Pfad laufen. Da der Morgentau im Wald immer noch stark war, sah man die beiden Männer oft, wie sie den Kopf tiefer in den Kragen duckten, während die Feuchtigkeit von den überhängenden Ästen tropfte und versuchte, sich einen Weg auf den Rücken der beiden Freunde zu bahnen.

Plötzlich hob Gabriel seine Hand und hielt sein Pferd an. Er blickte zurück zu Ezra, zeigte auf seine eigene Nase und machte mit seinen Fingern das Zeichen, mit dem die beiden auf Rauch hinwiesen. Ezra runzelte die Stirn, stellte sich in seine Steigbügel und hob den Kopf und schnüffelte nach dem Rauch. Er drehte sich leicht bergab und nickte, dann zeigte er auf den Rauch. Gabriel nickte zustimmend und die Männer rutschten aus ihren Sätteln, banden ihre Pferde an und brachen mit Gewehren in der Hand durch die Bäume zu Fuß auf.

Dies war ein Wald, der wahrscheinlich noch nie zuvor ein Weißer gesehen hatte. Indianer vielleicht schon, aber hauptsächlich kannte wohl lediglich das Wild dieses Gebiet. Sie suchten sich verstohlen ihren Weg, wählten jeden Schritt sorgfältig aus und hielten immer mehrere Bäume in einer direkten Linie zwischen sich und der Richtung, von der sie glaubten, dass der Rauch hergekommen war. Mit

Blättern übersäte Waldböden verbargen oft morsche Äste und ein falscher Schritt konnte ihre Anwesenheit verraten. Ezra befand sich etwas unterhalb von Gabriel und er blieb plötzlich stehen und zeigte auf den Boden. Im selben Augenblick hörte auch Gabriel ein schlängelndes Geräusch in den Blättern und seine Augen wurden groß, als er auf seinen Zehenspitzen stand und die Blätter durchsuchte. Eine dicke, aufgerollte Schlange von etwa einem Meter Länge starrte Gabriel böse an. Sie klapperte mit ihren kurzen Rasseln, als Gabriel versuchte, sich von ihr zu entfernen, aber jede seiner Bewegungen wurde von der Schlange verfolgt, wobei sie mehrere Attacken antäuschte. Gabriel fühlte, wie sein Herz schier aus der Brust hüpfen wollte, seine Augen waren weit aufgerissen und der Schweiß lief ihm von der Stirn und in den Achselhöhlen hinunter. Er packte seinen Gewehrschaft fester, und wollte auf die Schlange einschlagen, bevor die Klapperschlange ihn erwischen konnte.

Der lange Lauf von Ezras Steinschlossgewehres streckte sich langsam in Richtung des giftigen Tieres und stieß die Schlange sanft an, so dass diese ihren Kopf gegen den Lauf schnellen ließ, ihn aber verfehlte. Endlich drehte die Schlange ab und glitt durch die Blätter davon. Gabriel beobachtete die Spur unter den Blättern auf dem feuchten Waldboden, der die Flucht der Schlange anzeigte. Er stieß seinen Atem aus, erkannte jetzt erst, dass er ihn die ganze Zeit angehalten hatte, und blickte auf Ezra. Beide Männer kannten die Angst, die Gabriel immer vor Schlangen gehabt hatte. Tief erleichtert und ruhiger atmend, nickte er seinem Freund zu und schüttelte den Kopf, als sie ihre Suche nach der Quelle des Rauchs wieder aufnahmen.

Kaum waren sie weitere zehn Meter gegangen, wurden sie von den Geräuschen, wenn Holz auf Holz traf, sowie gedämpften Stimmen, gestoppt. Beide fielen auf ein Knie, schauten unter den niedrigen Ästen der Harthölzer hindurch und lauschten. Es waren typische Geräusche, die Männer verursachen, die das Lager abbrachen und ihr Boot beluden. Gabriel blickte zu Ezra und deutete mit Zeichen an, dass er nach links gehen und versuchen würde, mehr zu sehen, während Ezra in die entgegengesetzte Richtung gehen sollte. Die Männer nickten einander zu und machten sich langsam und verstohlen auf den Weg. Gabriel näherte sich dem Lager, blieb aber weit hinten in den Bäumen und ließ sich dann auf den Bauch fallen, um näher heran zu kriechen. Er sah, wie die Männer ihre Ausrüstung an Bord des Kielbootes luden, konnte aber nicht verstehen, was gesagt wurde, und er wagte sich nicht näher heran. Als alle an Bord waren, wurden die Leinen an Bord geworfen und das Kielboot glitt in die Strömung. Er beobachtete, wie es stromabwärts trieb und aus dem Blickfeld geriet.

Er stand auf und ging wieder den Hang hinauf und begegnete Ezra, als sie sich den Pferden näherten. "Ich habe nichts gehört oder gesehen, was mich überzeugen könnte, dass sie sich zum Angriff bereit machen, oder was meinst du?"

Ezra blickte finster drein: "Hast du die Kanus nicht gesehen?"

Gabriel blieb stehen und starrte seinen Freund an: "Kanus?"

"Ja, zwei Kanus, jeweils drei Männer drin, alle mit Gewehren. Sie zogen kurz vor dem Kielboot los und fuhren über den Fluss. Für mich sah es aus, als würden sie eine Falle stellen!"

Ohne ein weiteres Wort zu sagen, rannten sie zu den Pferden und schwangen sich in die Sättel, denn sie wussten genau, dass sie herausfinden mussten, wo das Kielboot auf der Lauer liegen würde. Sie mussten herausfinden, wo die Schützen positioniert werden würden, wenn sie die geringste Hoffnung haben wollten, ihre Freunde an Bord des Plattbodens zu retten.

28 KAPITEL ACHTUNDZWANZIG
BEGEGNUNG

SIE BEFANDEN sich etwa hundertfünfzig Fuß über dem Flusspegel, aber selbst bei Sichtkontakt waren sie immer noch eine Viertelmeile vom Ufer entfernt. Sie hielten sich an den Trampelpfad, der sich oft gabelte, wenn ein Teil des Wildes wegen Durst den Weg direkt zum Wasser nahm. Die beiden Männer jedoch blieben auf dem höher verlaufenden Pfad. Wann immer die Bäume dünner wurden, suchten sie den Fluss nach dem Kielboot ab, wobei sie gelegentlich einen Blick darauf erhaschten, da die Strömung das Boot den Fluss hinuntertrug. Dies geschah ohne viel Anstrengung und nur das Ruder wurde benutzt. Nach etwas mehr als einer Meile wuchsen die Bäume so dicht, dass sie ihnen den Blick komplett versperrten. Ezra musste eine hohe Tulpenpappel hochklettern, um den Fluss zu sehen. Nach ein paar nicht erfolgreichen Versuchen musste er höher klettern, sich auf einen Ast hinaus lehnen und wirkte dabei fast wie ein Eichhörnchen. Schließlich entdeckte er das Boot etwas weiter flussabwärts. Er rutschte am Stamm hinunter, ließ sich zu Boden fallen und blickte zu Gabriel: "Sieht aus, als würden sie vielleicht anlegen. Es gibt einen schmalen Grat, der dem Fluss folgt, dann schiebt sich ein größerer Hügel bis in den Kanal hinaus. Ich glaube, hinter diesem Hügel legen sie sich auf die Lauer."

"Dann sollten wir uns beeilen und sehen, ob wir das, was

sie vorhaben, in den Griff bekommen", erklärte Gabriel und übergab die Zügel des Rotfuchses an Ezra. Der Pfad, dem sie folgten, zeichnete die Kontur der Landzunge nach, kletterte die Seitenhänge der Hügel hinauf und fiel in die talähnlichen Einschnitte ab, die mit kleineren Bachläufen oder dichtem Gestrüpp aufwarteten. Gabriel sah sich die Vielfalt der Hartholzbäume, Ahorne, Eichen und Platanen an und wusste, dass er sich zu jeder anderen Zeit an der Handarbeit des Schöpfers erfreuen würde. Mit dem Gezwitscher von Singvögeln, Sumpfrohrsänger und ihren so süßen Melodien, dem Geschnatter des Spechtes und dem „Tiwitt Tiwitt" des blauen Eichelhähers, zusammen mit den modrigen Gerüchen von verwesenden Blättern, die sich mit der kühlen Brise des Morgens vermischten, wäre es ein angenehmer Ausritt. Aber heute war es anders. Heute waren sie einer tödlichen Bedrohung durch diejenigen ausgesetzt, die stehlen und töten würden. Als sich seine Gedanken der bevorstehenden Schlacht zuwandten, ergriff ihn die vertraute Anspannung und er knirschte mit den Zähnen, die Nasenlöcher weiteten sich. Er spannte seine Schultermuskeln an, seine dunklen Augen starrten in den dichten Baumbestand.

Sie kamen in einen Einschnitt zwischen den Hügeln und Gabriel erkannte den schmalen Bach als den, von dem Lucius gesprochen hatte, als er Gabriel das Land flussabwärts beschrieben hatte. "Ich glaube, das ist der Bach, den Lucius "Eisbach" nannte." Ezra nickte und zeigte dann auf den Hügelkamm, der parallel zum Fluss verlief, und auch auf den schildkrötenähnlichen Buckel eines Hügels, der dahinter lag. Er ritt mit seinem Pferd vorwärts, um die Führung zu übernehmen, nachdem er die Stelle schon von seinem hohen Ausguck in den Bäumen gesehen hatte. Die Pferde bewegten sich so geräuschlos wie möglich und setzten ihre Schritte vorsichtig auf dem alten Pfad, der nun mit vom Tau bedecktem Laub übersät war. Da wo sie hin reiten mussten, gab es keinen Pfad von Wildtieren und Ezras Pferd schlängelte sich zwischen den Bäumen hindurch und bewegte sich gelenkt von dem Druck, den die

Knie des Reiters ausübten. Nach kurzer Zeit hatte er sie um die Kuppel des Hügels herum geführt und eine Lücke zwischen den Bäumen gab den Blick über den Fluss darunter frei.

Wenn sie den Fluss sehen konnten, konnte man auch sie vom Fluss her sehen, also führten sie die Pferde zwischen die Bäume zurück, stiegen ab und kehrten zu der Lücke in der Baumlinie zurück. Beide Männer gingen auf ein Knie, wodurch sich ihre Silhouette und damit ihre Sichtbarkeit verringerte. Dennoch reckten sie ihre Hälse, um nach unten zu sehen. "Da kann man das Heck des Kielbootes sehen", erklärte Ezra und zeigte nach unten.

"Ja. Wo werden die Schützen jetzt sein?", fragte Gabriel, der sich von einer Seite zur anderen bewegte und versuchte, einen Blick durch den dichten Wald zu erhaschen.

Ezra stand auf, lehnte sich zur Seite und schaute suchend nach unten: "Da! Sieht so aus, als stünden sie wie zuvor am Ufer in einer Schlange."

"Ich sehe sie. Irgendeine Ahnung, wie viele?", fragte Gabriel, der immer noch die Bäume absuchte. Ohne eine Antwort von Ezra zu erhalten, hob er den Blick zum anderen Ufer und zeigte mit dem Kinn auf das andere Ufer: "Und da sind die Kanus! Auf der anderen Seite des etwa vierhundert Meter breiten Flusses lagen die beiden Kanus aus Birkenrinde. Leer schaukelten sie im Wasser. Hinter ihnen stand eine Gruppe von Männern. Nach Ezras Zählung, als er sah, wie die Kanus vor dem Kielboot das Lager verlassen hatten, waren es sechs Männer. Sie untersuchten das Gebiet unterhalb, wo sich das untere Viertel des Hügels in einer spärlich mit Gestrüpp bedeckten Land-zunge ausbreitete und bis in den Fluss abfiel. Das Boot befand sich gerade am Ende der Landzunge und die Baum-kronen stromaufwärts von ihrem Standort würden die beste Deckung für einen Überraschungsangriff bieten. Sobald das Kielboot sichtbar war, wäre jede Überra-schungsmöglichkeit der Angreifer nichtig. Aber so war das Kielboot gut versteckt hinter den überhängenden Bäumen, die ihre niedrigen Äste ins Wasser schleifen ließen.

Töten ist für keinen Menschen selbstverständlich. Einige passen sich nach Begegnungen im Krieg oder in anderen Konflikten an das Töten an, während andere sich unter keinen Umständen dazu durchringen können, offene Rechnungen mit dem Tod zu begleichen. In so einem Fall gibt es nur zwei Möglichkeiten der Zuflucht: Entweder muss jemand anders die Verteidigung und das Töten übernehmen, oder derjenige muss sich mit dem eigenen Tod abfinden. Diejenigen, die aufstehen und andere beschützen, sind diejenigen, die große Nationen aufbauen und das Fundament für gute und moralische Menschen legen, auf dem diese dann aufbauen können.

Weder Gabriel noch Ezra genossen die vor ihnen liegende Aufgabe, aber andere waren von ihnen abhängig, dass sie den Weg sicher machten. Um das zu erreichen, musste jenes Unglück, das die Piraten über Unschuldige bringen wollten, über die Flussräuber selbst gebracht werden. Diese Banditen hatten nur einen Grund für ihr Handeln: Geld. Es gibt immer diejenigen, die bereit sind, das zu verdienen, was sie bekommen können, und dann gibt es wiederum andere, die lieber von denen, die arbeiten, stehlen, weil sie selbst zu faul oder unmoralisch waren, um sich ihr eigenes Leben mit Ehrlichkeit aufzubauen.

Mit einem tiefen Atemzug der Entschlossenheit standen die beiden Freunde auf und gingen zu den Pferden, um ihre Waffen zu holen. Gabriel nahm eine der Sattelpistolen, prüfte die Munition und steckte sie in seinen Gürtel neben der Bailes-Umdrehpistole. Er nahm die zweite Sattelpistole aus dem Holster und reichte sie Ezra. Dieser nahm leise die größere Pistole entgegen und steckte sie in seine Hose neben seine eigene Waffe. Während Gabriel seinen mongolischen Bogen und Pfeile, zwei doppelläufige Pistolen und sein Ferguson-Gewehr hatte, hatte Ezra sein Lancaster-Langgewehr, das von dem angesehenen Handwerker Jacob Dickert gebaut worden war, die doppelläufige Pistole von Gabriel, seine eigene Pistole und seine Kriegskeule. Beide Männer trugen auch ein Messer und einen Tomahawk bei sich und waren geübt im Werfen und sonstigem Umgang damit.

Sie entfernten sich vom Rand der kleinen Lichtung, wo die Pferde bereits zufrieden das Gras genossen und zwischen die Bäume zogen, und fünf bis zehn Meter voneinander entfernt stehen blieben. Sie wussten, dass wenn sie dicht nebeneinanderher gingen, die Laufgeräusche verstärkte werden würden und sie so leichter zu orten waren. Sie liefen also so schnell wie möglich, wobei sie ihre Tarnung aufrechterhielten. Sie mussten vor Beginn der Schlacht zu ihrer Beute gelangen, denn es war ihre Aufgabe, die Chancen auszugleichen.

PERSIS ENTSCHIED SICH DAFÜR, das Nachladen der Gewehre oben auf dem Kajüten Dach zu übernehmen. Ihre Sorge galt ihrem Bruder Rufus und die beiden arbeiteten immer gut zusammen, denn sie sahen oft die Aktionen und Reaktionen des anderen voraus. Charlotte kümmerte sich um die gleiche Aufgabe in der Kajüte und half Judson und seinem Sohn Boxley. Aber beide Frauen hatten auch Erfahrung im Umgang mit Gewehren und waren bereit, bei Bedarf zu schießen. Oben auf dem Dach der Kajüte gaben die neu hinzugekommenen gestapelten Holzbretter zusätzliche Deckung, solange sie den Kopf unten hielten, innerhalb der Kajüte schützten die schweren Schlitzläden die Schützen. An jeder Schießposition befanden sich mindestens ein Gewehr mit einem Pulverhorn und zusätzlich jeweils ein Beutel mit Kugeln und Flicken zum Zünden in der Nähe.

Lucius hatte Gabriel und Ezra fast zwei Stunden Vorsprung eingeräumt, weil er glaubte, die zusätzliche Zeit würde auch den Piraten Sorgen bereiten und sie vielleicht so unruhig machen, dass sie vorzeitig ihre Karten auf den Tisch legen würden. Schließlich stießen sie vom Ufer ab, und mit den seitlichen Ruderstangen, die das Boot in die richtige Fahrbahn zogen, war das Boot bald in der Mitte des Stroms und bewegte sich mit der Strömung. Rufus und

Hamish hoben die Ruder aus dem Wasser, legten sie neben die Brüstung der Kajüte und richteten ein wachsames Auge auf den Fluss. Lucius stand an der Pinne und suchte an beiden Ufern die Baumgrenze nach Anzeichen der Piraten ab. Das Breithorn nahm die weite Kurve genau wie der Fluss langsam und richtete sich dann nach Südwesten aus. Breite Sandbänke und Flussauen mit spärlichem Gestrüpp und Gras drängten die Hügel vom rechten Ufer zurück, während auf der linken Seite mit Wald bedeckte Hügel an das Steilufer drängten. Sie wirkten wie prähistorische Monster, die schlafend nebeneinander aufragten und dem Wasser ihre Mäuler entgegen reckten. Der träge Fluss bewegte sich etwa zweieinhalb Meilen lang in gerader südwestlicher Richtung, bevor er scharf nach Süden bog. Genau von dieser sogenannten Hundebein-Biegung hatte Lucius Gabriel gesagt, dass es ein idealer Ort für einen Angriff sein würde. Er schüttelte bei dem Gedanken den Kopf, atmete tief durch und nahm eine feste Haltung ein, um sich auf alles vorzubereiten, was kommen würde.

Lucius beobachtete, wie Hamish und Rufus jedes Gewehr noch einmal überprüften. Mit drei Gewehren pro Seite und einem weiteren neben Lucius waren sie so gut vorbereitet wie möglich. Persis saß hinten in der Kabine und beobachtete ihren Bruder, wobei sich ihre Lippen in stillem Gebet bewegten. Lucius wusste, dass in der Kajüte dasselbe geschah; die Gewehre wurden überprüft und Charlotte betete wahrscheinlich. Das war für ihn in Ordnung. Er glaubte an das Gebet und hatte bereits selbst ein wenig Zeit damit verbracht, ebenfalls zu beten. Aber jetzt beobachtete er den Fluss.

Die Wasseroberfläche war ruhig, und das trübe Wasser verschleierte die Tiefen gegen deren Entdeckung. Gelegentlich war etwas Treibholz zu sehen und auf einem Baumstamm befand sich ein Otter, der sich darauf treiben ließ, während er döste. Über ihm kreiste ein Rotschwanzfalke, der sein Abendessen suchte, und man hörte das Klappern eines Spechtes, der seine Löcher in das Hartholz bohrte. Es war eine friedliche Szene, die man hätte genießen können, wäre da nicht die Gefahr, die im Hintergrund schweigend lauerte.

Lucius sondierte zunächst die dickeren Bäume zu seiner Linken, dann suchte er die Ebenen und das Gestrüpp zu seiner Rechten ab. Knapp jenseits des stromabwärts gelegenen Randes der Auen ragten Bäume über die Flusskante hinaus und eine Bewegung fiel ihm ins Auge. Dann glitten die Bugspitzen von zwei Kanus aus Birkenrinde unter den überhängenden Bäumen hervor und die Figuren von sechs Männern kamen zum Vorschein. Lucius rief: "Da kommen sie!"

Hamish betrachtete die Kanus, als das Plattbodenboot und die Birkenrindenkanus sich annäherten. Einer der Männer in den Kanus schwenkte sein Paddel in die Luft und rief: "Wir wollen handeln! Wir haben ein paar Felle!" Hamish blickte zu Lucius: "Was, wenn das keine Piraten sind? Sie sagen, sie wollen handeln. Wir können keine unschuldigen Siedler erschießen!"

29 KAPITEL NEUNUNDZWANZIG
KAMPF

GABRIEL UND EZRA hatten oft Zeit zusammen im Wald verbracht und gelernt, sich so leise wie die sanfte Brise des frühen Morgens zu bewegen, und nun erwies sich diese Übung als wertvoll. Ein Eichhörnchen plapperte sein Missfallen über die Störenfriede aus und ein Rotbauchspecht ließ eine Nachahmung des Gezeters auf seine eigene Art ertönen. Ihre Mokassins gaben ihnen ein perfektes Gefühl für jedes Hindernis auf dem Weg und sie traten leichtfüßig, aber immer wachsam gegenüber den Männern unter ihnen, auf. Gabriel war der erste, der einen Mann sah, und mit einem plötzlichen Handzeichen alarmierte er Ezra. Sie kauerten in Reichweite des Mannes und suchten an der Grenze zu den Hartriegelsträuchern nach weiteren Schützen. Die Angreifer hielten ihre Positionen gut, bewegten sich selten, aber jede Bewegung offenbarte ein Ziel für die beiden Freunde. Ezra zeigte auf den Fluss und sie sahen, wie sich die Kanus aus ihrer Deckung zu bewegen begannen. Nun war es an der Zeit und wie zuvor vereinbart trennten sie sich, jeder bewegte sich an ein entgegengesetztes Ende der Linie der Widersacher, um ihre Aufgabe in Angriff zu nehmen.

Gabriel vertraute denjenigen an Bord des Plattbodens, dass diese ihre eigenen Aufgaben erfüllen konnten. Er legte einen Pfeil ein und wählte sein erstes und die beiden folgenden Ziele aus. Nachdem er sich an einem Standort niedergelassen hatte, wo er sich durch die Bäume bewegen konnte und dennoch bei jedem Stopp noch eine freie Schussbahn hatte, ließ er den ersten Pfeil fliegen. Er wartete nicht darauf, den Pfeil auftreffen zu sehen, sondern bewegte sich schnell zu seiner zweiten Position, während er hörte, wie sein Pfeil sein Ziel fand. Ein gedämpftes Stöhnen des Mannes sagte ihm, dass ein Opfer am Boden lag. Als er seine zweite Position fand, dachte er, wie töricht es von den Angreifern war, eine Taktik anzuwenden, die ihnen zuvor misslungen war, aber Männer sind eben Gewohnheitstiere, die selten ihre Wege ändern, es sei denn, es wird ihnen aufgezwungen.

Ezra hatte seine Ziele ausgesucht, aber er zog es vor, ohne große Abstände zwischen sich und den Opfern anzugreifen und begann mit dem Mann am Ende. Er trat leise hinter ihn und griff mit der linken Hand nach seinem Kinn und seinem Mund, die rechte Hand hielt sein rasiermesserscharfes Messer, und mit einer schnellen Bewegung schlitzte er dem Mann die Kehle von Ohr zu Ohr auf. Sein Opfer trat mit den Beinen aus, aber nicht stark genug, um die anderen zu warnen. Ezra ließ den Körper des Mannes langsam zu Boden gleiten und machte sich auf den Weg zum nächsten Opfer. Der zweite Mann war unruhig und begann sich zu drehen, gerade als Ezra aus dem Gebüsch trat. Er drehte schnell das Messer, um es an der Spitze der Klinge zu halten und warf es dann mit solcher Wucht, dass es sich bis zum Griff in der Kehle des Mannes vergrub, so dass dieser aufstand und, an seinem eigenen Blut erstickend, auf sein Gesicht fiel. Ezra kam in der Hocke näher, drehte den Mann auf den Rücken, zog sein Messer heraus und wischte es am Hemd des Mannes ab.

Sein drittes Ziel lag in einem dichten Gestrüpp, das nicht leicht zu erreichen war, aber Ezra grinste und zog seine langstielige Kriegskeule aus der Schlinge auf seinem Rücken und ließ sein Steinschlossgewehr unangetastet. Er ließ sich in eine Hocke fallen und näherte sich, indem er dasselbe Gebüsch als Deckung benutzte. Als er an den Rand des Gestrüpps kam, schob er eine Handvoll des Dickichts beiseite, sah den Rücken des Mannes, der mit seinem Gewehr vor ihm wartete, um einen Schuss auf das flache Boot abzufeuern. Ezra grinste und erhob sich langsam zu seiner vollen Größe. Er hob die Kriegskeule über den Kopf und warf sie mit geübter Präzision über das Gestrüpp hinweg. Die breite Axtklinge vergrub sich in den Halsansatz des Mannes, durchtrennte ihm das Rückenmark und ließ ihn kopfüber in das Gebüsch stürzen.

GABRIEL HATTE zwei Treffer erzielt und es war kein Alarm ausgelöst worden, als er zu seiner dritten Position überging. Er stand neben einer hoch aufragenden Tulpenpappel und arretierte seinen Pfeil. Er zog den Bogen voll aus und schickte den tödlichen Pfeil auf seinen Weg, aber dann wurde er plötzlich zu Boden geworfen. Ein brennender Schmerz stach in seine Hüfte, als er fiel. Erschrocken fing er sich auf, hielt sich immer noch an seinem Bogen fest und rollte sich zum Stamm des Baumes zurück, um seinen Angreifer zu suchen. Er schaute unter die Äste der nahegelegenen Bäume und sah dann, was ihn getroffen hatte. Er schaute kurz genauer hin und suchte dann, sichtlich überrascht, dass ein Pfeil in ihm steckte, die Bäume weiter oben ab. Dort, hoch oben in dieser Platane, kämpfte ein Mann um Halt für seine Füße in den Ästen. Neben dem Steigeisen versuchte er, die Armbrust auf vollen Zug zu spannen, bereit, einen weiteren Pfeil auf Gabriel abzufeuern. Doch dazu würde er keine Gelegenheit bekommen, da Gabriel automatisch einen weiteren Pfeil eingelegt hatte, während er die Bäume durchsuchte. Schnell hob er den Bogen an und ließ einen weiteren Pfeil fliegen, der sich zwischen Ellbogen und Oberschenkel des Mannes hindurch drängte, den Unterleib durchdrang und den Mann am Baumstamm festnagelte. Mit einem Keuchen und Gurgeln sank der Kopf des Mannes nach vorne. Er ließ die Armbrust los und sie fiel klappernd zu Boden. Gabriel verließ schnell seine Position, ließ sich hinter einer dicken Eiche auf den Bauch fallen und holte sein Ferguson-Gewehr aus der Schlinge auf seinem Rücken.

NACHDEM LUCIUS ALARM GESCHLAGEN HATTE, beobachteten alle die Annäherung der Kanus und warteten atemlos darauf, dass jemand etwas unternahm. In der Kajüte spähte Charlotte durch einen der Schießschlitze und ihre Augen wurden weit, als sie flüsternd sagte: "Er ist einer von ihnen!" Dann, als ihr klar wurde, was sie entdeckt hatte, rief sie laut: "Das sind Piraten! Dieser Mann ist einer von denen, die unser Boot angegriffen haben!"

Bei ihrem ersten Alarm zielte Judson auf den Mann vorne im dem nächstgelegensten Kanu und fegte ihn vom Kanuboden. Der Mann erhob sich leicht, griff sich an die Brust und fiel über die Seitenwand des Kanus. Dabei schaukelte er die anderen durch, während sie nach ihren Gewehren griffen. Beim ersten gegnerischen Schuss feuerte auch Boxley, ebenso wie diejenigen auf dem Kajüten Dach, und plötzlich brach auf dem ganzen Fluss Gewehrfeuer aus. Rufus zielte auf den Mann am Bug des zweiten Kanus und an der Kehle des Mannes blühte ein roter Fleck auf, als er das Paddel fallen ließ und nach seiner Wunde griff. Er fiel langsam nach vorne und rollte über die Seite ins Wasser.

Hamish zögerte und versuchte, ein Ziel auszuwählen, dann schoss er auf das erste Kanu, wobei seine Kugel neben dem Boot ins Wasser schlug. Er krabbelte übers Deck, um ein weiteres Gewehr zu nehmen und Persis drückte ihm eines in die Hand. Er drehte sich um, um wieder zu zielen. Rufus, der auf dem Bauch liegend hinter einer Aussparung der Brüstung lag, feuerte einen Schuss ab und sah, wie ein anderer Mann nach seiner Schulter griff und sein Gewehr in den Fluss fallen ließ. Er grinste und reichte seiner Schwester das Gewehr zum Nachladen, während er die anderen Piraten in den Kanus beobachtete. Diese brachten nun ihre Gewehre gegen die Besatzung auf dem Flachboot zum Einsatz. Während Persis sich abmühte, nachzuladen, ohne sich selbst zur Zielscheibe zu machen, konzentrierte sie sich darauf, den Ladestock in den Gewehrlauf zu schieben. Da hörte sie Rufus ächzen und leise aufstöhnen. Sie blickte auf und sah, wie ihr Bruder zur Seite rollte, die Augen in den Himmel starrend, mit einem Einschussloch in der Mitte seiner Stirn. Persis schrie, ließ das Gewehr fallen, kroch auf die Seite ihres Bruders und zog ihn an sich, als sie sein Gesicht berührte. Tränen füllten ihre Augen und sie schluchzte, während sie sich an seiner Jacke festklammerte und versuchte, das Leben wieder in ihn hineinzuzwingen.

Lucius hatte das Boot unbewusst weiter von den Kanus weggelenkt, aber als er sah, wie Rufus getroffen wurde, ließ er die Pinne los und fiel auf die Knie, um ein Gewehr zu schnappen und auf diejenigen zu schießen, die in den Kanus übrig waren. Er zielte ruhig auf den Mann in der Mitte des ersten Bootes, drückte den Abzug durch und sah durch den Rauch, der aus dem Gewehr aufstieg, den Mann rückwärts auf den Boden des Bootes fallen. Zwei Männer blieben zurück, einer in jedem Boot, und Lucius krabbelte zu einem anderen Gewehr, setzte sich auf und zielte. Er feuerte einen weiteren Schuss ab und sah, wie sein Ziel aus dem Boot ins Wasser rollte, aber er war sich nicht sicher, wie schwer er den Mann getroffen hatte.

Unten richtete Judson sein Zielfernrohr auf den letzten Mann, der nun versuchte, rückwärts zu paddeln, um wegzukommen, aber Judsons Schuss traf genau und die Kugel bohrte sich in die Brust des Mannes. Er stürzte zur Seite und das Kanu stürzte mit ihm um. Dann war der Fluss still und die Kanus, das eine aufrecht, das andere gekentert, trieben in der Strömung als wären sie Begleiter des großen Flachboots.

Aber Ruhe und Frieden sollte es nicht geben; Schüsse brachen vom Ufer aus los und alle richteten ihre Aufmerksamkeit auf die dicken Bäume und die Rauchwolken, die sich ihren Weg aus dem Grün bahnten.

ALS DIE SCHÜSSE auf dem Boot ausbrachen, wussten die Männer an Land, dass es nicht länger notwendig war Ruhe vorzuheucheln, aber da das flache Boot noch mitten im Strom lag, würde ein Schuss vom Ufer aus mindestens zweihundertfünfzig Meter weit reichen müssen, und die Treffgenauigkeit wäre bestenfalls mittelmäßig. Aber nicht so bei Gabriel und Ezra und ihren Zielen. Während sich die Aufmerksamkeit der potenziellen Angreifer auf das Flachboot und die Kanus konzentrierte, machten sich Gabriel und Ezra auf den Weg die Kampflinie hinunter und pflückten ihre Opfer wie reife Früchte. Gabriel war der erste, der seinen nächsten Feind aussuchte. Wieder wählte er seinen mongolischen Bogen, drehte sich dem nächsten Mann in der Reihe zu und legte einen weiteren Pfeil auf die Bogensehne. Er erschrak, als plötzlich eine Kugel an seinem Kopf vorbeipeitschte und ihn zu Boden warf. Er schwang seine Ferguson Flinte aus der Schlinge, kontrollierte die Ladung und bewegte sich in tiefer Hocke mit dem Gewehr an der Brust im Anschlag. Das Rascheln des Gestrüpps warnte ihn nur einen Augenblick lang und er drehte die Mündung des Gewehrs herum, als er sich dem Angriff eines Mannes mit einer Pistole in der einen, und einem Tomahawk in der anderen Hand gegenübersah. Der Angreifer stürzte schreiend auf ihn zu. Alles, was Gabriel tun konnte, war, das Gewehr zu heben, um den schießwütigen Hund zu stoppen, aber der Mann feuerte die Pistole tief nach unten ab. Gabriel fühlte die Hitze und den Einschlag der Kugel in derselben Hüfte, die sich den Armbrustpfeil eingefangen hatte.

Er stolperte zur Seite und benutzte das Gewehr als Knüppel, um den Mann zu Fall zu bringen, aber dieser erhob sich schnell wieder, den Tomahawk noch immer in der Hand. Gabriel ließ sein Gewehr fallen, als er nach seiner Pistole griff, er zog sie aus dem Gürtel, zog den Hahn zurück, legte seinen Finger auf den Abzug und feuerte. Die Pulverrauchwolke schwärzte die Sicht auf die Mitte des Mannes, aber die Kugel riss ein Loch, das durch das Schwarz des Qualms rot blutete und eine primitive Blüte des Todes auf sein Hemd zeichnete. Der Mann fiel rückwärts, während er auf seinen Bauch hinunterblickte. Er blickte zu Gabriel auf: "Du hast mich getötet!" Er ächzte, als seine Beine nachgaben und er in sich zusammensank, um auf sein Gesicht zu fallen.

Als er das Gebüsch nach einem weiteren Angreifer absuchte, drehte Gabriel den Mechanismus der Pistole, um den geladenen Lauf nach oben zu bringen. Er klemmte die Waffe wieder in seinen Gürtel und hob das Ferguson-Gewehr auf. Er blickte auf seine Hüfte hinunter, das Hirschleder war von dem Pistolenschuss des Freibeuters versengt und rußig. Gabriel zuckte zusammen, als er die Wunde sah, dann schüttelte er den Kopf, denn er wusste, dass der Schuss der Pistole die Wunde des Armbrustpfeiles ausgebrannt hatte. Er war sich sicher, dass die Kugel einigen Schaden angerichtet hatte. Er zuckte abermals zusammen, als er sein Gewicht auf das Bein stellte, aber es gab noch mehr zu tun. Dieser Haufen Banditen stand nicht in Reih und Glied, genau wie die letzte Bande. Diese waren im dichten Gestrüpp verstreut und schwieriger zu finden.

Ein Schuss kam von rechts und es klang wie das Dröhnen der großen Sattelpistole, und Gabriel grinste und glaubte, Ezra hätte einen Treffer gegen die Piratenmann-schaft erzielt, aber damit konnte er sich jetzt nicht aufhal-ten, denn es waren noch mehr in der Nähe. Er schaute auf das Wasser und sah das flache Boot näher am Ufer als erwartet, und plötzlich erklang ein wahres Trommelfeuer von Gewehren unter ihm, wobei jede Rauchwolke die Posi-tion eines Schützen markierte. Gabriel merkte sich die Positionen, so gut er konnte, und begann den nächstgele-genen anzuvisieren.

In der Aufregung hatten alle Schützen an Land gleich-zeitig losgelegt, so dass jeder von ihnen nun nachladen musste, bevor sie noch mehr Schaden anrichten konnten. Diese kurze Verzögerung gab denjenigen an Bord des Platt-bodens einige Augenblicke Zeit, um die seitlichen Ruder-stangen zu nutzen und sich vom Ufer weg und weiter in die Strömung zu bewegen. Da sich die Aufmerksamkeit der Schützen auf das Nachladen konzentrierte, bewegte sich Gabriel schnell auf den nächsten Mann zu und beendete seine Bemühungen mit einem schnellen Schlag des Tomahawks. Als der Mann zu Boden fiel, ließ er sein Gewehr fallen, trat gegen das Gebüsch und alarmierte damit den nächsten Schützen neben ihm.

Gabriel fiel hinter einem großen Knopfbusch auf ein Knie, gerade als eine Kugel durch die Äste in der Nähe seines Kopfes vorbei zischte. Er duckte unbewusst seinen Kopf in den Nacken und kicherte über seine eigene schildkrötenähnliche Reaktion, als er Ezra sagen hörte: "Ich bins, der zu dir kommt, nicht schießen!" Der Busch vor ihm teilte sich, als ein grinsender Ezra seinen Freund ansah: "Schön zu sehen, dass sie dich noch nicht umgelegt haben!"

"Gleichfalls", antwortete Gabriel. "Aber wir müssen sie davon abhalten, auf das Boot zu schießen! Da unten im Gebüsch sind noch mindestens vier weitere", sagte er und deutete mit dem Kinn in Richtung Flussufer. "Ich gehe da lang, stehe auf und schieße auf sie, während du dort lang gehst und sie abknallst, während sie versuchen, mich zu kriegen!"

"In Ordnung, gib mir eine Minute", antwortete Ezra, während er durch das Gebüsch zurückkrabbelte und sich den Hang hinunter zu den übrigen Wegelagerern bewegte. Gabriel bewegte sich sachte seitwärts, achtete darauf, kein Gestrüpp zu bewegen. Er wollte seinen Standort auf keinen Fall zu früh verraten. Erst als er zufrieden mit seiner Position war, drückte er den Hahn der Ferguson-Büchse zurück und stand langsam auf, den Finger am vorderen Abzug. Er hatte sich ursprünglich die Position der Schützen genau gemerkt, aber nun stand er in einem anderen Winkel, also rief er "Hey!", um irgendeine Bewegung zu sehen. Ein Mann in der Nähe drehte sich bei dem Schrei um und wollte sehen, wer da auf sie zukam; seine Bewegung war ein Verräter und Gabriel machte sich zum Abschuss bereit, als der Mann seinen Kopf über den Rand des Gebüschs hob. Die Kugel bohrte sich in sein Gehirn und stieß ihn in die Ewigkeit und seinen Körper in den Hartriegelbusch. Ein anderer Schütze, der dachte, Gabriels Gewehr sei jetzt leer und er müsse nachladen, stand auf und brachte sein Gewehr in Anschlag, aber bevor er schießen konnte, konterte Ezras Gewehr und sandte eine Botschaft der Rettung für seinen Freund.

Die anderen Schützen, zwei oder drei von ihnen, verstreuten sich rasch im Gebüsch, hielten sich geduckt und außer Sichtweite, als sie zum Kielboot zurückgekrochen kamen. Ohne eine weitere freie Schussbahn ließen Gabriel und Ezra sie ziehen und machten sich auf den Weg zum Ufer, um ihrem Plattbodenboot ein Zeichen zu geben. Sie stürzten durch das Gebüsch und wollten ihr Boot einholen, bevor das Frachtboot das versteckt wartende Kielboot erreichte. Ezra sprang am Ufer auf und ab und winkte und zog die Aufmerksamkeit von Lucius auf sich, der sich gegen das Ruder lehnte und das Boot Richtung Ufer ausrichtete.

im Anschluß aber kaum zu beschreiben. Lange, lautlose Jahre ... Glaube und knüpfe eine hoffnungslose Lösung ausgehen, ...

Ihr anderen, Schwäche, zwei oder drei vom ehemaligen ... Vorsprung ist eingebrochen, hatten sich geneigt und außer Stande ... in ... um Dank ... versicherungen haben. Ohne eine einzige frage ... Sie ... hat ... ins ... und so schlich und machten sich auf den Weg von Osten im ihrem Ruderboot aus Zelten schoben sie, führten durch das Gebüsch und schauten in ihre ... feuer, das Brandhöhle das verzehrte ... kalt ... erreichte ... ihr ... auf im Juli und in der ... und zur Sollung kämpft von Tau um sich der sich ... Darüber lehnte und das noch ... Feuer ... sollte.

GESTOHLEN

KAVANAGH SAß im hinteren Teil des Kanus und beobachtete, wie die anderen die Führung übernahmen. Er blickte auf das flache Boot, sah den Lichtblitz eines Gewehrlaufs auf der Kajüte und dachte, der sicherste Ort sei im Wasser. Er beugte sich vor, gerade als eine Kugel an seinem Kopf vorbei pfiff, und tauchte auf der anderen Seite des Kanus ins Wasser, aber die Birkenrinde kippte mit ihm und drehte im Wasser, schützte ihn aber immer noch vor dem Plattbodenboot.

Kavanagh war ein ausgezeichneter Schwimmer. Er war bei der britischen Marine in den Dienst gedrängt worden und sprang von einer Fregatte ab, als die Schiffe vom französischen Admiral de Grasse in der Chesapeake-Bucht eingeschlossen wurden. Er war ans Ufer geschwommen, eine Distanz von weit über einer Meile. Nach einem kurzen Blick auf die Aktivität auf dem Flachboot tauchte er tief und schwamm auf das sich langsam bewegende Schiff zu. Er durchpflügte das Wasser mit kräftigen Bewegungen unter der Wasseroberfläche, ließ langsam die Luft aus den Lungen entweichen, musste aber bald auftauchen, um Luft zu holen. Langsam tauchte er nur mit seinem Gesicht über der Wasseroberfläche auf und drehte sich dann zur Seite, um einen schnellen Blick auf das Breithorn zu werfen. Er grinste, als er wieder untertauchte und mit ein paar

223

weiteren Bewegungen seiner Beine tauchte er am Heck des Bootes auf, außer Sicht unterhalb des Seitendecks. Er atmete schwer, schnappte nach Luft und bereitete sich auf das vor, was als Nächstes kommen sollte.

Als er wieder zu Atem kam, tauchte er gerade so weit nach oben, dass er einen kurzen Blick an Bord werfen konnte. Niemand war am Heck, außer den beiden Pferden in dem kleinen Pferch direkt hinter der Kabine. Das hintere Geländer des Stalls war niedrig, so dass Platz für die Ruderpaddel war, die direkt neben ihm ins Wasser hingen. Er erhob sich leise über das niedrige Schandeck und bewegte sich zum hinteren Ende des Stalls, wobei er sich auf ein Knie fallen ließ, als er nach Anzeichen von Personen suchte. Während er nach Bewegungen Ausschau hielt, kam eine Frau zum hinteren Ende des Kabinendaches, drehte sich um und begann, die Leiter hinunterzuklettern. Kavanagh blickte an ihr vorbei und sah den Kopf eines Mannes. Er hielt ein Gewehr vor sich, blickte aber auf das Ufer.

Plötzlich kam Gewehrfeuer vom Ufer aus und das Pfeifen der Kugeln über seinem Kopf war zu hören. Die Besatzung oben auf dem Dach und innerhalb der Kajüte erwiderte das Feuer, gerade als die Frau an der Leiter das Deck berührte. Kavanagh sprang auf und packte sie und unterdrückte ihren Schrei mit seiner fleischigen Hand über ihrem Mund und einem Arm um ihre Taille. Sie trat und versuchte zu beißen, bis er ihr ins Ohr knurrte: "Sei still oder ich breche dir das Genick!"

Persis spürte die Stärke des Mannes und wusste, dass er ihr leicht das Genick oder jeden anderen Knochen seiner Wahl brechen konnte. Sie hörte auf zu treten, griff nach Arm und Hand des Mannes und kämpfte nach Luft, aber er zog sie an sich und knurrte wieder: "Sei still! Wenn dich jemand hört, bringe ich dich und die anderen um!"

Da sie keine Ahnung hatte, was für Waffen er besaß, zwang sie sich dazu, schlaff stehen zu bleiben, und suchte nach allem, was sie gegen den Rohling verwenden konnte.

Kavanagh schnappte sich einen Lederstreifen von einem Packsattel auf der Zaunstange, zog sein nasses Taschentuch aus der Tasche und stopfte es ihr in den Mund. Mit Hilfe des Streifens fesselte er dann ihre Hände vor ihr und wickelte sie mit dem Ende schnell um die Reling und befestigte sie fest an der Stange. Er schnappte sich die Halfter, legte sie den beiden Packpferde an und fragte Persis: "Gibt es hier Sättel?" Sie schaute mit großen Augen und schüttelte verneinend den Kopf, denn sie fürchtete sich vor dem, was er vorhatte.

Er ließ die Zaunstangen aus der Halterung gleiten und brachte die Pferde in Position, um das Boot zu verlassen, dann zischte er Persis ins Ohr: "Sobald dieses Boot das Ufer berührt, springen wir mit diesen Pferden über die Seite. Und versuche nicht irgendwelche Tricks, sonst bist du tot!" Er hob sie auf den Fuchs und wickelte das Ende des Lederstreifens, der ihre Hände fesselte, in die Mähne des Pferdes, um sie oben auf dem Tier zu sichern.

Das Gewehrfeuer hatte nachgelassen und das Boot bewegte sich ans Ufer, wobei Kavanagh den Fuchs mit Persis auf dem Rücken an die Rückseite der Kabine führte, um sicherzustellen, dass sie von dem Mann an der Pinne, dessen Augen ohnehin auf das Ufer gerichtet waren, nicht gesehen werden konnten. Sobald die Bewegung zum Stillstand kam, schwang sich Kavanagh auf das andere Packpferd, griff die Leine des Fuchses und lehnte sich auf den Hals seines Reittiers nach vorne, grub dann die Fersen in die Rippen und zwang das Reittier an den Rand des Bootes. Mit ein paar weiteren Tritten und durch Schläge mit dem Ende der Führungsleine fasste sich der zögerlich reagierende Wallach und sprang auf die Sandbank. Der Fuchs jedoch versuchte den Sprung zu verweigern und riss Kavanagh fast von seinem Reittier, aber der Stier von einem Mann riss an der Leine, und das Pferd folgte schlussendlich dem anderen auf die Sandbank. Kavanagh grinste kurz und drängte mit den Beinen gegen die Seiten seines Reittiers, und die beiden Pferde liefen rasch ins hohe Gras und verschwanden bald im dichten Gestrüpp.

. . .

GABRIEL UND EZRA drängten sich durch das verworrene Gestrüpp und versuchten, so schnell wie möglich zum Plattbodenboot zu gelangen. Als sie zu einem großen Felsblock kamen, der fehl am Platz zu sein schien, kletterte Gabriel darauf, um eine bessere Sicht zu erhalten. Er streckte sich bis zu seiner vollen Größe, um über den dicken Gewürzbusch und die Schneeballbüsche zu sehen. Das Boot war immer noch über zweihundert Meter entfernt und fuhr gerade ans Ufer, aber Gabriel war überrascht, jemanden auf den Packpferden zu sehen. Er hatte gesehen, wie diese ans Ufer gesprungen waren und im Galopp in die Grasebenen und das dahinter liegende Gebüsch verschwanden.

Er blickte finster drein und rutschte dann vom Felsblock, als Ezra fragte: "Was? Was ist los?"

"Jemand ist gerade mit den Packpferden abgehauen! Ich glaube, es könnte Persis gewesen sein und vielleicht auch ihr Bruder, aber ...", hielt er inne und schüttelte den Kopf, als er seinen Freund ansah.

"Vielleicht wurde etwas oder jemand zurückgelassen, und sie sind hinterher um sich drum zu kümmern", schlug Ezra vor und folgte Gabriel dicht auf den Fersen.

"Ja, vielleicht", antwortete Gabriel, während er von dem Felsbrocken wegtrat. Er wies auf eine Lücke im Gestrüpp hin: "Hier entlang!"

Als sie sich durch das letzte Gewirr von Büschen und Dornensträuchern drängten, entdeckte Lucius sie und rief: "Junge, bin ich froh, dich zu sehen! Einer der Piraten hat Persis und deine Packpferde gestohlen!"

Gabriel blickte zu Ezra und die beiden Männer blieben in Gedanken erstarrt stehen, bis Gabriel bejahte: "Ich hole unsere Pferde! Sorge dafür, dass hier alles in Ordnung geht, dann nimmst du dir jemand zum Helfen mit, um die Gewehre der toten Männer einzusammeln und so weiter. Das Boot wird die zusätzliche Feuerkraft brauchen." Er reichte seinem Freund seine Ferguson-Flinte, die Sattelpistole, den Bogen und den Köcher, denn er musste rasch auf den Hügel klettern, um die Pferde schnell zu holen. Er drehte sich auf dem Absatz um und verschwand im Gebüsch.

Ezra ging zum Boot und berichtete dem Kapitän die Position des Kielbootes und die von ihm und Gabriel eingenommene Beute. "Ich werde einen Mann mitnehmen, um die anderen Gewehre und so weiter einzusammeln. Bereite dich auf einen möglichen Angriff des Kielboots vor. Ich glaube nicht, dass sie es tun werden, aber..."

"Nimm den Jungen, Boxley. Rufus wurde getötet und Hamish verwundet, aber wir werden tun, was wir können. Lass Eile walten, die anderen Gewehre zu besorgen. Wir können sie echt gebrauchen!"

"DER ZUSAMMENFLUSS des Ohio und des Kanawha befindet sich am Ostufer knapp oberhalb und gegenüber von Gallipolis. Wir werden in Gallipolis zwei Tage, und keine Stunde länger, auf eure Rückkehr warten. Am Zusammenfluss gibt es eine kleine Siedlung namens Point Pleasant, aber die bietet nicht viel. Ich bin sicher, dass ihr jemanden mit einem Boot finden könnt, der nach Gallipolis rüberfahren und uns Bescheid geben kann, wenn ihr zurück seid", erklärte der Kapitän.

"Ich habe ein paar Dinge für euch zusammengepackt, ", warf Charlotte ein. Sie überreichte Gabriel ein in Öltuch gewickeltes Bündel. "Es ist nicht viel, aber es wird euch zumindest als Wegzehrung helfen. Und jetzt holt das Mädchen zurück, hört ihr?"

"Wir werden unser Bestes tun, Ma'am", antwortete Gabriel, als er sich auf den Rücken seines schwarzen Pferdes schwang. "Und wir danken dir", sagte er und hob das Paket an. Er ließ den großen Hengst herumwirbeln und startete im Galopp. Er folgte der klaren Spur, die sich gebildet hatte, als die fliehenden Pferde das Gras und Gebüsch niedertrampelten. Er hatte Lucius erklärt, dass er vom Hügel aus die Spitze des Kielbootes gesehen hatte. Es war stromabwärts gefahren, und Gabriel war sicher, dass die Piraten, da ihre Zahl an Crew geschrumpft war, mehr

Männer rekrutieren müssten, bevor sie einen weiteren Angriff auf irgendjemanden wagen konnten.

"Du glaubst also wirklich, dass diese Piraten es im Moment nicht noch einmal versuchen werden?", fragte Ezra, als die beiden Männer ihre Pferde auf dem schnellen Ritt schließlich etwas langsamer werden ließen, um ihnen eine Verschnaufpause zu gönnen.

"Dieser Haufen ist wie die meisten Freibeuter, sie greifen nur die an, von denen sie wissen, dass sie leicht zu überwältigen sind. Die meisten Tyrannen und Schläger sind in Wirklichkeit Feiglinge, die Angst vor einem echten Kampf haben. Wenn sie ihre Opfer in der Unterzahl und an Waffen unterlegen wissen, ist ihnen ein leichter Sieg sicher. Aber wenn sie es mit jemandem zu tun haben, der ihnen ebenbürtig ist, werden sie den Schwanz einziehen und fliehen", erklärte Gabriel.

"Das klingt ein bisschen philosophisch", antwortete Ezra und sah seinen Freund mit einem Hauch von Skepsis an.

"Denk darüber nach, Ezra. Wie oft haben wir gesehen, dass die Tyrannentypen genau das tun? Genau wie diese Bande zuvor. Als sie zurückgeschlagen wurden, mussten sie mehr Männer rekrutieren, damit sie wieder eine größere Zahl an Kämpfern haben würden. Hätten sie versucht, mit der gleichen Anzahl sieben Männern und zwei Frauen zu besiegen und unser Boot zu kapern, würden sie jetzt auf dem Grund des Flusses liegen!"

"Da!" zeigte Gabriel und sah die Spuren, die in das Bachbett des Ice-Creek-Baches führten. Gabriel wusste, dass die Packpferde ausgeruhter als ihre Reitpferde waren, da er und Ezra sie fast den ganzen Morgen geritten hatten, während sie das Kielboot verfolgten. Aber sie hatten sich nun doch ein paar Stunden ausgeruht und in dem hohen Gras auf der Lichtung oben auf dem Hügel gegrast, als Ezra und Gabriel die Flusspiraten zu Fuß gejagt hatten. Beide Pferde waren nun begierig und eifrig bei der Sache. Außerdem zeigte der gewählte Pfad des Piraten, dass er weder ein guter Reiter noch ein Mann des Waldes war. Statt sich an den offensichtlichen Pfad zu halten, den das Wild nutzte, wählte er seine eigene Route und musste oft umkehren, wenn ihm der Weg durch dicht stehende Bäume und Gestrüpp versperrt war.

"Er hat sich für einen Kurs entschieden, wie es scheint", erklärte Gabriel mit Blick auf ein enges Tal mit sandigem Boden, welches zurück Richtung Westen führte. Ein leicht erkennbarer Pfad teilte die Bäume und versprach ein leichteres Vorankommen.

"Wenigstens hat er hier eine gute Wahl getroffen", bemerkte Ezra, als die beiden Männer weiter den Weg entlang ritten. Gabriel beugte sich weit nach unten, um einen besseren Blick auf die Spuren werfen zu können. Er sah zu, wie sein Freund die Augen zu dem Einschnitt zwischen den Hügeln hob, sich umdrehte, um ihn anzusehen, und nickte.

Ezra erkannte diesen Blick der Entschlossenheit in Gabriels Augen und wusste, dass er diese Jagd nicht aufgeben würde.

31 KAPITEL EINUNDDREISSIG
SUCHE

KAVANAGH WAR SCHON IMMER ein Rohling und Tyrann gewesen und hatte wenig oder gar keinen Respekt vor irgendjemandem oder irgendetwas. Er benutzte alles, was ihm zur Verfügung stand, für seine eigenen Zwecke, ohne Rücksicht auf Konsequenzen. Als er sich im Wasser wiederfand, war sein einziges Ziel die Flucht gewesen, aber das Wissen um eine naheliegende Belohnung nagte an ihm und zwang ihn zu versuchen, dem Kampf einen Sinn zu geben. Er hatte gesehen, wie Shorty, Hitch und Burns Kugeln einstecken mussten, und er wusste, dass sie wahrscheinlich tot waren oder es bald sein würden, so dass er die Belohnung, die sie für den Kopf von Stonecroft bekommen würden, nun als seine Belohnung betrachtete. Sie würde nur ihm allein gehören, aber wie er sie bekommen sollte, ohne sie mit jemandem teilen zu müssen, war ein Problem.

Das Führungsseil schürfte ihm seine Hand auf, denn die zänkische Fuchsstute, die die Frau trug, kämpfte gegen seine grobe Behandlung an. Er knurrte, als er an der Leine riss. Der Kopf des Pferdes schnellte herum und ließ es stolpern. Dieses Pferd einer Rasse, die normalerweise als trittsichere Tiere galten, fing sein Gleichgewicht wieder und gewann den Halt der Hufe zurück, um dem Monster auf dem Rotfuchs weiter zu folgen. Persis bemühte sich, ihren Sitz auf dem Packpferd zu halten, ihre Hände nach wie vor an der Mähne festgebunden. Sie nutzte jedes bisschen ihrer Reiterfahrung. Sie kämpfte um Luft, denn das nasse Taschentuch, das ihr in den Mund gestopft worden war, schmerzte an ihrem Kiefer und erschwerte ihr das Atmen.

Kavanagh zog sich hinter einen Kamm aus dicken Bäumen zurück, um seinen zurückgelegten Weg zu überprüfen. Er wusste, dass sie hinter ihm her sein würden, und darauf spekulierte er sogar. Er war zwar nicht der Schlauste, wenn es ums Denken ging, aber er wusste, dass die Männer, die sie verfolgten, mit Sicherheit der als Gabriel Stonecroft bekannte Mann und sein schwarzer Freund sein würden. Er hatte den Verdacht, dass diesen beiden die zwei Packpferde an Bord des Plattbodenbootes gehört hatten. Obwohl er Stonecroft nie getroffen hatte, kannte er doch die Beschreibung von ihm und seinem Freund und bis jetzt waren die beiden an Bord des Plattbodens die vielversprechendsten Kandidaten gewesen. Deshalb hatte er die Frau auch entführt, denn sie konnte ihm mit Sicherheit sagen, ob die beiden Verfolger diejenigen waren, die die Verbrecherbande suchte. Zumindest war das einer der Gründe. Er kicherte, als er daran dachte, mit dieser Frau allein im Wald zu sein, dann schüttelte er den Kopf, als er sich daran erinnerte, dass keine Frau die fünfhundert Dollar wert war, die er für Stonecroft bekommen konnte, und vielleicht sogar noch einmal fünfhundert für dessen Kopf in einem Eimer geliefert!

Da er keine Verfolger auf seiner Spur sah, zog er den Kopf seines Pferdes herum und begann, am Führungsseil des anderen ziehend, wieder auf dem Pfad, dem er folgte, weiter zu reiten. Er hatte gedacht, es wäre notwendig zu versuchen, das Kielboot einzuholen, aber je mehr er darüber nachdachte, je weniger war er davon überzeugt. Schließlich hatte der Mann, von dem Shorty gesagt hatte, dass er nun ihr Partner war, Anspruch auf einen Anteil an der Belohnung und da er das Geld nun als sein eigenes betrachtete, sah er keine Notwendigkeit dieses zu teilen. Er müsste sich nur einen anderen Weg ausdenken, um Stonecrofts Kopf in einem Eimer zurück nach Philadelphia zu bringen.

Ihre Pferde waren erschöpft und ließen die Köpfe hängen. Als er versuchte, sie zu einem Galopp zu drängen, strauchelten sie so sehr, dass sie fast ihre Reiter abwarfen. Kavanagh zeigten mürrisch in die Bäume zu einer kleinen Lichtung und stieg ab. Er knurrte Persis an: "Ich hol dich runter, aber versuche ja nicht irgendetwas. Würde mir überhaupt nichts ausmachen, dir deinen dürren Hals umzudrehen!" Als die Mähne von den Fesseln befreit war, riss er sie vom Pferd und ließ sie auf den Boden fallen. Er packte den Lederriemen an ihren Handgelenken, zerrte sie zu einem Baum und ließ sie sich selbst aufrichten, um sich gegen die raue Rinde zu lehnen.

Sie blickte ihren Wärter mit großen, ängstlichen Augen an, murmelte gegen das Tuch in ihrem Mund und versuchte, ihn zu bitten, wenigstens den Knebel herauszunehmen. Er griff nach dem Tuch, riss es grob aus ihrem Mund und erlaubte ihr, tief einzuatmen, aber es tat ihr fast leid, dass sie tief Luft geholt hatte. Der Gestank seines dreckigen Körpers und der Schweiß der Pferde waren überwältigend, und sie hustete wiederholt.

"Schluss damit! "forderte er über ihr stehend und finster dreinblickend. "Sag mir jetzt, dieser Mann mit dem Neger, heißt er Stonecroft?"

Persis sah zu dem Mann auf, eingeschüchtert von seinem Verhalten, und nickte langsam mit dem Kopf und fragte sich, was dieser Mann von Gabriel wollte. Dann erinnerte sie sich daran, dass Gabriel von einem Kopfgeld gesprochen hatte, das eventuell ausgesetzt worden war, damit man ihn zurück brachte, und sie bedauerte die Antwort auf die Frage ihres Entführers. Als sie die Bestie auf Grund ihrer Antwort hässlich grinsen sah, wusste sie, was er wollte, aber sie hatte mehr Angst davor, was er ihr antun könnte. Sie zog ihre Knie bis zur Brust hoch und schlang ihre Arme darum. Sie zog sich zu einer kleinen Kugel zusammen und hoffte, sie könnte vielleicht sterben, bevor sie seinen Forderungen unterlegen sein würde.

DIE FLÜCHTENDEN PFERDE hinterließen eine leicht verfolgbare Spur. Der fruchtbare Boden der Hügel und Täler, tief mit dem Lehm verrotteter und verfaulter Hölzer und Gräser bedeckt, brachte eine Fülle von Grün hervor. Die kantigen Hufe der fliehenden Pferde gruben sich tief in den Boden und auf der Suche nach Halt auf den glatten Gräsern warfen sie große Klumpen schwarzer Erde auf den hinter ihnen liegenden Weg. Gabriel und Ezra hielten ihr unermüdliches Tempo Dank den lauffreudigen Pferden, aber Zeit und Distanz forderten ihren Tribut von den bereits zuvor eingesetzten Reittieren. Die Männer hielten die Tiere zwar in einem Boden gutmachenden Tempo, zügelten sie aber dennoch öfters auf Schrittgeschwindigkeit zurück, damit sie etwas verschnaufen und sich beruhigen konnten.

"Dieser Mann ruiniert die Pferde! Sie können dieses Tempo nicht lange durchhalten", schlussfolgerte Gabriel, während die beiden Männer nebeneinander ritten.

"Da hast du Recht! Aber ich glaube nicht, dass es ihn kümmert. Ich mache mir mehr Sorgen um die Frau!", antwortete Ezra.

Gabriel warf seinem Freund einen Seitenblick zu: "Glaubst du ich nicht auch?

"Ja, aber..." Dann stand Ezra plötzlich in seinen Steigbügeln und zeigte nach vorne: "Sieht aus, als ob er um diese Biegung herumgegangen ist. Passen wir besser auf!"

Als sie die Gruppe der Bäume umrundeten und sahen, wie der Weg dahinter weiterging, lehnten sich beide Männer zur Seite, um einen besseren Blick auf die Spuren zu bekommen. "Er muss wohl seinen Fluchtweg hinter sich kontrolliert haben", erklärte Gabriel und zügelte dann den großen Rappen, um in die Richtung der Spuren zu schauen. Sie befanden sich im Sattel zwischen zwei höheren Hügeln und konnten sehen, wie der Pfad, dem sie folgten, weiter verlief. Anscheinend führte er auf eine große Wiese zu und dahinter konnte man den Fluss in der Ferne schimmern sehen. Gabriel hob seine Augen zur Sonne und dann zurück zum Pfad. "Ich habe nachgedacht. Es sieht so aus, als versuche er, zum Fluss zurückzukehren, wahrscheinlich, um seine Freunde auf dem Kielboot einzuholen. Er könnte sich in einem dieser kleinen Taleinschnitten oder um einen dieser Hügel herum verstecken. Wenn du vielleicht auf der Westseite an der Baumgrenze entlang reitest", und auf die Hänge am Rande des sich öffnenden Tals zeigend, "und ich die andere Seite nehme, könnten wir vielleicht schneller vorankommen, anstatt jedem Umweg seiner Spur zu folgen. Auf diese Weise könnten wir ihm den Weg abschneiden, wenn er versucht, zwischen die Bäume zurückzugehen."

Kurz nachdem sich die beiden getrennt hatten, kreuzte Gabriel die Spur der beiden Packpferde, ritt etwas oberhalb vom Pfad der Flüchtenden in den dichteren Wald. Er stand in seinen Steigbügeln, beugte sich nach vorne und versuchte, besser durch die Bäume zu sehen. Als ihm das nicht gelang, drehte er sein Pferd in Richtung der gegenüberliegenden Seite des sich verbreiternden Tals, ließ den üblichen Ruf des Rotschwanzfalken erklingen, dem gemeinsamen Ruf, der die beiden Freunde immer zueinander führte. Er wartete, lauschte, dann versuchte er erneut den abfallenden Ruf des Vogels zu imitieren, aber noch immer kam keine Antwort. Da er glaubte, Ezra sei zu weit weg oder zu tief im Wald, um ihn hören zu können, entschied er sich, den Spuren allein zu folgen, da er wusste, dass Ezra um ihn herumgehen würde, bis auch er den Weg kreuzen und ihm folgen würde.

Ein schmaler, gewundener Bach, bewachsen mit Gewürzbusch und Hartriegel, gurgelte hinter dem dichten Gestrüpp und suchte sich seinen Weg zu den Flussauen. Die Abdrücke der Pferdehufe zeigten, dass sie sich nun im Schritt, aber Seite an Seite bewegten. Gabriel blickte wiederholt nach vorne, aus Angst unerwartet auf den Entführer zu stoßen. Er lehnte sich tief auf den Hals des großen Rappen und suchte nach irgendeiner Anomalie in den Spuren, die ihm verraten würde, wo die beiden sich versteckt hielten. Er lehnte sich zurück und blickte nach vorne, wo er die aufgewühlten Spuren in der Erde sah, an der Stelle, wo die beiden Verfolgten sich in die dichten Bäume gewandt hatte.

Langsam und leise stieg Gabriel ab und nahm die Zügel in die Hand, um den großen Schwarzen in die Bäume am Rande des engen Waldstücks zu führen. Er achtete auf jeden Schritt, blieb im tieferen Gras und hielt eine Hand auf der Nase des Hengstes, besorgt darüber, dass er die Fuchsstute riechen könnte. Doch obwohl Ebenholz seinen Kopf und seine Ohren nach vorne richtete und in den tieferen Wald blickte, gab er keinen Laut von sich. Gabriel flüsterte seinem Pferd zu: "Braver Junge, braver Junge. Ruhig jetzt. Ich werde dich hier anbinden, aber ich bin bald zurück." Er streichelte den Kopf und den Hals des Schwarzen, dann drehte er sich mit dem Gewehr in der Hand zu den Bäumen um und hörte, wie der Hengst bereits am Gras knabberte.

Er brauchte fast eine Viertelstunde, um sich weniger als hundert Meter durch die Bäume zu bewegen. Dickes Unterholz, umgestürzte Bäume und das Fehlen eines Pfades erschwerten eine verstohlene Annäherung. Dennoch hörte er schließlich die Schnaufgeräusche der Packpferde und das leise Murmeln der Stimmen und arbeitete sich vorsichtig vorwärts. Er ließ sich auf ein Knie fallen und spähte hinter dem dicken Stamm einer hoch aufragenden schwarzen Weide hervor, um einen großen Mann zu sehen, der hinter Persis kauerte, ein Messer an ihrer Kehle und einen Arm um ihre Taille.

Er schaute Gabriel direkt an, als er knurrte: "Sie! In den Bäumen! Zeigen Sie sich sofort, sonst schneide ich ihr die Kehle durch!"

Gabriel stand langsam auf und kam hinter dem Baum hervor, das Gewehr an seiner Seite. Kavanagh lachte: "Ihre eigenen Pferde verraten Sie! Sie schauten auf und beobachteten, wie Sie näherkamen. Ich wusste, dass jemand kommen würde", lachte er wieder. "Jetzt kommen Sie raus und lassen Sie mich Sie mal ansehen!"

Gabriel näherte sich langsam, als der Rohling wieder vor sich hin knurrte: "Lassen Sie Ihr Gewehr genau dort fallen!", befahl er und schob das Messer näher an Persis' Kehle. Ihre Augen waren weit aufgerissen und voller Tränen. Gabriel konnte sehen, dass ihre Hände gefesselt waren und ein Lappen über ihren Mund gebunden war. Jedes Mal, wenn sie versuchte, sich zu bewegen, zog Kavanagh sie fest an sich.

"Jetzt die Pistole, lassen Sie sie fallen!"

Gabriel ließ die Pistole langsam aus seinem Gürtel gleiten, hielt sie leicht am Griff fest und beugte die Knie, um die Waffe neben dem Gewehr ins Gras fallen zu lassen. Kavanagh lachte: "Jetzt sind Sie nicht mehr so hochwohlgeboren und mächtig, *Mister Stonecroft?*" Er brummte vor sich hin, zog seine Lippe nach oben und blähte seine Nasenlöcher auf. "Und Sie werden auch nicht mehr so gut aussehen, nachdem ich Ihren Kopf in einen Eimer gesteckt und zu dem alten Mann in Philadelphia zurückgebracht habe!"

"Hören Sie, wenn Sie mich wollen, warum lassen Sie die Frau nicht gehen? Ich komme mit Ihnen, und Sie können sie in Ruhe lassen", schlug Gabriel vor und streckte eine Hand aus, um seine Aufrichtigkeit zu zeigen.

"Ha! Ich habe Sie beide, und ich werde tun, was mir gefällt, und Sie können nichts dagegen tun! Und jetzt weg von den Schießeisen!", forderte er und winkte mit dem Messer in Gabriels Richtung.

Gabriel machte einen Schritt von seinen Waffen weg und fügte hinzu: "Sehen Sie, sie wird Ihnen nur in die Quere kommen und noch mehr Ärger machen. Lassen Sie sie gehen, geben Sie ihr ein Pferd und wir können Ihre Freunde in ein paar Stunden einholen. Bis dahin wird sie nicht einmal den Weg aus dem Wald finden."

"Uh-uh. Ich behalte sie! Aber zuerst werde ich Sie töten, damit Sie keinen Ärger machen! Und sie wird zusehen, während ich Ihnen den Kopf direkt vom Hals abschneide", schnauzte er zurück und stieß Persis grob zur Seite, sodass sie stolperte und fiel. Er trat sie mit den Füßen: "Bleib mir aus dem Weg und versuche nicht, was zu sagen, denn ich kann dich genauso leicht töten!"

Kavanagh ging in Hocke, hielt seine Messerhand weit

zur Seite gestreckt und den anderen Arm ausgestreckt, als er sich auf Gabriel zu bewegte. Als Kavanagh weit genug von Persis entfernt war, sagte Gabriel zu ihr: "Bleiben Sie zurück, Persis, ich kümmere mich um diesen Angeber!"

Kavanagh erhob sich und knurrte und begann seinen Angriff auf Gabriel, stoppte aber plötzlich, als Gabriels Messer in seiner Hand auftauchte und sich ein breites Grinsen über dessen Gesicht zog. Dieser Mann sollte um sein Leben fürchten, aber er war selbst in die Hocke gegangen, das Messer locker in der Hand haltend. Die Klinge zeigt nach oben und Gabriel begann, den großgewachsenen Rohling Kavanagh zu umkreisen. Kavanagh war ein erfahrener Messerkämpfer und lachte. "Was glauben Sie, was Sie mit diesem Krötenstecher machen können? Ich werde Sie mit Ihrem eigenen Messer ausnehmen, Junge!"

"Das Einzige, was Sie tun können, ist darüber zu reden", bemerkte Gabriel trocken und bewegte sein Messer langsam von einer Seite zur anderen.

Kavanagh las die Bewegungen des jüngeren, kleiner gewachsenen Mannes und merkte, dass es die Bewegungen eines erfahrenen Kämpfers waren. Aber er war nicht besorgt. Er hatte Männer auf den rollenden Decks der Schiffe, in den dunklen Gassen der Stadt und an Bord von Plattboden- und Kielbooten getötet und er wusste, wie er mit diesem Grünschnabel fertig werden würde. Er täuschte mit seinem Messer eine Finte vor und versuchte mit der Linken einen Schwinger nachzusetzen, aber Gabriel duckte sich geschickt unter dem Kinnhaken durch und vollführte eine flinke Bewegung, und verletzte den größeren Mann an der Seite. Kavanagh blutete und knurrte wütend. Seine Augen flammten zornig auf, als er sich wieder zu Gabriel drehte, aber dieser war außer Reichweite. Der Pirat führte einen plötzlichen Schwung mit seinem Messer gegen Gabriels Bauch, aber der junge Mann zog schnell seinen Bauch ein und stellte sich rasch auf die Zehenspitzen, sodass die Klinge nur sein Hemd aus Wildleder ritzte. Gabriel parierte und schnitt Kavanagh in den Unterarm.

Kavanagh und Gabriel standen sich wieder gegenüber

und der Freibeuter versuchte den alten Trick der Narren, sein Messer von einer Hand in die andere zu werfen, um Gabriel mit seiner Gerissenheit und seiner Messerführung zu verunsichern. Gabriel sah ruhig zu, und schneller als eine Schlange zubiss, schlug er Kavanaghs Messer weg, hieb dann mit der Faust dem Mann ins Gesicht und schlug ebenso schnell mit der Rückhand ein weiteres Mal zu. Kavanagh wurde wütend und versuchte es mit einem Bullenangriff, so dass Gabriel zurücktrat. Der Hüne von einem Mann erwischte ihn dennoch, legte seine Arme um Gabriel und drückte dessen Arme an seine Seite. Kavanagh stieß ein wütendes Knurren aus und hob Gabriel vom Boden, quetschte mit all seiner Kraft zu und presste Gabriel den Atem brutal aus seinen Lungen. Sein Opfer schnappte verzweifelt nach Luft. Mit den Füßen in der Luft versuchte er Kavanagh zu treten, aber es gelang ihm nicht den anderen zu treffen. Dann, mit letzter Kraft, wölbte Gabriel seinen Rücken durch, warf seine Stirn wie einen Dampfhammer nach vorne in das Gesicht seines Gegners, zertrümmerte Kavanaghs Nase und dessen Blut spritzte über sein Gesicht. Der Pirat lockerte seinen Griff gerade so weit, dass Gabriel sich frei winden konnte.

Er fiel auf den Boden, zog gierig Luft ein und versuchte, außer Reichweite zu kriechen, aber eine fleischige Pranke packte seinen Knöchel und zog ihn zurück. Gabriel wirbelte herum, verdrehte sein Bein und trat mit seinem freien Fuß gegen die bereits gebrochene Nase von Kavanagh und der Mann schrie schmerzerfüllt auf. Gabriel sprang auf die Füße, bemerkte, dass er sein Messer immer noch fest in der Hand hielt, und stellte sich abermals dem blutigen Biest vor ihm.

Das makaber aussehende Monster starrte aus seinem blutigen Gesicht und knurrte wie die Bestie, die er war. Wieder griff er das Objekt seines Zorns an. Gabriel ließ sich schnell in die Hocke fallen, und als der große Mann schreiend auf ihn zukam, trat Gabriel zur Seite und stieß das Messer bis zum Griff in den Unterleib des Mannes. Dieser verlangsamte seinen Angriff erstaunlicherweise jedoch nicht. Seine ausgestreckten Arme griffen wieder nach Gabriel und hielten seine Wildlederhemd fest, aber Gabriel hatte das Messer herausgezogen und seine Schulter gesenkt, um die Klinge nach oben zu richten und den Feind abermals in die Seite zu treffen. Während sie beide ineinander verknäult waren, stach Gabriel immer wieder zu. Kavanagh war so voller Hass, dass er seine Verletzungen nicht einmal zu bemerken schien. Er stürzte sich weiterhin auf Gabriel, und als der jüngere Mann zurücktrat, verfing sich sein Fuß in einem Bodenloch, und Kavanagh warf ihn auf den Rücken. Das Gewicht des Mannes auf ihm nahm dem jungen Stonecroft den Atem.

Gabriel kämpfte um Luft, und Kavanagh hob seinen Oberkörper, blieb aber rittlings auf dem jüngeren Mann sitzen. Gabriel war schockiert zu sehen, dass Kavanagh sein Messer gefunden hatte und es nun hoch über seinem Kopf hielt. Gabriel fragt sich, wie dieser Mann überhaupt noch am Leben sein konnte. "Jetzt werde ich diesen hübschen kleinen Kopf abschneiden!" Er drückte mit der ganzen noch verbleibenden Kraft seiner freien Hand auf Gabriels Schulter und hob die Hand mit dem Messer hoch über seinen Kopf. Kavanaghs Knie lagen auf Gabriels Händen, und das schiere Gewicht des Mannes, als er rittlings auf Gabriel saß, hielt den jüngeren Mann hilflos ausgeliefert am Boden. Seine Augen waren weit aufgerissen, als er die Klinge beobachtete, die sich langsam senkte. Kavanagh sog gierig Atemluft ein und knurrte wie ein Tier mit gekräuselten Lippen. Das Blut Kavanaghs tropfte auf Gabriels Brust und der Tod spiegelte sich in den Augen des Verbrechers. Gabriel starrte wie hypnotisiert auf die Klinge, als das Messer langsam zu sinken begann und immer näher an Gabriels Kehle kam. Die plötzliche Explosion eines Gewehrschusses, der Kavanaghs Kopf traf, fegte den Hünen schließlich von Gabriels Brustkorb. Endlich konnte dieser wieder frei atmen.

Er hob den Kopf, um den still daliegenden Körper des Monsters zu betrachten, dann krabbelte er wieder auf seine

Füße, immer noch in Angst, der Hüne könnte sich doch wieder bewegen.

Dann sah er sich langsam um und sah einen grinsenden Ezra am Rande der Lichtung stehen, der ein langes Gewehr in der Hand hielt, dessen Lauf immer noch qualmte. Er schüttelte den Kopf: "Du kannst es einfach nicht lassen, oder? Da verlier ich dich ein paar Minuten aus den Augen und schon landest du mitten im Schlamassel! Was soll ich nur mit dir machen?"

32 KAPITEL ZWEIUNDDREISSIG
POINT PLEASANT OHIO

"WIR WERDEN es nicht rechtzeitig zum Boot zurückschaffen, oder?" fragte Persis. Sie saß auf Gabriels Bettrolle hinter dem Zwiesel seines Sattels, beide Arme um seine Mitte gelegt und ihre Wange auf seinem Rücken.

"Nein, aber wir werden dort drüben ein bequemes Lager herrichten", antwortete er und zeigte mit dem Kinn auf einen steilen Hang, der auf dem Kamm flach war. Der zehn Meilen lange Bachlauf schlängelte sich durch das Gestrüpp, etwa sechs Meter von den dichten Bäumen entfernt, und er würde sowohl für die Pferde als auch für die Reiter reichlich Trinkwasser liefern. Er nickte Ezra zu und beobachtete, wie sein Freund mit seinem Pferd auf den Einschnitt des Bachbetts zuritt, um sicherzugehen, dass sie nicht in das Lager von irgendjemandem eindringen würden. Das Letzte, was sie wollten, war eine unfreundliche Konfrontation mit ein paar Shawnee.

Persis nahm das Bündel, das Charlotte den Männern gegeben hatte, und ging zum Feuer. Gabriel kümmerte sich um die Pferde, indem er jedem eine gute Abreibung mit dem Truthahnfußgras verpasste, während Ezra das Feuer hütete, mehr Holz sammelte und einige Steine um die Glut herum anordnete, um die Flammen einzudämmen. Er holte die Kaffeekanne und einige Kaffeebohnen und machte sich daran, die Bohnen auf den Steinen zu zermah-

243

len, während Persis versuchte, das Beste aus ihren begrenzten Rationen zu machen. Charlottes Bündel enthielt mehrere Brötchen und Fleischscheiben, die Persis dem Topf mit wilden Zwiebeln, Pilzen und Sonnenblumenwurzeln hinzufügte.

Nachdem sie ihre Mahlzeit beendet hatten, lehnten sie sich zurück, genossen den letzten Schluck Kaffee und alle drei aßen genussvoll eine Handvoll wilder Himbeeren und Erdbeeren. Gabriel fragte Persis: "Hast du darüber nachgedacht, was du tun wirst? Ich meine, jetzt, wo Rufus tot ist?" Nachdem er sie gerettet hatte waren die beiden zum vertraulichen Du über gegangen.

Persis senkte ihre Augen und starrte auf das Feuer. Sie schüttelte langsam den Kopf. "Ich kann einfach nicht glauben, dass er nicht mehr da ist. Ich meine, ich weiß, dass er tot ist, aber wir waren noch nie länger als einen Tag getrennt und er ist, oder besser war wie meine andere Hälfte!" Ein Schluchzen erstickte jedes weitere Wort und sie tupfte mit dem Ärmel gegen die Tränen, die überzulaufen drohten.

"Meine Schwester und ich standen uns nahe, nicht wie du und Rufus, ihr beide wart Zwillinge und so weiter, aber der Gedanke, sie zu verlieren? Nun, ich denke, was ich damit sagen will, ist, dass ich deinen Schmerz verstehe", sagte Gabriel und stocherte in der Glut mit einem langen Weidenstock in seiner Hand.

"Charlotte bat mich, bei ihr in Gallipolis zu bleiben, aber das war vorher. Nun, vielleicht wäre das der beste Weg für mich. Es war Rufus' Plan, zurück nach England zu gehen, obwohl wir selbst noch nie dort waren und ich wüsste einfach nicht, was ich tun soll, wenn ich dorthin gehen würde. Aber Charlotte sagte, dass sie ein Zuhause hat und vielleicht könnten wir eine kleine Schneiderei betreiben oder..." Ihre Gedanken verloren sich genauso wie ihre Stimme und ein feuchter Schimmer überzog ihre Augen, als sie in die glühenden Kohlen starrte.

Ezra blickte zu seinem Freund: "Was ist mit dir? Was hast du vor?"

Gabriel runzelte verwirrt die Stirn. „Ich? Was meinst du damit?"

"Ich meine, du warst so nah dran, den Jordan zu überqueren, näher denn je zuvor, aber anscheinend ist deine Zeit noch nicht gekommen. Also?"

Persis drehte sich um und sah Gabriel an: "Du meinst also, du bist noch nicht bereit für die Ewigkeit? Oder glaubst du nicht an das Jenseits?"

"So, jetzt verbündet ihr zwei euch also gegen mich, was?"

Ezra antwortete nicht, sondern stand auf und ging zu seinen Satteltaschen und holte seine Bibel heraus und ging dann zu Gabriels Sattel, um dessen Buch Gottes zu holen. Als er zum Feuer zurückkam, warf er seinem Freund Gabriel die Bibel hin und setzte sich ihm gegenüber. Er blickte zu Persis, die näher bei Gabriel saß: "Du zeigst ihm, wo diese Verse stehen, wenn ich zu der passenden Stelle komme, in Ordnung?" Sie lächelte und nickte, als sie an Gabriels Seite rutschte. Dann schaute sie zu Ezra als Zeichen, dass er beginnen sollte.

Ezra lehnte sich nach vorne: "Schau mein Freund, wir haben schon einmal darüber gesprochen, und du sagtest mir, dass du oft besorgt und auch interessiert bist, aber nach dem heutigen Tag geht es um mehr als nur um Interesse. Weil mein Vater Prediger war, habe ich diese Dinge vor langer Zeit gelernt, und ich war immer gefestigt darüber, wo ich mit unserem Herrn stehe und im Frieden mit dem Wissen, wo ich die Ewigkeit verbringen würde. Dies", er holte weit mit seiner Hand aus, auf alles um die drei herumzeigend, "ist nur vorübergehend. Was wirklich zählt, ist die Ewigkeit, und die Bibel sagt uns, dass wir wissen können, wo wir diese Ewigkeit verbringen werden, und sie lehrt uns auch, wie wir diese Ewigkeit verbringen werden. Das ist es, was ich dir zeigen möchte. Schlage nun den Römerbrief Kapitel drei, Vers zehn, auf. Es gibt vier Dinge, die du verstehen musst."

In den schwindenden Stunden des Abends lasen die drei Freunde die heiligen Schriften durch. Ezra zeigte seinem Freund die vier Dinge, die er wissen musste: Dass jeder

Mensch ein Sünder ist (Römer 3,10;23), dass die Strafe für diese Sünde der ewige Tod ist (Römer 5,12, 6,23), dass aber Christus diese Strafe für uns bezahlt hat, damit wir es nicht tun müssen (Römer 5,8), und dass die Gabe, die Er anbietet, weil Er diese Strafe bezahlt hat, das ewige Leben ist (Römer 6,23). "Das Wichtigste, was man wissen muss, ist, dass Jesus diese Strafe für uns bezahlt hat und uns das ewige Leben als Geschenk anbietet, das ist wie jedes andere Geschenk auch; man muss es annehmen. Nun, hier in Römer Kapitel zehn, Verse neun bis dreizehn, sagt er uns, dass wir nur beten und in unserem Herzen an das glauben müssen, was er getan hat. Bitten wir um diese Gabe und sie wird uns gehören!"

"Einfach so?", fragte Gabriel. "Ich dachte, ich müsste in die Kirche gehen und etwas anderes tun. Du weißt schon, mich taufen lassen oder in eine bestimmte Kirche eintreten oder im Chor singen oder so was."

Ezra kicherte und senkte dann den Kopf und schüttelte ihn bestürzt. Schließlich hob er den Blick und schaute zu seinem Freund: "Gabriel, es gibt nichts, was einer von uns tun kann, damit wir den Himmel verdienen. Es ist alles wegen dem, was Er für uns getan hat. Wenn es nach uns ginge, würden wir uns alle möglichen guten Taten ausdenken und die ganze Zeit herumlaufen und damit prahlen. Ich weiß, dass es Leute gibt, die so denken, aber Epheser 2, 8-9 sagt, dass wir durch Gottes Gnade gerettet werden, nicht durch die guten Taten, die wir tun. Wie ich schon sagte, wir würden alle herumlaufen und damit prahlen".

"Wenn ich also so handle, wie du sagst, bete und um das Geschenk des ewigen Lebens bitte, dann gehört es mir"?

"Ja, aber du musst von ganzem Herzen daran glauben. Deshalb nennt man es ein Geschenk. Wenn wir es uns verdienen müssten, wäre es kein Geschenk", fügte Ezra mit Blick auf seinen Freund und Persis hinzu.

"Also, würdest du mir helfen? Mit dem Beten, meine ich. Ich bin nicht so gut darin", fragte Gabriel.

Die drei Freunde neigten ihre Köpfe und Ezra führte sie im Gebet an. Als er Gabriel sagte, er solle mit seinen eigenen Worten beten und Gott bitten, ihm seine Sünden zu vergeben und ihm das Geschenk des ewigen Lebens zu geben, bat Gabriel in seinem gebildeten, korrekten Englisch demütig um dieses Geschenk. Als er fertig war, sprachen die drei Freunde ein gemeinsames "Amen" und sahen einander an, zufrieden mit dem, was gesagt und getan worden war.

DIE MORGENDÄMMERUNG STIESS die drei aus ihren warmen Decken, begleitet von einem begeisterten Rotbauchspecht, der mit seinem Schnabel auf eine dürre Pappel einhämmerte. Das rhythmische *Rat-a-tat* beschleunigte die drei bei ihrem Aufbruch, um baldmöglichst wieder mit der Besatzung des Plattbodens vereint zu sein. Kurz bevor die Sonne ihren Zenit erreichte, ritten sie von den Bäumen weg auf die fruchtbare Flussaue, wo Mais- und Weizenfelder im Wind wogten. Zwei Blockhütten befanden sich in der Nähe der Bäume am Ufer des Kanawha-Flusses, wo er auf den Ohio traf. Gabriel blickte zu Ezra: "Dies muss der Ort sein, den Lucius als Point Pleasant beschrieben hat. Wenn ich mich an die Geschichte richtig erinnere, sagten einige, hier sei die erste Schlacht des Revolutionskrieges geschlagen worden. Dort kämpfte Colonel Lewis gegen eine Konföderation von Shawnee und Mingo, die vom alten Häuptling Cornstalk angeführt wurde. Es war eine große Schlacht. Einige Aufzeichnungen besagen, dass auf jeder Seite über tausend Kämpfer standen, aber Colonel Lewis und seine Männer leisteten gute Arbeit."

"Gab es hier nicht früher einmal eine Festung", fragte Ezra und sah sich um.

"Fort Randolph, glaube ich, hieß das Fort, aber ich vermute, es ist schon lange verlassen. Du siehst auch kein Anzeichen eines Forts, oder?" fragte Gabriel.

Als sie sich näherten, sahen sie ein Paar vor einer der Hütten stehen, und mit einem freundlichen Winken näherten sich die drei den Siedlern. "Guten Tag, Leute", grüßte Gabriel freundlich. Er lehnte sich auf dem Knauf seines Sattels nach vorne. "Wir suchen jemanden, der unsere Pferde und uns über den Ohio bringt. Wir wollen nach Gallipolis, um uns mit unseren Freunden zu treffen. Gibt es jemanden, der uns über den Fluss bringen kann?"

Das Paar stand vor ihnen und hielten sich die Hände vor die Augen, als sie zu den dreien aufblickten, und der Mann trat näher und fragte: "Nur die vier Pferde und Sie?"

Gabriel grinste: "Jawohl, genau das, was Sie hier sehen."

Die Frau, die hinter ihrem Mann stand, sagte: "Nun, frag sie schon, Jed."

Der Mann hob die Hand: "Ich bin Jedediah Holcomb, und das ist meine Frau Justis. Sie möchte, dass Sie sich zum Essen zu uns setzen, natürlich nur wenn Sie möchten."

Die drei lächelten über die Einladung und Persis antwortete ihnen: "Wir würden uns gerne zu Ihnen gesellen." Sie rutschte mit Hilfe der stützenden Hand von Gabriel vom Pferderücken zu Boden und sagte: "Es tut mir leid, dass wir dem Essen nichts beisteuern können, aber wir würden uns gerne zu Ihnen setzen." Die Frauen reichten sich die Hände und verschwanden in der Hütte, ohne einen Blick zurück auf die Männer zu werfen. Jedidiah sah Gabriel an: "Sie können Ihre Pferde dort tränken", nickte er zum Wassertrog, "und bringen sie die Tiere dann bei Betsy und Mable, unseren Maultieren, im Pferch unter. Sie kommen mit allen Pferden zurecht, es wird also keine Probleme geben. Wenn Sie sich waschen möchten, es gibt ein Waschbecken neben dem Haus."

"Danke", sagte Gabriel, als er abstieg. "Aber kennen Sie jemanden, der uns über den Fluss helfen kann?"

"Ja, ich habe da drüben einen kleinen Kahn. Der bringt Sie schon rüber. Aber ich muss erst mit den Maultieren ein Stück flussabwärts fahren. Wir können über den Fluss staken, aber um den Kahn wieder das Stück flussaufwärts zu bekommen, brauche ich meine beiden Maultiere, um ihn dann wieder hierher zu schleppen." Er hatte zugesehen, wie sich die beiden Freunde um ihre Pferde kümmerten. Der Siedler war barfuß und trug Hochwasserhosen, die mit Hosenträgern oben gehalten wurden. Sie dehnten sich über einem zerfetzten Leinenhemd. "Ich dachte darüber nach, ne

Art Fähre zu bauen, aber es kommen einfach nicht genug Leute hier durch, dass sich das Teil bezahlt machen würde."

Gabriel bot an: "Wir werden gerne für Ihre Mühe bezahlen. Es wäre uns das wert." Er schnappte sich den schmutzigen Mehlsack, der als Handtuch diente, wischte sich die Hände ab und dachte eine Minute lang nach: "Mal sehen, die letzte Fähre, die wir benutzten, kostete fünfzig Cent pro Pferd und fünfzehn Cent pro Mann. Glauben Sie, zwei Dollar und fünfzig Cent würden reichen?"

Der Siedler riss seine Augen überrascht weit auf. "Mann, aber sicher! Das wäre eine richtig feine Sache, jawohl Sir! Wir bekommen hier nicht wirklich viel Geld in die Hand und das würde mir sehr gut passen."

Gabriel suchte in seiner Hosentasche und holte einige Münzen heraus. Er wählte zwei Silberdollar und ein Fünfzig-Cent-Stück aus und übergab sie Jedidiah. Der Siedler nahm die Münzen entgegen, sah sich dann jede einzelne an und drehte sie um: "Die glänzen ja wirklich!"

Gabriel kicherte: "Wir kamen aus Philadelphia und die wurden erst in diesem Jahr geprägt. Wenn sie etwas abgenutzt sind, werden sie nicht mehr so glänzend sein."

Jedidiah murmelte: "Wenn Muttern ihren Willen durchgesetzt bekommt, werden diese Münzen das Tageslicht nicht mehr zu sehen bekommen!"

33 KAPITEL DREIUNDDREISSIG

GALLIPOLIS

WÄHREND PERSIS vor den Pferden stand, gelegentlich ihren Kopf und Hals streichelte und mit ihnen sprach, stakten und paddelten die Männer den kleinen Kahn über den Strom des Ohio. In den Tiefen der Strömung waren sie stark mit den langen Rudern beschäftigt. Sie ähnelten denen des großen Plattbodens, an die sie gewöhnt waren. Die beiden Freunde gingen geübt mit den Stangen um, während Jedidiah das Ruder bediente. Die morgendliche Überfahrt verlief über ruhiges Wasser und die träge Strömung drängte sie seicht stromabwärts. Sie erreichten das andere Ufer ohne Zwischenfälle. Als das Boot sanft an die Sandbank stieß, sprang Ezra an Land, um die Leine zu sichern, damit sie Zeit hatten, die Pferde abzuladen. Sobald sie an Land waren, halfen sie beim Abstoßen des Bootes und stiegen schnell auf ihre Pferde, während sie beobachteten, wie Jedidiah seinen Kahn in die Strömung steuerte, um wieder auf die Seite des Virginia-Territoriums zu gelangen.

Die Flussüberquerung war einfacher als erwartet verlaufen und Jedidiah war mit den neuen Münzen in seiner Tasche mehr als zufrieden.

Mitte des Nachmittags traf das Trio an den Toren der Palisaden ein, die zum Stadtplatz der französischen Siedlung Gallipolis führten. Die Siedlung war einzigartig in ihrer Aufteilung mit mehreren Häusern entlang der Außenmauern der Palisade. An den markanten Ecken der Schutzmauern standen drei Bollwerke. Hinter dem fortähnlichen Bauwerk standen vier Reihen fast identischer und eng aneinander gereihter Blockhütten, in denen jeweils eine Familie oder ein einzelner Händler untergebracht war. Die Gemeinschaft setzte sich aus den so genannten "French 500" zusammen und wurde von Graf Jean-Joseph de Barth, einem ehemaligen Mitglied der französischen Nationalversammlung, geleitet. Die Gesellschaft setzte sich aus Aristokraten, Handwerkern und Händlern zusammen.

Die Nachricht über die Ankommenden verbreitete sich schnell in der Gemeinde und noch bevor das Trio einen Fuß auf den Boden der Siedlung setzte, hörten sie das freudige Quietschen, das von Charlotte kam, als sie an die Seite des großen, schwarzen Hengstes lief und ihre Hände nach oben streckte, um Persis beim Absteigen zu helfen. "Oh, ich bin so erleichtert! Ich habe noch nie so sehr gebetet und ich habe mir solche Sorgen um dich gemacht", erklärte Charlotte, als sie Persis wie eine lange verlorene Schwester umarmte. Sie schob sie auf Armeslänge zurück: "Und sieh dich an! Kein einziger Kratzer an dir! Du siehst aus, als hättest du nur einen Spaziergang gemacht und dich nicht mit einem verrückten Piraten geprügelt!" Sie zog sie zu sich heran und umarmte sie wieder. "Jetzt komm mit mir. Ich muss dir etwas zeigen!" Hand in Hand verließen die beiden Frauen den Bereich der Palisaden. Gabriel und Ezra standen mit offenen Mündern da und starrten den beiden Frauen hinterher, wie sie verschwanden.

Nach einem kurzen Blick über die Gebäude führten Gabriel und Ezra ihre Pferde zum Flussufer hinunter, da man ihnen mitgeteilt hatte, dass das Plattbodenboot dort festgemacht sei. Lucius sah sie kommen und stellte sich oben auf die Kajüte und winkte ihnen einen Willkommensgruß entgegen. Als sie sich näherten, runzelte er die Stirn und beugte sich runter: "Habt ihr die Frau nicht bekommen?"

Gabriel grinste: "Oh ja, wir haben sie erwischt, und

sobald wir das Fort dort oben betraten, nahm Charlotte sie uns schneller wieder weg als der Pirat!"

Lucius, sichtlich erleichtert, lächelte und richtete sich wieder auf: "Das ist eine gute Nachricht! Ich freue mich für sie! Viel Mühe?"

"Genauso so viel, wie wir erwartet hatten", antwortete Ezra grinsend.

"Also, wann legst du wieder ab?", fragte Gabriel, der mit den Zügeln in der Hand dastand und von Ebenholz in den Rücken gestupst wurde, weil er das Gras in der Nähe erreichen wollte.

"Gleich morgen früh, jetzt, wo du wieder da bist!" Er sah sich die beiden an und fügte dann hinzu: "Das heißt, wenn ihr noch mit uns kommen wollt. Ihr kommt doch mit, oder?"

"Wir haben darüber nachgedacht. Aber im Moment werden wir erst einmal die Pferde auf der Wiese da drüben festbinden, eine Bestandsaufnahme machen, was wir an Vorräten und so weiter besorgen müssen und vielleicht eine Mütze voll Schlaf nehmen. Dann werden wir darüber reden. Ist das in Ordnung für dich, Kapitän?"

"Natürlich. Wir lassen verlauten, dass wir hier sind, um Handel zu treiben. Also werden wir den Rest des Nachmittags und einen Teil des Abends beschäftigt sein. Nehmt euch also die Zeit, Jungs. Ihr habt es euch verdient."

ALS DIE PFERDE eingepfercht waren und sich auf der Weide eingelebt hatten, schlug Ezra vor: "Wie wär's, wenn wir die beiden Frauen suchen und sehen, was sie vorhaben?

Gabriel kicherte: "Genau das habe ich auch gerade gedacht." Die beiden Freunde lachten sich gegenseitig aus, als sie zur Palisade zurückgingen, um die Frauen zu finden. In den Gebäuden auf dem öffentlichen Platz, hatten die beiden Männer zunächst die Baracken oder Häuser einiger der Bewohner vermutet. Stattdessen waren die vielen Händler und Kaufleute hier untergebracht, die ihre Geschäfte für die Gemeinde eingerichtet hatten. Als sie die

Promenade vor den aus behauenen Baumstämmen errichteten Gebäuden entlang gingen, wiesen kleine Schilder in den Fenstern auf die verschiedenen Geschäfte hin. Alle Schilder waren in französischer Sprache, und so gut Gabriel sie erkennen konnte, gab es einen Chirurgen, einen Uhrmacher, einen Glasbläser, einen Anwalt, einen Friedensrichter, einen Hutmacher, einen Schneider und andere, aber die meisten waren Händler und Handwerker, die man in anderen Gemeinden nur selten fand. Normalerweise hatte eine typische Siedlung an der Grenze einen Händler, einen Mietstall, eine Taverne und vielleicht einen Gasthof, aber nur selten waren die Art Handwerker wie hier in Gallipolis zu finden.

Als die Männer durch die Gasse gingen und schauten, was es zu entdecken gab, erklang hinter ihnen eine Stimme: "Ich sehe, ihr habt uns gefunden!

Sie drehten sich um, um Charlotte und Persis zu sehen, die Arme voller Bündel mit Materialien, und die Männer gingen schnell zu ihnen, um Hilfe zu leisten. Als die Frauen von ihrer Last befreit waren, sagte Charlotte: "Folgt uns. Wir haben euch etwas zu zeigen." Sie führte sie zu einem der Läden, der leer stand, stießen die Tür auf und traten ein. Charlotte blieb stehen und streckte die Hände zur Seite aus. "Ist das nicht wunderbar?"

Gabriel schaute um die Bündel in seinen Armen herum und sagte: "Äh, wenn du das sagst, aber was sehen wir uns da eigentlich an?"

"Oh, es tut mir leid. Das ist unser neuer Kleiderladen", erklärte sie, "Hier, legt die Bündel auf den Tisch." Sie zeigte auf einen langen Brettertisch, der an der Wand stand. Die Männer stellten die Pakete und das Stoffmaterial ab und drehten sich dann, um sich umzusehen. Die Tür stand offen und das eine Fenster war zwar etwas trübe durch Fliegendreck und angesammeltem Staub und Schmutz, aber die Nachmittagssonne konnte ihre Lichtlanzen dennoch in den spärlichen Raum schicken. Charlotte begann zu beschreiben, was sie tun würden, welche Theken, Tische und Bänke gebaut werden sollten und was sie hier alles erreichen konnten, während Persis geduldig lächelte, zusah und zuhörte.

"Es klingt so, als hättest du alles gut geplant. Gibt es genug Frauen hier, die für Kleider bezahlen werden?", fragte Gabriel und beobachtete Persis, während Charlotte sprach.

"Es gibt über zweihundert Frauen und auch viele Kinder. Und ich weiß nicht, ob du es bemerkt hast, aber nur sehr wenige dieser Frauen sind an tägliche Arbeit gewöhnt. Sie kommen zumeist aus Familien, die Handwerker, Händler, Soldaten, Adlige oder sogar Fachleute hervorgebracht haben. Das war eine der Schwierigkeiten in der Siedlung hier; nur wenige wissen viel über Landwirtschaft, Jagd und andere Dinge, die notwendig sind, um in der Wildnis zu überleben. Das hier sind Stadtmenschen, und als solche erwarten sie die Annehmlichkeiten der Stadt", erklärte Charlotte.

Gabriel trat näher an Persis heran: "Glaubst du, dass du hier glücklich sein könntest?"

Sie senkte die Augen und sprach leise: "Ich habe kaum eine andere Wahl. Ich habe nichts, zu dem ich zurückkehren kann, und keine nahe stehende Familie mehr. Charlotte war sehr freundlich, mich in ihre Pläne einzubeziehen, und ja, ich glaube, ich kann hier mein Glück finden." Sie hob ihre Augen zu Gabriel und sie vertieften ihre Blicke für mehrere Augenblicke ineinander, bis Gabriel sich abwandte. Seine Gedanken kreisten und er konnte nicht länger mit ihnen ringen. So sehr er es auch versuchte, er konnte zu keiner anderen Lösung kommen. Wären die Dinge anders, würde er sie vielleicht nach Philadelphia zurückbringen, aber im Moment hatte er keine Möglichkeit, sie irgendwo hinzubringen. Hier wäre sie sicher und nützlich und könnte sich vielleicht ein neues Leben aufbauen. Er fühlte sich zu ihr hingezogen und genoss ihre Gesellschaft, aber es sollte wohl nicht sein. Er wandte sich zur Tür.

"Nun, wir werden euch beide vermissen! Jetzt müssen wir uns mit Ezras Kochkünsten abfinden, und ich bin mir nicht sicher, ob wir dazu in der Lage sind", erklärte Gabriel, der in der Tür stand. Persis ging zu ihm, legte ihre Arme um seine Taille und legte ihren Kopf auf seine Brust. "Du wirst immer kostbar für mich sein und ich werde dich nie vergessen!" Sie lehnte sich zurück und blickte zu diesem Mann auf, der ihr das Leben gerettet und sie vor der Bestie aus dem Boot gerettet hatte: "Ich wünschte, du könntest auch bleiben!"

Gabriel lachte leise, als er sie hielt: "Wenn die Dinge anders wären, würde ich es tun. Aber du hast bereits gesehen, was passieren kann, wenn diejenigen, die auf ein Kopfgeld aus sind, hinter mir her sind. Ich würde um keinen Preis Gefahr über dich oder dieses Dorf hier bringen. Nein, es ist das Beste, wenn wir uns an unseren Plan halten und im unerforschten Westen verschwinden. Dort gibt es viel zu finden und zu tun, und vielleicht, nur vielleicht, könnten wir irgendwann auf diesem Weg zurückkommen. Man kann nie wissen."

"Oh, bitte tu das! Egal wann, du musst versuchen, zurückzukommen. Versprichst du es mir?", flehte sie.

"Ich verspreche, dass ich wiederkommen werde, wenn es die Umstände erlauben. Aber du musst mir auch etwas versprechen."

Sie antwortete: "Sag es mir!", und hielt ihn immer noch fest. Sie schaute ihn mit einem breiten Lächeln an.

"Lebe nicht dein Leben in Erwartung, dass ich zurückkehre. Was immer dir auf dem weiteren Weg widerfährt, tu, was dein Herz dir sagt. Wo wir hingehen, ist uns nicht einmal ein Morgen versprochen, und du kannst deine Zukunft nicht der unwahrscheinlichen Möglichkeit opfern, die vielleicht nie eintreffen wird."

"Ich verstehe. Und du tust dasselbe, in Ordnung?" fragte sie.

Er lächelte, umarmte sie fest und trat durch die Tür, um wegzugehen, mit Ezra an seiner Seite. Sie drehten sich einmal um, um die Frauen zu sehen, die in der Tür standen, und winkten, dann beschleunigten sie ihre Schritte zum Boot.

. . .

DER HANDEL WAR GUT, und die Kajüte war mit Fellen und anderen Waren überfüllt, meist handgefertigte Gegenstände wie kleine Möbelstücke, Gewehrschäfte und rohes Schnittholz. Das gesamte Vieh war eingetauscht worden, so dass mehrere Fässer Whisky, einige Säcke mit Grundnahrungsmittel und die von den Piraten beschlagnahmten Gewehre und Ausrüstungsgegenstände nun auf dem Boot waren. Mit den Pferden an Bord sah der erste Hauch von grauem Morgenlicht, wie das Boot die Strömung erwischte und seine Reise auf dem Ohio fortsetzte. Gabriel stand oben auf der Kajüte und beobachtete, wie die aufgehende Sonne ihre rosaroten und orangenen Tropfen auf die Wellen des Flusses zeichnete. Lucius durchquerte die weite Kurve und der Fluss floss in südlicher Richtung. Gabriel blickte stromabwärts auf die von Bäumen gesäumten Ufer und auf das träge Wasser vor sich und ließ seine Gedanken zu den kommenden Tagen abschweifen.

Es würde noch sechs oder sieben Wochen dauern, bis sie den Mississippi erreichten, und die Bäume, die jetzt in ihren eintönigen grünen Sommermänteln dastanden, würden die tristen Farben zugunsten der vielfarbigen Pracht des Herbstes bald wechseln. Das kalte Wetter wäre bedrohlich, aber wenn sie Glück hätten, würden sie am Westufer des Mississippi an Land gehen und ihre Pferde würden bereits Richtung Westen stehen.

ER LÄCHELTE bei dem Gedanken an die Entdeckungen, die vor ihnen lagen, und an die Abenteuer, die noch kommen würden, aber er dachte auch mit einem Hauch von Melancholie an das Heim und die Familie, die er zurückgelassen hatte.

Aber er glaubte fest daran, dass ein Schicksal der Entdeckung vor ihm lag und auf seine Ankunft wartete.

ÜBER DEN AUTOR

B.N. Rundell wurde als jüngster von sieben Söhnen in Colorado geboren und wuchs dort in einer Familie von Ranchern und Cowboys auf. Er jonglierte zwischen Bullen reiten, Ski fahren und seiner Zeit im Gymnasium. Sein Abschluss war der Startschuss für eine Karriere als Fallschirmjäger bei der Luftwaffe.

Nach seiner Armeezeit vervollständigte er sein Studium in Springfield, Montana. Mit seiner Frau Dawn gründete er eine Familie und trat der Baptisten Kirche als Prediger bei.

B.N. und Dawn Rundell zogen vier Töchter groß. Diese sind mittlerweile alle verheiratet und haben das Ehepaar Rundell zu stolzen Großeltern gemacht.

Nach vielen erfolgreichen Jahren als Pastor und Erzieher zog er sich schließlich aus dem Kirchendienst zurück und folgte dem Beispiel seines unternehmerischen Vaters. Er gründete eine erfolgreiche Versicherungsagentur, die er mittlerweile seinem Neffen anvertraut hat.

Zusätzlich hat sich Rundell einen Namen als Sprecher mehrerer Audiobücher für ausgezeichnete, erfolgreiche Autoren gemacht. Nun endlich konnte sich B.N. Rundell seinen persönlichen Lebenstraum erfüllen und ist mittlerweile ein erfolgreicher Autor von Kinderbilderbücher, Jugendbücher, sowie Abenteuer- und historischen Westernromanen geworden.